잠룡전설

황규영 新무협 판타지 소설

잠룡전설 4

황규영 新무협 판타지 소설

초판 1쇄 찍은 날 § 2006년 7월 5일
초판 2쇄 펴낸 날 § 2007년 7월 31일

지은이 § 황규영
펴낸이 § 서경석

편집장 § 문혜영
편집책임 § 유경화
편집 § 심재영

펴낸곳 § 도서출판 청어람
등록번호 § 제1081-1-89호
등록일자 § 1999. 5. 31
어람번호 § 제2-0952호

주소 § 경기도 부천시 원미구 심곡1동 350-1 남성B/D 3F (우) 420-011
전화 § 032-656-4452 팩스 § 032-656-4453
http://www.chungeoram.com
E-mail § eoram99@chollian.net

ⓒ 황규영, 2006

ISBN 89-251-0204-8 04810
ISBN 89-251-0125-4 (세트)

※ 파본은 본사나 구입하신 서점에서 교환하여 드립니다.
※ 저자와 협의하여 인지를 붙이지 않습니다.

잠룡전설 ④

Fantastic Oriental Heroes

황규영 新무협 판타지 소설

第一章	……………	7
第二章	……………	31
第三章	……………	66
第四章	……………	108
第五章	……………	146
第六章	……………	175
第七章	……………	206
第八章	……………	239
第九章	……………	275
第十章	……………	308
第十一章	……………	334

第一章

아수라환상대진은 마지막으로 펼쳐진 지 삼백 년은 족히 됐다. 그야말로 역사책에나 나오는 진법이다. 그리고 그 위력은 무림 전체의 수많은 진법 중에서 손에 꼽힌다.

이 진법이 더 유명한 것은 이것이 마교에서 교주에게만 전수되는 비기이기 때문이다. 그리고 상당수의 비기가 그렇듯이 이것도 오래전에 그 명맥이 끊겼다.

사황성은 여러 해 전에 그 아수라환상대진에 대한 자료를 우연히 입수했다. 일단 실마리를 잡자 나머지 정보를 모으는 일이 가능해졌다. 혈마는 이것이 마교의 절진임을 알아내고는 따로 써먹을 방법을 생각해 냈다. 그래서 그는 총관을 시켜 아수라환상대진의 재현에 엄청난 자금을 투입했다.

혈마가 나직이 웃었다.

"클클클. 역시 돈을 들인 보람이 있어."

총관이 고개를 조아렸다.

"물론입니다. 우리 사황성이 최고의 진법가들을 고용해 오랜 세월 복구한 진입니다. 현재 무림에 저 진법에 대해서 아는 자는 전혀 없습니다. 당연히 저 안에 갇힌 사람들이 말라 죽기 전에 해체한다는 건 꿈도 꾸지 못합니다."

"그것 때문에 황금을 퍼부어서 만든 것 아닌가? 완벽을 기하기 위해서."

총관이 조심스레 조언했다.

"저들은 이제 다 죽은 목숨입니다. 그러니 그만 돌아가시지요. 여기 오래 계시면 차후의 계획에 좋지 않습니다. 새와 쥐의 눈이 성주님을 어떻게 할 수는 없지만 계획을 망가뜨릴 수는 있습니다."

혈마는 영 아쉽다는 표정이다.

"그것참. 다 말라 죽는 꼴을 내 눈으로 직접 보고 싶었는데. 하지만 그럴 수는 없지. 공식적으로 이건 우리가 한 일이 아니어야 하니까. 알았다. 돌아가자."

아수라환상대진에 갇힌 정파무림인은 모두 합쳐 구천여 명이다. 반면에 좀 늦게 움직이느라 바깥에 남아 있던 무림인은 겨우 천여 명이었다.

그들의 눈에 진을 활성화시킨 자들이 보였다. 범인들은 자기들이 만든 결과물을 보고 당황하고 있었다. 그들은 잠시 놀라다가 하나둘씩 도망가기 시작하더니 우르르 달아났다.

정신이 빨리 든 사람들이 소리쳤다.

"저 새끼들 잡앗!"

도망가는 자들은 겨우 수십 명이다. 인근에는 천여 명의 무림인들이 득실거렸다. 그들이 일제히 몸을 날렸다.

"우와아! 잡아라!"

곳곳에서 검광이 번쩍이고 장풍이 날아다녔다.

성질이 급하거나 겁이 난 몇 명의 무림인은 치명적인 살초를 전개했다. 곳곳에 검기까지 난무했다. 그들의 예상과는 다르게 달아나던 자들의 무공은 형편없었다.

"으아악!"

비명 소리가 십여 군데서 거의 동시에 터졌다. 도망치는 자들은 피를 뿌리며 쓰러졌다. 검기에 당해 몸이 토막나는 자까지 있었다.

누군가가 소리를 질렀다.

"생포합시다! 배후를 캐야 합니다!"

상대가 별것 아님을 깨달은 사람들은 즉시 그 말에 동의했다. 그리고 초식에 사정을 두면서 압박했다.

달아나던 자들은 잠시 저항했지만 상대도 되지 않았다. 실력이 비슷하다고 해도 두 주먹이 네 주먹을 이기기 힘든 법이다. 하지만 달아나는 자는 과연 무공을 알기나 하는지 의심스러운 실력이었다. 숫자 차이는 이십 배가 넘었다.

마침내 삼십여 명의 살아남은 범인들이 잡혔다. 그중에는 부상을 입은 자도 다수이고 단순히 제압된 자도 있었다.

한군데 모인 범인들을 사람들이 잔뜩 둘러쌌다. 그리고 포위한 사람들 중에서 한 명이 앞으로 걸어나왔다.

"나는 구도건이라고 합니다. 다른 무림 동도들께서 괜찮게 생각하신다면 내가 저자들을 심문해 보겠습니다."

그를 알아본 몇 명의 사람들이 떠들었다.

"하남삼호 중 첫째인 하남백호 구도건이다."

"그래. 하남삼호 정도라면 괜찮겠지."

구도건이 사람들에게 가볍게 포권을 하고 범인들에게 다가갔다. 그의 양옆을 하남삼호의 나머지 두 동생이 기세등등하게 호위했다.

구도건이 범인들 중 상태가 양호한 자 앞에 서서 호통을 쳤다.

"네 이놈들! 무슨 짓을 벌였는지 순순히 분다면 목숨은 살려줄 것이되 만약 거짓을 고한다면 즉시 참해 버리겠다!"

범인들은 덜덜 떨고 있었다. 구도건의 호통을 받은 남자가 즉시 머리를 조아리며 대답했다.

"저는, 저는 단지 시키는 대로 했을 뿐입니다. 이 일은, 이

건 제가 알던 것과는 다릅니다."

하남삼호의 둘째인 하남흑호 구도곤이 옆에서 얼렀다.

"형님께서 묻고 계시지 않느냐? 무슨 일인지 냉큼 고하지 못할까?"

셋째인 하남청호 구도감이 옆에서 칼 소리를 스윽 내면서 공포 분위기를 조성했다.

남자는 몸을 더 심하게 떨었다.

"저는, 저는……."

구도건이 조금 불쾌한 표정을 짓더니 그 남자를 냅다 걷어찼다.

"커억!"

남자는 비명을 지르며 나뒹굴었다. 내상이 작지 않아 입가로 피가 흘러나왔다.

"다른 놈이 말해봐라. 무슨 짓을 한 거냐."

잡혀 있던 사람들 중 하나가 냉큼 나섰다.

"저는 돈을 받고 일을 했습니다. 신호가 오면 돌 하나만 다른 위치로 옮겨놓고 바깥으로 뛰어나오라고 들었습니다. 그것이 설마 이 정도 일이 될 줄은 몰랐습니다. 정말입니다. 살려주십시오."

"모르고 한 일이다? 나보고 그걸 믿으라는 소리냐?"

"정말입니다. 그냥 돌만 하나 옮기면 돈을 준다고 해서 했을 뿐입니다."

구도건이 인상을 썼다.

"그런 거야 조사해 보면 나오겠지. 그런데 누가 너에게 돈을 준다고 했느냐? 그놈이 이번 일의 원흉일 테니 잡아야겠구나."

남자가 재빨리 한 방향을 손으로 가리키며 말했다.

"저쪽 마을에 가면 훈장을 하는 자가 있습니다. 그자에게 돈을 받았습니다."

"무슨 일인지 의심하지도 않고 이런 일을 했다는 말이냐?"

"은자, 은자 한 냥짜리 일입니다. 우리 마을에서는 평소에도 훈장에게 돈을 받고 이런 일을 아주 여러 번 했습니다. 이유를 묻는 자에게는 일을 주지 않습니다. 그때는 아무리 돌을 옮겨도 아무 일도 일어나지 않았습니다. 그런데 이번에는 특별히 돈을 많이 준다고 해서 무림의 어르신들이 계신데도 실수를 했습니다. 살려주십시오."

다른 자들도 고개를 깊게 숙이며 사정했다.

"살려주십시오. 집에는 노모가 계십니다."

"처자식이 배가 고파 울고 있습니다."

구도건이 이야기를 듣다 보니 꽤나 그럴듯한 소리였다.

"계획적으로 누가 이런 일을 저질렀다는 소리구나."

만약 모든 것이 사실이라면 이 사람들은 모르고 일을 저질렀을 수 있다. 구도건이 사람들을 돌아보며 소리쳤다.

"일단 무림 동도 분들이 가서 그 훈장이라는 자를 잡아옵시다. 그리고 진법가들을 찾아서 이 진을 풀어보도록 하지요."

사람들이 거절할 이유가 없다.

"우리 토평문이 가서 그자를 잡아오겠소."

"우리 죽추문도 도와주지요. 무슨 대비가 되어 있는지 모르니까."

몇 군데의 문파가 그 일에 나섰다. 그 숫자가 일백이었다.

구도건이 다시 소리쳤다.

"그리고 진법을 아는 사람들은 나오시오! 저 진이 무엇인지 먼저 이야기를 좀 해봅시다!"

그 소리에 사람들이 서로 얼굴만 보았다. 그러다가 한 명이 걸어나왔다.

"제가 진법에 대해서는 좀 압니다."

"오, 어디 문파의 누구시오?"

"상건문의 장로를 맡고 있는 곡부일이라고 합니다."

상건문은 하남의 조그마한 정파다. 하지만 지금은 진법을 안다는 것만으로 이미 귀한 인재다. 함부로 대접할 수 없다.

"상건문이라고 하면 하남의 명문정파이지요. 곡 대인이시군요. 그래, 이 진이 무엇입니까?"

곡부일이 미안한 듯이 말했다.

"모릅니다. 진의 규모가 거대하고 운무가 짙은 것을 보아 절진임은 알겠습니다. 하지만 무슨 진인지까지는 모르지요."

"허어. 그럴 수가. 그럼 다른 진법가 분들의 의견도 들어봐야겠군요."

"다른 진법가라… 무림맹을 따라온 진법가들은 전부 저 진안에 갇혔습니다. 외부에서 온 진법가들도 처음 진이 해제된 시점에서 그것을 연구하기 위해 안으로 들어갔겠지요. 저야 늦게 도착해서 미처 들어가지 못했을 뿐. 남아 있는 진법가는 없을 겁니다."

그의 말을 증명이라도 하듯이 더 이상 진법가를 자처하는 사람은 나오지 않았다.

구도건이 잠시 고민했다.

'이건 우리 하남삼호가 크게 도약할 수 있는 기회다. 모험을 할 가치가 있어.'

고민은 짧고 결심은 빨랐다.

"그럼 할 수 없지요. 힘으로 뚫어보는 수밖에. 우리 하남삼호가 앞장서겠습니다. 우리를 따라 진을 뚫어볼 사람들이 있으면 나서십시오."

그의 제안에 수백 명의 무사들이 나섰다.

곡부일이 급히 말렸다.

"진의 위세가 심상치 않습니다. 대비없이 들어섰다가는 큰 낭패를 보기 쉽습니다."

구도건이 호탕하게 말했다.

"하하하! 이 정도 인원이면 어떻게 되겠지요. 자랑은 아니지만 제가 가진 무공이 작지 않아 간단한 진 정도는 힘으로 파괴할 수 있습니다. 진을 뚫어보다가 어렵겠다 싶으면 뒤돌아 나오겠습니다."

사람이 많으면 서로서로의 거리가 가까워 진에 들어가도 그만큼 빠져나오기 쉽다. 구도건은 그것을 믿었다.

* * *

진 안쪽에서도 난리가 났다. 갇힌 사람들은 사방이 운무에 감싸이는 사태가 벌어지자 어떻게 해야 할지 몰랐다.

진 안의 무사들은 아무리 걸어도 바깥으로 빠져나올 수가 없었다. 경공을 펼쳐 달려도 마찬가지였다. 초조해진 사람들은 누군가 공격하는 기색이 보이면 검을 휘두르기까지 했다.

아수라환상대진은 절벽이나 파도가 몰아치는 환상을 보여준다는 전설상의 기진은 아니다. 그러나 바로 옆에서의 작은 기의 흐름이 얼토당토않게 증폭되거나 왜곡되어 전달되었다. 더구나 짙은 안개가 시야의 대부분을 차단해서 몇 걸음만 떨어져도 알아보기 힘들었다.

무사 하나가 갑자기 다가오는 살기를 느끼고 급히 물러서며 검을 매섭게 휘둘렀다.

"어떤 놈이냐!"

"으악!"

동료에게 단순히 손을 내밀던 다른 무사가 비명을 질렀다. 그의 팔이 무사의 검에 맞아 뎅겅 잘려 나갔다.

처음 무사는 자기가 한 짓을 깨닫고 기겁을 했다.

"상춘아!"

팔이 잘린 무사는 처음 무사가 자신을 죽이려고 달려드는 듯한 기세를 느꼈다.

"으헉!"

그는 이미 공격을 당했다. 살기 위해서 다른 손으로 검을 뽑아 쭉 뻗었다.

다가오던 무사는 걱정에 몸을 날린 터라 미처 피할 수 없었다. 더구나 믿었던 동료에 의한 이런 공격은 짐작도 못하던 일이다.

"컥!"

검이 그의 가슴을 뚫고 나갔다. 치명상을 입은 무사의 몸이 서서히 무너졌다.

곳곳에서 인명 피해가 일어났다. 소수의 무사들은 상황에 적응하지 못하고 발작적으로 돌아다녔다. 그러나 진 안에서 그들의 감각은 왜곡되었다. 어떻게 걸어가든 바깥쪽으로 빠져나가는 사람은 하나도 없었다. 똑바로 걷는다고 걷지만 결국은 진 내부로 돌아왔다.

일련의 피바람이 불고 나자 진 내부의 사람들도 조금씩 안정이 되었다.

그들은 자기들이 진에 빠졌음을 처음부터 눈치 채고 있었다.

진법 자체가 흔히 볼 수 있는 것이 아니다. 또 이만큼 엄청난 효과를 보이는 것은 평생 한번 보기도 힘들다. 하지만 진에 대한 이야기들은 들은 것이 있어 다들 이것이 보통 진이 아님을 알고 행동을 조심하기 시작했다.

안에 갇힌 진법가들이 계속 고함을 질렀다.

"움직이지 말고 자리를 지키십시오! 돌아다니면 피해가 커집니다! 이건 우리 진법가들이 해체해 보겠습니다!"

소리 역시 멀리 전달되지는 않았다. 그러나 바로 옆의 근거리까지는 전달이 가능했다. 그 방향은 알 수 없지만 사람들은 서로서로 자신이 들은 이야기를 옆으로 전달했다.

말이란 입에서 입으로 옮겨지다 보면 조금씩 달라지는 법이다. 더구나 이 진은 소리도 꽤 차단한다. 그래도 대충의 뜻은 오해없이 전달되었다.

진법가들이 전한 말을 순순히 믿은 사람들은 자리에 주저앉아 일이 해결되기를 기다렸다. 이 정도로 대단한 진법에 갇혔을 때는 함부로 돌아다니면 좋은 꼴 못 본다는 상식도 한몫했다.

하지만 그 와중에도 서로의 말을 믿지 못하고 움직이는 사람들은 있었다. 그들에 의해서 피해는 계속 발생했지만 시간이 지날수록 그런 것도 줄어들었다. 움직이던 자들이 결국 다른 사람들과 충돌해 죽었기 때문이다.

 진법가들은 일단 큰소리는 쳤지만 난감한 상황에 빠졌다. 당장 진 안에 갇힌 그들은 다른 진법가들과 의견 교류가 어려웠다. 더구나 진 내부에 있으니 감각이 왜곡되어 진에 대한 분석을 제대로 하기 어려웠다. 그들은 어떻게든 진을 해석하려고 주변을 더듬거렸지만 큰 효과는 없었다.
 더구나 이것은 간단한 진이 아니다. 대규모로 펼쳐진 아수라환상대진이다. 전체적으로 관조해도 어려운데 주변 좀 더듬는다고 해서 내막을 파악할 수는 없다.
 더 큰 문제는 여기에 온 진법가들의 대부분이 지하구조물로 들어갔다는 데 있었다. 무림맹 소속 진법가는 기관 해체에 조금이라도 도움을 주기 위해서 모두 지하구조물로 내려갔다. 실력있는 진법가들도 마찬가지였다. 진 중심부는 진법의 영향을 받지 않았기 때문에 그들은 지상에서 무슨 일이 벌어지고 있는지 알지 못했다.
 지상에 남아 있는 것은 무림맹에 소속되지도 못하고 실력도 부족한 진법가들이었다. 그들의 힘으로 진을 해제하기는 어려웠다.
 어차피 지하에 내려간 진법가들이 사실을 알았다고 하더라도 손을 쓰기 어려운 상황이었다.

마교에서 투입시킨 열 명은 상황이 더 나빴다. 그들은 기본적으로 마공을 익힌 마인들이다. 여기에 투입될 정도면 마공의 화후가 적다고 할 수 없다. 또한 치열한 마교에서의 삶 때문에 그들은 남을 함부로 믿지 않는다.

그들 열 명은 같이 뭉쳐서 움직였다. 그리고 그것이 그들에게 불행으로 작용했다.

마교 무사 서여탁이 동료의 어깨를 치며 말했다.

"이거 분위기가 장난이 아닌데?"

구노북이 몸을 급격히 비틀어 그 손길을 피했다. 한 걸음 물러서기까지 했다.

곧바로 검을 뽑으며 호통을 쳤다.

"서여탁! 살수를 쓰다니. 무슨 짓이냐!"

서여탁은 처음에는 어이가 없었다. 그러나 구노북에게서 강력한 살기가 느껴지자 서여탁의 안색도 변했다.

"이 새끼. 이 기회를 이용해서 나를 제거하려고 하는구나. 배신이냐!"

서여탁도 즉시 검을 뽑아 구노북을 겨누며 외쳤다.

구노북의 눈썹이 꿈틀거렸다. 그에게는 현 상황이 먼저 살수를 쓴 서여탁이 이제 자신을 배신자로 누명까지 씌워 죽이려는 것으로 보였다.

서로 같이 믿으며 지낸 관계라면 일이 이렇게 빨리 악화되지는 않는다. 그러나 그들은 마교의 무사들이다.

 마교에서는 별의별 음모가 다 진행된다. 원래 사람 목숨을 우습게 아는 곳이라 그곳에서 살인은 일상다반사다. 목적만 있다면 언제 뒤통수를 맞을지 모른다.

 서여탁과 구노북이 서로 친분이 깊다면 사정은 다르다. 하지만 이들은 힘을 합쳐 싸우는 전투 부대가 아니다. 끝없이 의심하도록 배운 공작 부대다. 서로를 밟고 더 강한 힘을 얻으려는 그들에게 아수라환상대진의 정보 왜곡을 이길 신뢰는 없다.

 그래서 구노북은 현 상황이 더 이상 의심할 여지도 없다고 믿었다.

 "배신은 네가 했잖아. 죽어라!"

 구노북이 거칠게 검을 휘둘렀다. 서여탁도 망설이지 않고 맞대응했다. 실력이 비슷한 둘의 검이 어지러이 섞였다.

 이 정찰조를 이끌고 있는 가환일은 어이가 없었다.

 "이 새끼들이 미쳤나. 적진 한복판에서, 진법에 갇힌 이런 상황에서 우리끼리 싸우고 난리냐!"

 부하들은 모두 일류무사지만 가환일은 고수다. 그것도 꽤 뛰어난 무공을 가지고 있다.

 가환일이 즉시 두 사람 사이에 끼어들며 손을 양쪽으로 떨쳤다. 둘 다 물러서게 하기 위해 적당한 위력의 장법을 펼쳤다.

그가 펼친 것은 치명적이지는 않지만 지극히 위협적인 수법이다. 바깥에서라면 위협으로 끝날지 몰라도 기가 왜곡되는 여기서는 살기가 짙게 배어 있는 수법으로 느껴진다.

당연히 두 사람은 물러설 수밖에 없었다. 그리고 그들이 동시에 고함을 질렀다.

"조장이 우리를 죽이려고 한다!"

"조장이 미쳤다! 살초를 펼쳤다!"

기환일은 어이가 없었다.

그리고 다른 일곱이 그 말에 반응했다.

진법이 발동된 후 발생한 안개가 너무 짙어 조금만 멀어지면 서로의 모습이 제대로 보이지도 않았다. 그곳에서 마교 무사들은 서로를 의심하며 검을 잡았다.

부드러운 움직임도 살초로 느껴지게 만드는 절진이다. 기를 바짝 세운 그들의 손짓 하나하나까지 다른 사람들에게는 모두 공격으로 느껴졌다.

어느새 마교 무사들은 서로를 향해서 검을 뿌려대기 시작했다. 이제는 진짜로 살초를 뿌려대며 서로를 공격했다. 점차 그들은 동료를 죽이지 않으면 자신이 죽는다는 생각에 빠져들었다.

가환일의 안색이 급변했다. 그는 부하들보다 훨씬 강하다. 그래서 주변에서 공격을 받아도 생각할 여유가 있었다. 그는 이제 이것이 진에 의한 영향이란 것을 깨달았다.

'진법에 당했다. 곳곳에서 들리는 제자리를 지키라는 소리가 이것 때문이구나.'

"제기랄! 자리를 지켜라! 움직이면 죽는다!"

그가 호통을 쳤다. 그러나 그의 부하들은 그 말을 듣고도 멈추지 않았다. 다들 생사대적을 만났는데 함부로 손을 놓는 것은 죽으라는 말이나 다름없었다. 결정적으로 그들은 가환일도 믿지 않았다. 오히려 가장 강력한 자라는 생각에 최대한 경계했다.

답답해진 가환일이 바로 곁에서 느껴지는 싸움판에 끼어들었다. 그리고 장력을 연달아 날려 두 무사를 떼어놓았다.

"가만히 있으라니까!"

호통을 치던 그가 기겁을 하며 몸을 비틀었다. 또 다른 무사의 검이 그의 등을 스치고 지나갔다.

가환일은 이 일이 진법의 영향이란 것은 알지만 그것이 어떤 종류인지까지 정확히 알지는 못했다. 중요한 건 방금 그가 등을 맞아 죽을 뻔했다는 사실이다.

진은 먼 곳의 기는 차단하고 가까운 곳의 기는 변형하여 증폭했다. 근거리로 접근하기 전에는 공격을 알아채지 못하니 엄청나게 위험했다.

"이 새끼가!"

가환일이 검을 뽑으며 빠르게 휘둘렀다. 검에 맺힌 힘은 강했다. 작정하고 휘두른 검에 부하 무사가 제대로 저항도 하지 못하고 몸이 토막나서 죽었다.

그런데 동료가 가환일에게 죽는 것을 목격한 마교 무사 하나가 고함을 질렀다.

"조장이 우리를 죽인다! 조장이 미쳤다!"

이제 무사들은 가환일에게 검을 들이댔다. 살기 위해서였다. 몇 명은 오히려 도망쳤다.

죽일 듯이 달려드는 부하들을 보고 가환일이 폭발했다.

그의 검이 안개를 헤치며 피를 뿌렸다.

취걸개가 호통을 치며 장력을 날렸다.

"어딜!"

끝이 뾰족하게 다듬어진 통나무가 날아오다 취걸개의 장력에 충돌했다. 통나무가 가진 물리적인 힘이 꽤 대단했지만 취걸개의 장력이 한 수 위였다.

옥룡팔장에 적중당한 통나무의 몸통을 타고 강한 진동이 부르르 흐르더니 일순간에 터져 버렸다. 커다란 나뭇조각들이 사방으로 튀었다.

취걸개의 뒤에서 청허자가 급히 검을 휘둘러 나뭇조각들을 튕겨냈다.

"늙은 거지, 이곳은 공간이 좁으니 초식을 좀 가려서 쓰란 말이오."

청허자의 불평에 취걸개가 손을 털며 대답했다.

"어허. 저 큰 놈이 날아드니 일단 강한 수를 쓰고 봤지. 언제 잡아서 돌리고 자시고 하나. 그럼 이제부터는 늙은 도사가 앞장을 서던가."

"무덤을 파는 재주는 늙은 거지가 더 나으니 그냥 계속 우리를 이끄시게나."

여기 들어온 고수가 백 명이다. 거기에 진법가들도 조금 섞여 있다. 청허자도 진법에는 관심이 상당히 많다. 그래도 취걸개가 앞장을 섰다.

취걸개는 버린 것을 주워 먹는 거지들의 장로다. 도굴 전문가는 아니지만 이런 일에 제법 지식이 있다.

진법가들도 취걸개에게 도움을 주었다. 그들 중에는 기관에 대한 상식을 가진 자들이 있었다. 그리고 진법가는 기관을 모른다 하더라도 진법의 원리에 입각해서 발동 지점을 찾는 데 상당한 도움을 줄 수 있는 능력이 있었다.

취걸개는 진법가와 고수들을 지휘하여 기관들의 일부는 해제했다. 하지만 대부분은 피하며 전진했다. 발동 장치를 무사히 찾아낸 기관은 조심해서 피해가는 것이 가능했다. 하지만 간혹 실수를 해서 함정을 발동시키면 지금처럼 힘으로 때려 부숴야 했다.

적명자가 불안한 듯이 말했다.

"그런데 여기 갑자기 무너지거나 하는 건 아니겠지요?"

취걸개가 자신만만하게 말했다.

"걱정 마시오. 그런 것은 확실히 조사하면서 들어오고 있으니까. 함정들이 꽤 대단해서 진입하기 어렵지만 이 공간은 튼튼 그 자체야. 튼튼."

그의 말은 사실이었다. 무너질 위험이 조금이라도 있다면 처음부터 이 인원이 들어오지도 않았다.

"자, 부술 수 있는 기관은 부수고. 정지시킬 수 있는 건 정지시키고. 피할 건 피하고. 전부 다 처리해 주지."

한참을 전진한 그들은 마침내 제법 큰 공간에 도착했다. 그 공간은 출구가 당장 보이지는 않았다. 백 명의 인원이 그곳에 들어서자 취걸개가 말했다.

"이 공간은 안전한 것 같으니 여기서 잠시 쉬어갑시다. 찾아보면 숨어 있는 출구를 움직이는 기관이 있을 거요."

백 명의 무림맹 고수 중에는 제갈화운도 있었다. 그와 동년배의 젊은 고수들도 몇 섞여 있었고 그중에는 여고수들도 있었다.

제갈화운은 제갈세가 사람이다. 그래서 사람들이 그가 이 기관들을 해제하는 데 어떤 도움을 주지 않을까 기대했다.

하지만 제갈화운은 나이가 젊어 공부가 부족하다. 더구나 기관에 대해서는 상식적인 수준밖에 알지 못한다. 취걸개를 누르고 일행을 선도할 수가 없었다.

뭔가 자신의 존재감을 보여야 한다는 압박감이 든 그는 사람들이 쉬는 사이에 그들이 있는 공간의 벽을 자세히 둘러보았다. 그러던 그의 눈에 잘 숨겨진 기관 조작 장치가 띄었다.

보통 사람은 알아보지 못하는 것이다. 하지만 기관의 기초라도 공부한 그는 찾아낼 수 있었다.

제갈화운이 회심의 미소를 지었다.

'이것이군. 이 정도 공은 세워줘야 제갈세가 사람이라고 할 수 있겠지.'

제갈화운이 그 기관을 만지며 말했다.

"여기 기관 장치를 하나 찾았습니다."

취걸개가 그쪽을 돌아보며 말했다.

"함부로 만지지 마라. 무슨 동작을 할지 모른다. 내가 먼저 살펴보마."

제갈화운이 내심 발끈했다.

'거지 따위가 제갈세가보다 이런 것을 더 잘 알 수는 없지. 여기까지 들어오면서 위험한 것은 없었어.'

"괜찮습니다. 이것은 문의 개폐 장치로 보입니다. 숨겨진 비밀문의 입구가 아닐까 합니다."

제갈화운은 취걸개가 오기 전에 기관 장치를 꾹 밀어버렸다.

* * *

혈마가 총관에게 말했다.

"이봐, 총관. 그놈들, 지금쯤이면 그걸 건드렸겠지?"

"바보가 아니라면 그랬을 겁니다. 덫에 들어가는 진은 너무 어렵지 않게 만들어놨으니 거기까지 도착했겠지요. 그리고 거기까지 갈 놈들이라면 그걸 못 찾을 리가 없습니다."

"그럼 갇혔겠군. 지금 생각하니 조금 아깝다. 그건 검성이나 천마, 아니면 그 비슷한 수준의 놈을 생포하려고 만든 거잖아. 이번에 온 놈들을 잡는 데는 아수라환상대진만으로 충분한 일이었는데 말이야."

"성주님, 이미 써버린 것을 아까워해 봐야 소용없습니다. 그래도 거기 들어간 놈들은 확실히 잡을 수 있습니다. 검성이나 천마라고 하더라도 최소한 한 시진은 붙잡아둘 수 있는 공간이니까요. 그 아래의 고수라면 며칠이 걸려도 뚫지 못합니다. 그리고 어차피 이걸 이용한 이호경식이 먹히기만 하면 우리로서는 이익입니다."

*   *   *

제갈화운이 기관 장치를 누름과 동시에 그들이 들어온 입구에 거대한 쇳덩이가 빠르게 떨어져 내렸다.

취걸개가 급히 소리를 질렀다.

"뭐, 뭐냐! 막앗!"

그는 급히 몸부터 날렸다. 떨어지는 철문을 향해서 옥룡팔장의 일장을 뻗었다.

요란한 폭음이 울리며 철문에 흐릿한 손바닥 자국이 찍혔다. 하지만 그뿐이다. 철문이 떨어지는 것을 막지는 못했다.

오히려 취걸개가 손을 붙잡았다. 철문을 부수지 못했으니 그 반탄력을 고스란히 받았다. 무공의 고수인 그도 손에 저릿한 통증을 느꼈다.

취걸개가 급히 제갈화운을 돌아보며 소리쳤다.

"네 이놈! 무슨 짓을 한 거냐!"

이 상황에서 제갈화운은 변명거리조차 없다.

"저, 저는 그냥."

청허자가 검을 뽑더니 철문을 후려쳤다. 날카로운 쇳소리가 들렸지만 철문에는 그저 작은 흠만 났을 뿐이다.

"소리를 들어보니 두께가 최소한 일 척은 훨씬 넘겠군. 더구나 쇠의 단단함이 보통이 아니야. 이건 마치 검을 모아서 만든 것 같은 단단함이다."

청허자가 제갈화운을 한번 째려봐 준 후 취걸개에게 말했다.

"늙은 거지, 검마가 설마 들어온 자를 다 죽이려고 할 리는 없으니 어딘가 출구가 있을 걸세. 아니면 이걸 다시 여는 방법이 있거나. 그걸 좀 찾아보게."

"알았다고. 거기 제갈가의 애송이, 너도 도와라. 다들 기관에 대해 지식이 있는 자들은 다 나서서 새로운 장치를 찾아. 저 바보처럼 함부로 건드리지 말고."

고수 하나가 손을 들고 제안했다.

"벽을 파서 뚫고 나가는 것은 어떻습니까?"

"함부로 파다가 다른 기관을 건드리면 무슨 일이 일어날지 모른다. 파더라도 조사를 해보고 파야지. 저 바보 같은 놈이 내 말만 들었어도 일이 이렇게 힘들어지지는 않았을 텐데."

취걸개의 말에 고수들이 제갈화운을 노려보았다. 제갈화운은 땀만 뻘뻘 흘렸다.

* * *

백여 명의 정파무림인이 훈장의 집을 포위했다.

"조심합시다. 어떤 놈인지 몰라도 쉬운 상대는 아닐 거요."

"그렇지요. 그런 큰일을 벌였다면 마두일지도 모릅니다."

사람들은 바짝 긴장하며 집으로 다가섰다. 그리고 서로 눈짓을 하다 일제히 집으로 뛰어들었다.

"네 이놈! 어서 포박을 받아라!"

동작 빠른 한 명이 검을 휘둘러 방문을 박살 냈다.

방 안은 텅 비어 있었다. 사람들은 안도와 동시에 분노했다.

"이미 달아났다!"

"집 안을 확실히 뒤져 보자! 뭔가 흔적을 남겼을 거야!"

안전을 확보한 사람들은 이제 공이라도 세워보기 위해서 집을 샅샅이 뒤졌다. 거의 해체 수준으로 집이 박살났다.

第二章

주유성 일행이 도착한 것은 아수라환상대진이 발동하고 사흘이나 지나서였다.

진 앞에 도착하기 한참 전부터 주유성은 일이 꼬였음을 깨달았다. 인상을 찌푸리고 말했다.

"뭔가 이상하네요. 우리가 가야 할 저쪽. 수상한 기의 흐름이 느껴져요."

독촉하느라 지쳐 버린 남궁서천이 반색을 했다.

"다행이군. 아직 일이 끝난 것은 아니라서. 그럼 어서 갑시다."

주유성이 고개를 끄덕였다.

'심상치 않아. 간단한 느낌이 아니야.'

사태의 심각성을 조금이라도 예상한 주유성이 자세를 바로잡고 말을 달렸다.

남궁서천은 정말 깜짝 놀랐다.

"헛! 주 공자가 말을 타고 달린다! 이럴 수가!"

그는 맹세코 저 지독한 게으름뱅이가 달리는 모습을 한 번도 본 적이 없다.

그래도 놀라고 있을 수만은 없었다. 그들은 주유성의 뒤를 따라 급히 말을 달렸다.

네 마리의 말이 먼지를 날리며 현장에 도착했다.

많은 수의 무인들이 주유성 일행을 돌아보았다. 주유성이 달린 것은 마지막 순간뿐이다. 하지만 먼저 와 있던 사람들이 보기에는 줄곧 열심히 달려온 것처럼 보였다.

남궁서천이 말에서 내리며 말했다.

"이거 뭔가 이상하군. 무림맹에서 나온 숫자만 삼천 명은 족히 되는데 그들이 보이지 않으니."

무림맹의 마당발 남궁서천이 아는 얼굴이 거의 없었다. 그나마 안면이 있는 몇 명은 무림맹 소속이 아니다.

남궁서천이 소리쳤다.

"저는 남궁세가의 남궁서천입니다! 지금은 무림맹에서 일을 하고 있습니다! 어떻게 된 건지 소생에게 설명해 주실 분 안 계십니까?"

남궁서천의 명성을 들어본 사람들이 제법 있었다.

"오, 광명검 남궁서천이다."

"광명검이 나선다면 혹시 도움이 되지 않을까?"

"에이, 이미 며칠째 달라붙어도 되지 않던 일이야. 광명검이 나서도 소용없어."

사람들의 소란을 뒤로하고 곡부일이 나서서 포권을 했다.

"저는 상건문의 곡부일이라고 합니다. 지금 여기 있는 진법가들의 지휘를 맡고 있습니다."

남궁서천도 즉시 포권을 했다.

"아, 곡 대인이시군요. 이게 어떻게 된 일입니까?"

곡부일이 지금까지 일어난 일을 간단히 이야기했다. 그 이야기를 듣고 남궁서천의 얼굴이 굳었다.

"구천 명의 정파의 인재가 저 안에 갇혀 있다니. 저 진이 도대체 무엇입니까?"

"아직 파악하지 못했습니다. 뒤늦게 진법가 두 분이 오셔서 같이 연구했지만 진의 이름조차 알아내지 못했습니다."

"그럼 힘으로 부숴보면 어떻겠습니까?"

"이미 사흘 전에 하남삼호 세 분과 다른 수백여 명의 협객들이 진을 부숴보기 위해 안으로 들어갔습니다. 하지만 그분들 모두 진에 갇혀 생사를 알 수 없습니다."

"무림맹에 연락은 됐습니까?"

"물론입니다. 이미 전서구를 날렸습니다. 오늘이나 내일쯤에는 무림맹의 지원군이 도착한다고 들었습니다. 무림맹에 남아 있는 진법가들이 모두 동원됐다고 합니다."

남궁서천이 불안한 표정으로 말했다.

"무림맹의 진법가들 중에 실력자는 대부분 이곳에 와 있었는데……."

남궁서천이 주유성을 돌아보며 말했다.

"주 소협, 이 진이 무엇인지 알아보겠소?"

주유성이 고개를 저었다. 진의 원리와 비결은 사천의 진법가 곽안모에게 제대로 배웠다. 하지만 진법 공부를 별로 하지 않아 세상에 알려진 진들 중에 아는 것은 많지 않다. 그의 얼굴도 꽤나 심각해져 있었다.

"아뇨. 하지만 이거 장난이 아니네요."

그는 진의 흐름을 느꼈다. 오만 가지 기가 증폭되고 왜곡되는 것이 그의 예민한 감각에 잡혔다.

주유성이 작은 언덕 위에 올라가 뒷짐까지 떡하니 지고 진을 관조했다. 언뜻 보면 기품까지 있었다.

주유성은 기감이 인간의 상식 수준을 넘었다. 그는 진 전체에 흐르는 기의 영향을 몸으로 감지하며 서 있었다. 그렇게 한 시진은 족히 지난 후 심각한 표정으로 말했다.

"죽음의 절진이라는 건 말로만 들었지 직접 보기는 처음이네요. 여기 잘못 들어가면 끝장이에요."

바람이 적당히 불어 그의 머릿결을 날렸다. 검옥월이나 남궁서린이 보기에 그렇게 멋있을 수 없었다.

'주 공자에게 저런 면이.'

'어머나. 내 가슴이 왜 이래.'

곡부일이 그런 주유성을 보더니 남궁서천에게 조심스럽게 물었다.

"저분은 누구신데 진을 보는 것만으로 평가하시는지요?"

곡부일로서는 불만스러운 모습이다. 새파랗게 젊은 놈이 멋을 부리는 것이 거슬렸다.

"그는 올해 무림진법대회의 우승자입니다. 하남 서현 주가장의 주유성 소협이지요."

이곳은 주유성이 사는 하남이다. 게으름뱅이에 대한 소문은 날 대로 나 있다. 곡부일이 놀라서 소리쳤다.

"주유성? 저 사람이 바로 주유성이라고?"

그 소리를 들은 사람들이 웅성거렸다.

"주유성이라면 일포십한이라고 불리는 그 게으름뱅이잖아."

"학문이 제법이라고 했으니 도움이 될지도 모르지."

"명색이 진법대회 우승자라잖아."

"이 사람들. 그는 무림맹에서 허풍대협이라고 소문났어."

"아, 그렇지. 허풍대협이지."

사람들이 의심스러운 눈초리로 주유성을 쳐다보았다.

주유성을 가르친 진법가는 곽안모이다. 그리고 그는 사천이 주 활동무대다.

곡부일은 하남의 무인이고 덤으로 진법을 익힌 사람이다. 사천에서 손에 꼽히는 곽안모에 비하면 실력이 태양과 달만큼 차이난다.

하남의 무인이라 사천의 곽안모와 친분 같은 것은 없다. 주유성이 곽안모에게 어떤 평가를 받았는지 따위는 알지 못한다.

곡부일은 벌써 사흘이나 성과를 내지 못했다. 슬슬 걱정이 되고 이제 책임을 좀 떠넘기고 싶었다. 그는 주유성을 믿지는 않았지만 진법대회를 믿어보기로 했다. 지푸라기라도 잡는 심정이었다.

"무림진법대회는 아무나 우승할 수 있는 곳이 아니오. 그러니 믿어봅시다."

진법에 막힌 상황에서 사흘이나 이곳에 있었던 곡부일의 발언권은 아직 상당했다. 그의 말에 사람들이 조용히 수긍했다.

어디서 작은 불평들이 새어 나오기는 했다.

"허풍대협이라니까."

남궁서천이 주유성에게 부탁했다.

"주 소협, 저 안에서 사흘이나 지났다면 아무리 무공을 익힌 사람들이라고 해도 문제가 생겼을 수 있소. 어떻게 손을 써볼 수 있겠소?"

주유성은 진을 계속 살피고 있었다. 그는 자신이 게으름을 피워서 여기 늦게 온 것에 대해 마음이 불편했다.

"구천 명이 갇혀 있다고요? 사고나 안 났으면 좋겠네요."

말은 그렇게 했지만 이 진의 변화가 어떤 종류의 것인지 깨달은 상황에서 일이 쉽지 않은 것을 짐작하고 있었다.

"진법가 분들은 모이세요. 일단 의논 좀 하고 뚫어보자고요."

*   *   *

무림맹의 고수 백여 명은 함정에 갇힌 지 사흘이 지났다. 그들은 그동안 빠져나갈 길을 찾기 위해서 무던히 애썼다.

제갈화운이 소리쳤다.

"이럴 수는 없어! 입구만 있고 출구가 없다니! 무슨 이런 곳이 다 있어!"

취걸개가 붕 날아오더니 제갈화운에게 발을 뻗었다. 제갈화운이 막아보려고 했지만 취걸개는 진짜 고수다. 거지의 더러운 발이 제갈화운의 방어를 뚫고 가슴을 걷어찼다.

"켁!"

제갈화운이 한번 막아보지도 못하고 신음 소리를 내며 나뒹굴었다.

"이 새끼야, 네놈이 설치지만 않았어도 이 고생은 안 해!"

사흘이나 굶은 취걸개가 성질을 부렸다.

모든 개방 사람이 그렇듯이 취걸개도 출신이 거지다. 어렸을 때는 무던히도 굶었다. 그래서 음식을 아주 많이 탐한다.

그런 그가 사흘을 굶었다. 내공이 고강해서 버티고 있지만 신경질이 나서 죽을 맛이다.

음식을 못 먹은 것보다 더 큰 문제는 물 공급이 없다는 것이다. 이곳에 들어올 때 물을 가져온 사람은 아무도 없다. 무공이 약한 사람들은 사흘이나 물을 마시지 못해 기력이 완전히 쇠잔해져 있었다.

화산파의 백미화는 잔뜩 지쳐 있었다. 그녀의 무공은 일반 무사들보다 뛰어나지만 고수라고 하기는 조금 부족함이 있었다.

그녀도 무공을 배울 때는 힘들게 배웠다. 하지만 이건 수련이 아니다. 꽤나 곱게 자란 그녀가 사흘이나 물도 못 마시고 지낸 적은 없다. 그녀가 현기증이 나는 머리를 짚으며 말했다.

"물만 주면 거지와도 결혼해 줄 수 있어요."

개방의 장도관이 옆에 축 늘어진 채 대답했다.

"나 마시고 남는 물 있으면 나눠줄 테니 그때 결혼해 주시오."

"칫. 언제는 뭐든지 부탁만 하라고 하더니."

"거지가 원래 그렇지. 뭘 기대했소? 말 많이 하면 더 힘드니까 조용히 하시오. 나는 좀 더 쉬었다가 문이나 부숴봐야 하니까."

지루해진 백미화의 눈에 구석에 나뒹군 제갈화운이 보였다. 그녀가 이를 갈았다.

"오드득! 내가 다시 제갈가 놈하고 말이라도 하나 봐라."

제갈화운은 사람들의 비난을 한 몸에 받고 있었다. 청성의 마해일은 사람들 틈에 숨어서 그 모습을 보고 한마디도 하지 않았다.

다른 사람이 같은 일을 저질렀다면 앞장서서 화를 냈을 마해일이다. 하지만 제갈화운에 대한 일은 그럴 수 없었다.

'같이 저지른 일이 있고 앞으로 저지를 일이 있는데 가만있어야지. 그냥 입 닥치자.'

제갈화운은 그런 마해일이 밉다.

'다른 놈들은 다 가만있어도 저 새끼는 내 편을 들어줘야지. 확 다 불어버릴까?'

하지만 그럴 수 없음을 자신이 더 잘 안다. 지금은 말 한마디만 잘못해도 취걸개에게 얻어맞는 상황이다. 스스로 죄를 들춰냈다가는 몰매를 맞고 죽을 수도 있다.

지하에 갇힌 사람들은 그냥 죽을 생각은 없다. 그들은 지난 사흘 동안 빠져나갈 공간을 찾기 위해서 최선을 다했다.

우선 벽을 조사하고 위험이 없으면 검을 이용해서 파냈다.

그러나 돌벽 뒤에는 철판이 버티고 있었다. 소리를 시험해 보니 그 두께가 입구를 막는 철문 못지않았다. 설사 그걸 부순다고 해도 그 뒤에 어떤 장애물이 버티고 있을지 모르는 상황이다.

결국 그들은 사흘째 입구의 철문을 두드리고 있었다. 그러나 단단하고 두꺼운 철문은 아무리 두드려도 부서지지 않았다. 철문의 재질은 보통의 무쇠와는 달랐다.

그래도 무공의 고수들이 교대로 칼질을 한 덕분에 철문을 거의 반 척이나 파냈다. 그러나 먹고 마시지 못하는 상태에서 검기를 써야 하는 공격을 계속할 수는 없었다. 그 정도 파낸 상태에서 다들 완전히 지쳐 버렸다.

더구나 이제 칼도 멀쩡한 것이 별로 없다. 철문이 뚫리는 것이 먼저일지 검이 모두 작살나는 것이 먼저일지 의문인 상황이다.

철문에 칼질을 몇 번 한 청허자가 지친 목소리로 말했다.

"이 철문은 아무리 파도 끝이 나지 않는군. 얼마나 좋은 쇠로 단단히 만들었는지 모르겠소."

제갈화운을 걷어차느라 힘을 쓴 취걸개가 널브러진 채로 대답했다.

"이걸 정말 검마가 만들었는지 어쩐지는 모르지. 하지만 이런 좋은 쇠를 이만큼 써서 함정을 만들려면 황금을 한 무더기는 써야 했을 거야. 아주 작정을 했어."

"그래도 숨구멍은 남겨두었는지 우리가 죽지는 않았잖소. 목적이 있어서 그랬겠지."

"우리를 산 채로 잡으려는 목적인지도 모르지. 이렇게 며칠만 더 지나면 누가 싸울 수 있으려고."

"늙은 거지, 말할 힘이 있으면 와서 칼질이나 하시게. 난 이제 지쳐서 검기가 잘 나오지 않소."

취걸개가 힘들게 몸을 일으켰다.

"끙. 젊은 놈들은 이제 한두 시진을 쉬어도 칼질 한 번이 고작이니까 늙은 우리들이 해야지 뭐."

사흘 동안 탈진한 덕분에 현재 검기를 발출할 기력이 남은 고수는 별로 없다.

취걸개가 투덜거렸다.

"갑자기 유성이 녀석이 생각나는군."

"주 소협? 여기서 그 게으른 녀석이 왜 생각난다는 거요?"

"움직이기 싫고, 어디서든 눕고 싶고, 먹을 것이 먹고 싶고, 내가 딱 그 녀석이 된 거 같단 말이지."

청허자가 오랜만에 웃었다.

"하하. 그것도 그렇소. 하지만 그 녀석이 된다는 건 도인으로서 수치스러운 일이지."

"내가 아이들을 보내놓았으니 그 녀석도 지금쯤은 도착했겠군. 바깥에서 대책 마련에 고심하고 있을지 모르지."

취걸개의 얼굴이 어두워졌다.

"이미 진법이 해체된 상황에서 그 녀석이 온다고 해서 무슨 차이가 있을까. 그보다 바같은 어떻게 됐는데 우리를 구조하러 아무도 오지 않는 건지. 나는 그게 걱정이란 말씀이야."

*   *   *

주유성은 세 명의 진법가와 같이 아수라환상대진에 대한 토론을 했다.

주유성이 땅바닥에 간단한 기의 흐름을 그려놓은 채 말했다.

"그러니까 계산 결과에 의하면 여기가 입구예요. 이곳으로 들어가면 진을 이루는 뭔가가 하나 있을 거예요."

평범한 실력인 세 명의 진법가들은 주유성의 설명을 이해할 수 없었다. 주유성이 사용하는 개념은 이미 그 진법가들의 수준을 넘어섰다. 전혀 모르는 소리를 떠드니 믿음이 가지 않았다.

"이보시오, 주 소협. 내 주 소협의 말을 이해할 수 없소. 건과 감 사이에는 당연히 곤이 있는 법이거늘 어찌 주 소협은 그것을 부정하시오?"

"아 진짜. 이 진은 흐름이 변해요. 곤이 곤이 아니고 감이 감이 아니라니까요. 태극이 시간에 따라 변하는데 곤이 왜 곤이겠어요?"

"어허. 주 소협의 학문이 높음은 알지만 그건 진법의 상식을 벗어나는 일이오. 어찌 곤이 감이 된다고. 이게 무슨 전설의 아수라환상대진이라도 된다는 말이오?"

"어쨌든 제 말이 맞다니까 그러시네. 우리는 힘을 모아서 이곳을 먼저 풀어야 한다니까요. 그러면 진이 조금 흔들릴 거예요. 잘하면 가까운 곳의 몇 명은 구해낼 수 있어요. 지금은 진 안에 있어본 사람들의 도움이 필요해요."

주유성은 계속 주장했지만 설득에는 실패했다. 진법가들은 확고부동했다.

"받아들일 수 없소. 믿을 수 없는 방법으로 입구를 추측한 곳에 사람들을 투입할 수는 없소. 그러다가 잘못하면 그들까지 갇히게 되오. 이미 그런 식으로 하남삼호 세 분 대협을 포함한 수백 명이 진에 갇혔소."

주유성이 사람들을 둘러보았다. 사람들이 주유성을 보는 시선이 곱지 않다.

"역시 허풍대협이야. 진법가들이 모두 아니라고 하는데 혼자 맞다고 하잖아."

"저자에게 맡기는 것보다는 차라리 무림맹 사람들이 올 때까지 기다리는 게 낫지 않을까?"

주유성이 인상을 찌푸렸다.

'게으름 피우다 늦게 온 내 죄지 뭐.'

"쳇. 내가 자처한 평가인데 누구를 탓할 수도 없고. 알았어요. 그럼 나 혼자 들어갈게요."

주유성의 선언을 들은 남궁서천이 깜짝 놀라 말했다.

"주 소협, 위험하오."

그는 진법은 모른다. 그러나 세 명이나 되는 진법가가 주유성이 틀렸다고 하자 못내 불안했다.

"안 위험해요. 외곽을 살짝 흔드는 거라고요. 얼마든지 빠져나올 수 있어요."

곡부일이 말렸다.

"어허. 젊은 사람이라 철이 없군. 똑같은 소리를 하고 수백 명이 몰려갔지만 한 명도 빠져나오지 못했다니까."

"시끄러워요. 난 들어갈 거예요. 안에서 무슨 일이 벌어지고 있는지도 모르는데 구경만 할 수는 없어요."

남궁서천도 주유성을 말렸다.

"주 소협, 하루 이내에 무림맹의 사람들이 도착하니 그때까지 기다리는 것이 안전하지 않겠소?"

세상의 정의를 믿는 주유성으로서는 절대로 받아들일 수 없는 이야기다.

"이미 사흘이 지났다면서요. 진의 꼬라지를 보니까 저 속에서 보급품을 나눠 먹으면서 버티고 있을 것 같지도 않아요. 물 한 모금 못 마시고 사흘이 지난 사람들도 꽤 많을 거예요. 더구나 이런 진에 갇히면 심력을 소모한다고요. 시간 끌면 사람들이 말라 죽어요."

주유성은 진을 향해 성큼성큼 걸어갔다.

그런 주유성의 곁에 검옥월이 붙었다.

"검 소저?"

검옥월이 날카롭게 째려보았다. 그녀 딴에는 부드러운 웃음을 짓는 중이다.

"제 검이 약하지 않으니 도움이 될 거예요."

주유성이 활짝 웃었다.

"좋아요. 제 곁에 바짝 붙어 있어요."

검옥월이 수줍어하며 주유성의 한쪽 팔에 몸을 살짝 기대었다.

그걸 본 남궁서린이 주유성의 반대편 팔에 붙었다.

"주 공자님, 저도 도움이 되고 싶어요."

처음에는 진에 들어갈 용기가 없었다. 하지만 검옥월이 하는 꼴을 보고는 몸을 사리지 않기로 했다. 검옥월이 붙인 만큼 몸을 붙였다.

여동생이 나서는데 남궁서천이 구경만 할 수는 없다.

"쳇. 할 수 없지."

남궁서천이 주유성의 뒤에 섰다.

"등은 내가 지켜줄 테니까 하고 싶은 걸 해보시오."

주유성이 동료들을 둘러보더니 말했다.

"모두 바짝 따라와요. 너무 거리를 두지 말아요. 안 그러면 잃어버릴 수 있으니까."

안개 속으로 한 걸음 성큼 내디뎠다.
"시작하자고요."
게으름뱅이도 할 때는 한다.

아수라환상대진의 무서움은 기를 왜곡시키고 감각을 흩뜨려 놓는 것에 더해서 사람들에게 곡선을 직선이라고 믿게 만드는 효과가 더해져서 극대화된다.

더구나 그 규모가 작지 않으니 진에 빠진 사람은 아무리 돌아다녀도 바깥으로 나갈 수 없다. 바깥인 줄 알고 움직이면 그것이 안쪽이다. 일부러 안쪽으로 움직이면 여전히 안쪽이다. 모든 길이 안쪽으로 꼬여 있도록 만들어진 진이다. 그렇다고 진의 위력이 발휘되지 않는 중심 안전지대까지 들어가지는 못한다.

주유성은 진에 들어간 후 바짝 긴장했다.

'장난이 아니네. 기가 사방에서 몰아치잖아. 그리고 이거 반응이 얼토당토않네.'

기감이 특별히 예민한 주유성이지만 아수라환상대진의 기에서 진짜와 가짜를 구분할 수는 없었다. 하지만 뭔가 심각하게 부자연스럽다는 것은 알 수 있었다.

그는 바깥에서 계산한 대로 걸음을 차곡차곡 옮겼다.

"잘 따라와요. 바깥에서 기의 흐름을 보고 계산한 바에 의하면 가까운 곳에 진의 기점이 하나 있거든요."

진 내에서도 가까운 거리는 소리가 제법 잘 전해진다. 방향을 모를 뿐이다.

주유성이 움직였다. 그의 곁에서 사람들이 안력을 키운 채 조심해서 따라갔다.

주유성이 목표 지점으로 걸어감에 따라 기의 왜곡이 점점 심해졌다. 아무것도 모르고 움직였다면 왜곡된 길을 따라가느라 기점에는 다가가지도 못할 정도였다.

그리고 왜곡된 기가 살기로 느껴지며 사람들을 압박했다.

주유성을 제외한 세 사람은 나머지 동료들이 자신을 공격하려 한다는 압박감에 싸였다. 무공을 익힌 그들은 그것을 느끼고 당황했다.

그리고 가장 수련이 낮은 남궁서린이 먼저 반응했다. 갑자기 바로 옆의 사람이 자신을 공격하는 느낌에 급히 한 팔을 떨치며 비명을 질렀다.

"꺄악!"

비명 소리는 가냘프지만 그녀의 손까지 그런 건 아니다. 남궁세가의 무공을 익힌 그녀의 손이 남궁서천 쪽으로 날아갔다.

그 기세가 강력한 살기로 왜곡되어 남궁서천을 압박했다. 더구나 방향도 왜곡되어 있었다.

남궁서천은 급히 한 걸음 물러서며 살기를 경계했다. 그는 공격이 검옥월 쪽에서 왔다고 생각했다. 워낙 대단한 살기에 놀라 급히 검옥월에게 검을 겨누었다.

검옥월은 강력한 고수다. 남궁서천 쪽에서 살기가 와락 몰려오자 자연스럽게 자신의 무기를 뽑았다.

아수라환상대진에서 이런 처지에 빠져서 죽거나 다친 무림인이 한둘이 아니다. 더구나 주유성 일행은 기점 중 하나에 근접한 상태라 진의 위력이 더 강했다. 지금은 바로 옆도 제대로 구분할 수 없었다.

검옥월의 대응이 기를 더 심하게 혼란시켰다. 남궁서천은 자신을 향해 살기가 뚝뚝 떨어지는 공격이 날아온다고 느꼈다. 그는 신중한 기색으로 검을 뻗어 공격을 받아쳤다. 검이 날카롭게 안개를 갈랐다.

그 검을 뭔가가 강하게 밀어냈다. 소리도 없었다.

"크윽!"

남궁서천이 신음 소리와 함께 한 걸음 물러섰다.

검옥월도 남궁서천이 자신을 향해 검을 뻗은 것을 느꼈다. 그녀에게 오는 기세는 거의 생사대적을 향해 최후의 절초라도 뿌리는 고수의 그것이었다.

검옥월은 도저히 가만있을 수 없었다. 그녀의 검이 작은 변화를 만들며 앞으로 쭉 뻗어졌다. 자연스럽게 치명적인 초식이 발휘되었다.

그리고 그녀는 곧바로 뭔가 자신의 검을 밀어내는 것을 느꼈다. 그것이 남궁서천의 반격이라고 생각한 그녀는 즉시 검을 돌려 그 공격을 쳐내려고 했다.

"앗!"

그녀가 작은 소리를 내며 놀랐다. 쳐내려던 목표는 오히려 검을 부드럽게 감싸며 계속 밀어냈다. 검은 이미 목표를 잃었다. 그녀는 너무 놀라 급히 한 걸음 물러섰다.

남궁서천과 검옥월 두 사람은 잠깐 동안 서서 꼼짝도 하지 못했다. 주변에서 공격적인 살기들이 밀려들지만 조금 전의 반격에 놀라 감히 경거망동하지 못했다.

그리고 갑자기 그 살기들이 씻은 듯이 사라졌다. 안개가 빠르게 걷혔다.

주유성이 사람 머리보다 큰 돌멩이를 발로 툭툭 차서 굴리며 말했다.

"됐어요. 내가 여기 있을 거라 그랬잖아요."

그들이 서 있는 곳을 중심으로 폭 십 장 정도의 공간에서 안개가 빠른 속도로 사라졌다. 진 전체에 비해서는 얼마 안 되는 공간이지만 사람들은 눈이 다 환해진 기분이다. 그리고 안개가 사라진 끝은 진의 외곽과 닿아 있었다.

남궁서천과 검옥월은 서로를 향해 검을 겨누고 있었다. 이제 그들은 조금 전에 자신들의 공격을 무위로 만든 것이 상대임을 믿어 의심치 않았다.

주유성이 그들을 말렸다.

"두 사람 다 진정들 해요. 좀 전에 그건 둘 다 진법에 속은 거예요."

남궁서천은 검을 집어넣으며 생각했다.

'많아야 스물이나 됐을까 하는 아가씨의 무공이 장난이 아니군. 주변을 파악하기 힘든 그 상황에서 내 검을 정확히 밀어내다니. 더구나 그 위력은 나를 한 걸음 물러서게 했다. 이 여자. 강하다.'

검옥월도 남궁서천을 보며 감탄했다.

'남궁세가의 검이 이 정도일 줄은 몰랐어. 강검과 유검이 자유자재로 변하는 경지구나. 더구나 난 이자의 검을 보지도 못했는데. 중원의 무공을 우습게볼 수 없구나. 이 남자. 강하다.'

그들은 서로의 실력을 경계하며 검을 집어넣었다.

남궁서린은 이미 엉덩방아를 찧고 있었다. 어디선가 날아온 부드러운 힘에 밀려 넘어졌던 그녀는 그 덕분에 두 사람의 겨룸에서 피해를 보지 않을 수 있었다.

이제 진이 한 부분이나마 사라졌다. 진 바깥에 있던 사람들이 입을 떡하니 벌렸다.

곡부일이 더듬거렸다.

"저, 정말로 진을 해제했군. 허풍, 아니, 주 소협. 그대가, 그대가 옳습니다."

곡부일이 순순히 자기가 틀렸음을 인정했다. 자기는 사흘 동안 머리를 싸매도 감도 못 잡던 진이다.

주유성이 손을 흔들어주며 말했다.

"지금 그게 중요한 게 아니잖아요. 진의 한 귀퉁이가 뚫렸으니 나머지도 풀어낼 수 있을 거예요. 저 사람들부터 먼저 구하죠?"

해제된 공간 구석에 몇 명의 남자가 탈진해서 쓰러져 있었다.

사람들이 그들 중 하나의 얼굴을 알아보고 소리쳤다.

"하남삼호 중 둘째인 하남흑호다!"

대부분의 사람들은 진법이 겁나서 가까이 오지 않았다. 그 중에 용기있는 사람들이 달려들어 쓰러진 몇 명을 진 바깥으로 끌어냈다.

모두 내공을 가진 덕분에 죽은 사람은 없었다. 그러나 진법에 갇혀 심력을 소모한 일반 무사들은 완전히 탈진해서 정신을 잃고 있었다.

그나마 하남흑호가 정신이 있어 주유성이 그에게 다가갔다.

"아저씨, 진법 안은 어땠어요?"

주유성은 방금 들어왔을 때 겪은 경험에 대한 확인이 필요했다.

하남흑호가 손을 가볍게 떨었다.

"사람들이 나를 공격했소. 공격할 리가 없는 사람들이. 나는 살기 위해서 반격했어야 했다고. 일부러, 일부러 그런 건 아니야."

"진정하고 말해보세요. 그래서요?"

하남흑호는 살아났음에도 불구하고 마음의 안정을 찾지 못하고 있었다.

"고함 소리가 계속 들렸지. 진짜로 공격하는 것이 아니라 진의 속임수라고. 그러니 가만히 자리를 잡고 앉아 있으라고. 하지만 그 소리가 너무 늦게 전달됐어. 나는 정말로. 정말로 죽이고 싶지 않았어."

주유성의 안색이 어두워졌다.

'우리 일행이 싸운 것도 같은 이유지. 젠장.'

게으름뱅이가 짙은 안개에 싸인 진을 향해서 달려갔다.

남궁서천이 주유성을 쫓아가며 질문했다.

"주 소협, 왜 그리 서두르시오?"

"아마 부상자가 많을 거예요. 시간이 없어요. 지금도 사람들이 죽어가고 있어요."

주유성이 빠르게 대답하고 진으로 뛰어들었다.

남궁서천과 검옥월은 주유성이 들어간 곳을 멍하니 보고만 있었다. 조금 전의 경험으로 그들은 자기들이 따라가 봤자 방해만 된다는 것을 깨닫고 있었다.

검옥월이 안타까운 듯이 중얼거렸다.

"주 공자, 이번에는 계산도 하지 않고 들어갔는데."

한참의 시간이 흐르도록 아무런 반응이 없었다. 검옥월이나 남궁서린은 걱정이 태산이었다.

갑자기 주유성이 들어간 곳의 안개가 빠르게 걷혔다. 이번에는 거의 십이삼 장의 공간이었다. 그 가운데서 주유성이 돌을 밟고 있었다.

그리고 그 공간에는 다시 몇 명의 사람들이 쓰러져 있었다. 그중의 하나는 검게 굳어버린 핏물 속에 죽어 있었다.

주유성이 소리쳤다.

"진은 내가 해체할 테니 사람들을 구해요!"

정신이 번쩍 든 사람들이 우르르 몰려들었다. 그들은 이제 해체된 부분은 안전하다는 것을 깨닫고 움직임을 망설이지 않았다.

주유성이 다시 진으로 뛰어들었다. 그리고 기점이 되는 물건을 찾았다.

원래는 바깥에서 기의 흐름을 주의 깊게 살핀 후 계산까지 철저히 한 다음에 들어가서 해제할 생각이었다. 그렇게 하나씩 진을 풀어나갈 계획이었다. 그것이 안전하고 심력 소모도 적으며 편하다. 그러나 시간이 많이 걸린다.

하지만 시간의 소모는 곧바로 사람들의 죽음과 이어진다. 주유성은 그걸 깨달았고 그 순간 할 일은 결정됐다.

주유성은 몸으로 때우기로 했다.

일단 진에 뛰어들면 다양한 기가 만들어내는 엄청난 양의 정보가 밀려들었다. 바깥에서 미리 계산을 해놓지 못했으니 어느 정보가 버릴 것이고 어떤 것이 잡아내서 처리할 것인지 구분할 수 없다.

마치 파도가 치듯이 계속 밀려드는 정보에 대한 실시간 계산은 잔머리로 되는 일이 아니다. 더구나 이건 마교의 절진으로 유명한 아수라환상대진이다.

천하의 주유성이 난생처음으로 머리가 터질 정도로 집중했다. 기들이 움직이면 그 흐름의 방향과 좌표를 재빨리 계산했다. 가짜든 진짜든 모두 계산해야 했다. 모든 정보를 계산해서 그중에서 진짜를 골라냈다. 너무 집중하느라 머리에서 열이 펄펄 나는 느낌이었다. 내공은 물론이고 심력이 어마어마하게 소모되었다.

그는 정보를 처리하며 그중 특히 왜곡이 심한 쪽으로 움직였다. 그 과정에서 얻은 정보들을 다시 암산하며 정확한 위치를 찾았다.

다행이라면 계산이 틀려도 치명적이지 않다는 것이다. 틀리면 다시 계산하면 그만이다. 효과는 있었다. 몇 번의 착오를 범한 끝에 그는 새로운 진의 급소 하나를 찾아내서 그 자리에 박혀 있던 나무를 부숴 버렸다. 다시 안개가 걷혔다.

하지만 남은 것은 엄청나게 많다. 그는 계속 움직였다.

진의 기점을 몇 개 없애는 동안 심력과 내공이 과도하게 소모되었다. 그 영향으로 그의 얼굴이 창백해졌다. 하지만 멈출

수는 없었다. 다행히 진은 없애면 없앨수록 한 번에 해제되는 양이 커졌다. 기점들 사이의 상호작용이 풀려서 생기는 이익이었다.

검옥월은 사람들을 옮기면서도 주유성의 동태에 신경 썼다. 짙은 안개 속에서 그가 나타나는 시간은 짧았지만 그때마다 놓치지 않고 주유성의 안색을 살폈다. 주유성의 얼굴은 이제 시체처럼 창백해져 있었다. 그녀는 자꾸 걱정이 되었다.

'항상 여유만만하던 주 공자가 저 지경이 되다니.'

무공고수가 생명을 걸고 싸움을 하는 경우, 심력을 너무 소모해서 맛이 가는 경우가 가끔 있다. 백발이 되는 경우도 있고 핼쑥해질 수도 있다. 가끔 죽기도 한다. 검옥월이 보기에 지금 주유성의 모습이 그랬다.

그렇게 거의 한나절의 시간이 흘렀다. 구조되는 사람은 점점 늘어났고 진은 점점 없어졌다.

그리고 어느 순간 모든 안개가 씻은 듯이 사라졌다.

아수라환상대진이 아무리 대규모에 질긴 진이라고 해도 그 형태를 유지하기 위해서는 기점이 일정한 개수 이상 살아있어야 한다. 기점이 너무 많이 파괴되자 아수라환상대진은 더 이상 버티지 못하고 일시에 해제되었다. 진을 설치하는 데 사용한 것들은 단순한 돌덩이나 나무뭉치의 나열로 변했다.

막 큼지막한 돌을 굴려낸 주유성이 해제된 진을 보고 히죽 웃었다.

사람들이 주유성을 보고 있었다. 주유성이 검옥월 등을 보고 손을 흔들었다.

그리고는 풀썩 쓰러졌다.

검옥월이 뾰족한 비명을 질렀다.

"주 공자!"

그녀는 경공을 펼쳐 주유성을 향해 달려갔다. 화살이 날아가는 듯한 기세였다.

남궁서천도 검옥월의 뒤를 따라 경공을 펼쳤다. 그의 눈이 커졌다.

'설마 초상비? 저 나이에?'

경공의 경지 중 풀을 밟고 뛸 수 있는 수준을 초상비라고 한다. 그 위에 답설무흔이나 등평도수, 능공허도 등등이 많이 있지만 그런 건 일반 무인에게는 꿈같은 소리다. 답설무흔은 고사하고 초상비를 펼친다는 것 자체가 평범한 고수의 경지는 아니라는 소리다.

남궁서천도 그 경지에 도달하지 못한 것은 아니다. 그러나 검옥월만큼 되지는 못했다. 남궁서천의 경지는 밟은 풀이 살짝 꺾이게 만드는 경지다. 그러나 검옥월의 경공은 정말로 풀이라고 해도 크게 휘청거리기만 할 뿐 꺾이지 않을 정도로 멀쩡하게 밟고 지나갈 만큼 가볍다.

어느새 날아간 검옥월이 주유성을 붙잡고 상태를 살폈다.

"주 공자, 괜찮아요?"

주유성이 정신까지 잃은 건 아니다.

"난 그냥 누워 있으면 돼요. 나 눕는 거 잘해요. 그러니까 내 걱정 말고 사람들이나 살펴요."

'아이고 죽겠다. 머리도 아프다. 조금만 쉬자.'

주유성은 당문을 통해 전해진 의술을 제법 익히고 있다.

당문의 비전은 독이지 의술이 아니다. 그러나 독을 다루다 보니 중독과 해독, 그리고 무가답게 혈맥의 손상과 부상에 관한 의술에도 꽤 높은 수준을 이루었다.

당소소는 비전을 못 전수받는 것에 대한 아쉬움 때문에 의술에 제법 공을 들였다.

그동안 그녀가 주가장의 사람들에게 그렇게 독을 뿌려대도 죽는 사람 하나 나온 적 없다. 모두 그녀의 의술 덕분이다. 그 결과로 주가장 사람들은 독에 대한 기본적인 내성까지 가지게 됐다.

그 의술이 주유성에게까지 전해져 있다. 워낙 먹는 거 좋아하는 놈이라 잘못 주워 먹고 죽지 말라고 당소소가 가르친 것이다.

그런데 당가에서 나온 것은 무공 쪽에 특화된 의술이다. 질병에 대한 처치는 그리 대단하다고 할 수 없다. 하지만 주유성은 그걸 얻어 배운 것만으로 일반 의원들의 경지는 예전에 넘었다.

결정적으로 당가의 의술은 지금의 무림인들처럼 부상당한

사람들에게는 탁월한 효과를 발휘한다.

주유성은 한쪽에 모아놓은 부상자들을 보고 마음 편히 쉴 수 없다는 것을 깨달았다.

'아이고. 머리가 아픈데.'

주유성이 힘겹게 일어섰다. 평소의 게으른 움직임이 아니라 정말로 일어서기 힘들었다. 진을 휘젓고 다니느라 내공 소모가 너무 커서 진기가 거의 고갈되었다. 머리는 너무 써서 멍하다. 더 이상 집중할 기력도 없다. 긴장이 풀리자 생각이 잘 정리되지도 않았다.

그래도 할 수 없었다. 지금은 게으름 피울 수 있는 상황이 아니다.

"검 소저."

"네. 말하세요."

"나 좀 사람들에게 데려다 줘요. 내가 의술을 조금 알아요."

검옥월이 깜짝 놀라며 말렸다.

"주 공자, 알긴 뭘 알아요? 공자의 지금 상태를 알아요? 그 예쁜 얼굴이 지금 반쪽이 됐어요. 당 이모도 못 알아볼 정도예요."

검옥월의 말마따나 주유성은 지금 얼굴이 홀쭉해졌다.

주유성이 피식 웃었다.

"그래도 난 살아 있잖아요. 괜찮아요. 나 튼튼해요."

검옥월은 잠시 멈칫거리다가 주유성의 팔짱을 꼈다.

"알았어요. 내가 부축해 줄게요."

갑자기 남궁서천이 다가와서 주유성을 번쩍 들었다.

"주 소협, 내가 데려다 주지."

남궁서천의 생각에 그게 가장 효율적이다. 그는 주유성을 들쳐 메고 사람들을 향해 걸어갔다.

검옥월이 자신의 겨드랑이에 남은 주유성의 팔의 감촉을 잠시 느끼며 아쉬워하다가 화들짝 놀랐다.

'어머나. 내가 무슨 짓을 한 거야.'

그녀는 재빨리 머리를 흔들어 잡생각을 떨쳐 버리고 남궁서천의 뒤를 따라 걸어갔다.

집계된 사망자는 무려 오백여 명이었다. 진에 갇힌 초기에 대부분의 충돌이 일어났고 그때 다수의 사망자가 나왔다. 그리고 초기에 중상을 입은 사람들 역시 사흘 동안 진에 갇혀 고립되는 동안 대부분 사망했다.

중상자도 오백여 명이 나왔다. 그들은 초기에는 큰 부상이 아니었지만 지난 사흘간 부상이 악화된 사람들이다. 멀쩡한 상태였다면 모를까 사흘 동안 물 한 모금 마시지 못하고 오히려 심력만 잔뜩 소모했다. 그것이 몸의 회복을 방해했고 그들을 중상자로 만들었다.

단순히 기력이 쇠한 팔천여 명의 사람들은 안정이 최고였다. 사람들은 그들에게 물을 마시게 하고 묽은 죽이라도 끓여 먹였다. 죽을 먹을 기력이 없는 사람들은 잠이라도 재웠다.

살았다는 안도감에 사람들은 쉽게 잠에 빠져들었다.

하지만 중상자 오백여 명은 그것만으로는 해결할 수 없다.

칼밥 먹는 무림인 중에는 간단한 부상 정도는 스스로 처리할 수 있는 사람이 많다. 그러나 그들도 이런 중상에는 그리 도움이 되지 않았다.

애초에 무림맹에서 동원해 온 사람들 중에는 의술에 매우 밝은 자가 몇 명 있었다. 그러나 그들은 모두 진에 걸려 맞이가 있는 상태다. 남을 치료하는 건 고사하고 자기 목숨이 간당간당하다.

진이 발동된 후 만약의 사태에 대비해 근처에서 데려온 의원도 몇 명 있었다.

그러나 그들은 병 치료가 전문이다. 이런 식의 중상자들에 대한 처치는 그다지 능숙하지 못하다.

할 수 없이 주유성이 제대로 나섰다.

"금창약. 금창약 가진 사람들은 전부 다 내놔요. 기력 회복에 좋은 약 가진 사람들도 다 가져와요. 청명환이나 정심환 같은 거 있으면 대환영이에요."

금창약 정도는 무림인의 필수품이다. 소독과 베인 상처 회복에 탁월한 효능을 보인다.

부상자들의 품만 뒤져도 잔뜩 구할 수 있었다. 하지만 청명환이나 정심환 같은 약은 이야기가 다르다. 그런 건 비록 소림사 대환단 같은 기적의 명약은 아니더라도 엄청난 고가품이다. 군소문파라면 문중의 보물과 비슷하게 취급된다. 당연히 가진 사람이 별로 없다.

진에 갇혔다가 멀쩡한 사람들 중 그런 약을 가진 자들은 이미 그걸 모두 소모했다. 그들은 청명환을 먹고 운기를 하며 기력을 보충했다. 그걸 가졌다는 것 자체가 먹어도 될 만큼의 신분이 된다는 뜻이니 아무도 약을 남겨두지 않았다.

진 바깥에 있던 사람들 중에 그런 약을 가진 사람도 몇 명 있다. 그러나 그들은 그걸 차마 꺼내놓지 못했다. 자기네 문파 사람을 위해서가 아니라면 문중의 보물을 내놓지는 못했다.

부상자나 사망자 중에 그런 약을 가진 사람은 하나도 없었다. 약을 가진 사람은 대부분 무공까지 높아 서로 칼을 겨누게 되면 반드시 이겼다. 그래서 중상까지 가지 않았다.

주유성은 쉽게 가는 길은 글러먹었음을 깨달았다. 좋은 것을 보고 자란 그는 그런 약을 사람들이 아까워서 내놓지 않는다고는 차마 생각하지 못했다.

"어쩔 수 없네."

약이 없으면 직접 치료해야 한다.

주유성은 부상자들의 상처를 돌보기 시작했다. 그가 하려는 것은 완전한 치료가 아니다. 숨을 붙여놓아 차후 제대로 치료받게 하는 응급 치료다.

그는 단검을 하나 빌렸다. 그의 뒤에 검옥월과 남궁서린이 금창약 봉지를 잔뜩 들고 따라다녔다.

사람들의 상처가 썩고 있으면 그 부분을 단검으로 잘라내고 혈도를 짚어 지혈했다. 그가 단검을 휘두를 때는 잘 보이지 않을 정도로 약한 검기가 흘렀다. 그 때문에 병마가 상처에 침입하지 못했다. 대신에 매번 약간의 내공이 소모되었다.

주유성의 칼질은 절묘했다. 그는 썩은 기운이 느껴지는 부분만 골라 정확히 잘라냈다. 팔다리를 잘라야 할 사람도 그의 손에 걸리면 상한 부분만 베이는 것으로 끝났다.

그러면 뒤따르던 검옥월과 남궁서린이 금창약을 뿌렸다. 그리고 일반 무림인들이 달려들어 천으로 상처를 감았다.

기혈이 뒤틀린 사람은 내공을 써서 바로잡았다. 타격계도 쓰고 내가수법도 썼다. 당연히 내공이 소모되었다. 본격적으로 할 여유는 없으니 급한 것만 잡아놓고 나머지는 놀고 있는 고수급 무림인들에게 넘겼다.

완전히 맛이 간 사람은 상처를 째고 기혈을 잡는 것만으로는 부족했다. 그런 사람은 눕혀놓고 추궁과혈을 해서 숨통을 틔웠다. 제대로 하는 것은 역시 다른 사람들에게 넘겼지만 아무리 간단하게 해도 추궁과혈은 원래 내공을 상당히 잡아먹는 수법이다.

주유성의 치료 속도는 빨랐다. 부상자 앞에 서면 쓱 보며 기를 점검했다. 곧바로 혈도부터 짚고 칼을 휙휙 휘둘렀다. 뒤틀린 기혈을 잡을 때도 두들겨 패듯이 후다닥 몰아쳤다. 그

엄청난 치료 속도에 사람들이 혀를 내둘렀다.

그러나 천하의 주유성도 그렇게 한 삼백 명 정도 하고 나자 이제 슬슬 한계가 왔다.

사람들은 모르지만 주유성이 해체한 것은 마교 비전으로 전해지는 전설의 아수라환상대진이다. 그것도 몸으로 부딪치며 실시간으로 해제했다. 그 과정에서 대부분의 내공을 소모했다.

삼백 명의 환자를 치료하는 과정에서 대부분에게 약한 검기를 썼다. 내공을 써서 기혈을 타통시키거나 추궁과혈을 해야 했던 사람도 백여 명이다. 이제 주유성의 끝없는 내공도 바닥을 드러내고 손끝이 덜덜 떨렸다. 사람들은 주유성이 치료를 하도 잘하니 따라다니면서 도와주기만 할 뿐이었다.

검옥월이 걱정스러운 목소리로 말했다.

"주 공자, 조금 쉬어야 하지 않아요?"

"내가 쉬느라 죽는 사람 나오면 밤에 잠이 안 올 거예요. 난 아직 살아 있잖아요."

검옥월은 그런 주유성을 보고 있자니 가슴이 콩콩거렸다.

'게으른 줄 알았더니 아니었어. 역시 엄청난 수련을 거친 사람이야. 좋은 사람.'

주유성은 할 때는 한다. 원래부터 바짝 하고 쭉 노는 성격이다. 제대로 하면 그 집중도는 장난이 아니다.

비록 지금은 놀려고 하는 일은 아니지만 그래도 그는 자신의 한계까지 쥐어짜고 있었다.

그리고 마침내 모든 환자의 치료가 끝났다. 주유성은 그 자리에 그대로 자빠졌다.

"아, 나 이제 더 이상 못 움직여. 차라리 날 죽여."

큰대 자로 쓰러진 주유성을 보며 검옥월이 날카로운 눈으로 웃었다.

"쉬세요. 주 공자는 충분히 했어요."

주유성이 고개를 슬쩍 돌려보았다. 부상자들에게 무림인들이 달라붙어 간호하고 있었다.

"이대로 쭉 쉴래요. 누가 찾으면 죽었다고 해요."

이제 사람들이 주유성을 보는 눈빛은 장난이 아니다.

"주 공자, 대단한데?"

그를 허풍대협이라고 부르는 사람은 더 이상 없다.

"진법대회 우승자라더니 정말이네. 그 큰 진을 혼자 해체하다니."

"의술도 보통이 넘었어. 응급처치라고는 하지만 오백 명을 두 시진 만에 다 치료했다고."

"그럴 만도 했지. 외상만 있는 환자에게는 그냥 칼질 쓱쓱하면 끝이었으니까. 손이 제대로 보이지도 않을 만큼 빨랐다고."

"혈도도 거의 동시에 짚었지."

"의술은 당가에서 전수받았겠지? 역시 우리 같은 무림인에게는 당가의 의술이야. 부상에는 정통으로 먹히네."

第三章

사람들의 관심은 주유성에게는 달가운 것이 아니다. 그는 남들의 무관심이 좋다. 그게 게으름 피우는 데 더 편하다. 그런 그에게 남궁서천이 다가왔다.

"주 소협, 이거 큰일났소. 취걸개 어른과 다른 장로님들이 보이지 않소."

남궁서천은 어느새 주유성에게 중요한 문제를 가져와 의논하고 있었다. 게으름뱅이 주유성에 대한 고정관념은 상당히 희석되어 있었다.

"잉? 그 할아버지들이 어디 가셨대요?"

남궁서천이 진이 설치됐던 곳의 한가운데를 가리켰다.

"저곳에 지하로 통하는 입구가 있소. 구조된 사람들에게 물어보니 고수 백 명을 이끌고 저곳으로 들어갔다고 하시더군. 진법가들도 같이."

주유성이 드러누운 채로 하늘을 보며 한숨을 푹 쉬었다.

"후우. 저기 혹시, 기관이나 그런 거 설치된 건 아니죠?"

"바로 그렇소. 사람들 말이 기관 해체를 하면서 들어가려고 고수들이 필요했다고 하더군."

"미치겠네. 그동안 놀았다고 벌받나?"

그럴싸한 소리다.

주유성이 바들바들 떨면서 몸을 일으켰다.

"나 좀 업어줘요. 저기 가자고요."

검옥월이 깜짝 놀라 말했다.

"주 공자, 공자는 이제 한계예요."

"난 입으로 할 테니 뚫는 건 알아서들 해요. 내가 이래 봬도 기관도 조금 공부했거든요."

사천의 유명한 기관 전문가 관지장이 그의 기관 스승이다.

남궁서천이 반색을 하며 주유성을 업었다.

"기관까지? 역시 주 소협이군. 걱정 마시오. 내가 편안히 모시지."

검옥월이 앞에 섰다.

"할 수 없지요. 선두는 제가 맡을게요."

그들의 대화를 들은 무공고수들이 모여들었다. 손이 남는 사람들 중 일부는 구경이라도 해볼까 해서 다가왔다.

 취걸개 일행은 기관 함정을 전부 부수며 전진한 것은 아니다. 상당수의 기관은 작동 장치를 미리 찾아내서 피해 움직이는 방법을 썼다. 일행은 대부분 고수다. 몇 명의 진법가는 고수들이 챙겼다. 그래서 실수로 기관을 건드리는 사람은 없었다.
 그들은 피하는 데 실패해서 기관이 발동되는 경우는 무공을 이용해서 기관 함정의 공격을 때려 부쉈다.
 따라서 주유성 일행이 들어갈 때는 아직 상당수의 기관이 살아 있었다.
 이건 목표물을 꼬드기기 위해서 적당한 수준으로 설치한 기관이다. 하지만 그 목표가 검성이나 천마 정도의 고수다. 따라서 함정의 위험도는 대단히 높다.
 주유성이 남궁서천의 등에 업힌 채 손가락을 힘겹게 뻗었다.
 "저기 저거, 그 돌 옆에 뾰족한 부분. 거기 칼을 콱 찔러봐요."
 검옥월이 검을 곤추세워 바닥을 찍었다. 곧바로 뭔가 끊어지는 소리가 났다.
 "됐어요. 조심해서 지나가 봐요. 성공했으면 괜찮을 거고 실패했으면 왼쪽 벽에서 화살 같은 게 튀어나올 거예요."

검옥월은 주유성의 말에 따라 왼쪽을 노려보며 앞으로 전진했다. 기관은 작동하지 않았다.

취걸개 때와는 다르게 주유성은 이런 식으로 기관들을 모조리 부수며 전진하고 있었다.

검옥월이 횃불을 들고 충분히 전진한 후 손을 흔들었다. 그걸 보고 사람들이 그 뒤를 따랐다. 남궁서천이 감탄하며 말했다.

"주 소협, 정말 대단하군. 어떻게 보기만 하면 함정을 다 구분하고 또 해체 방법까지 찾아낼 수 있소?"

"별거 아네요. 기관 설치한 사람 실력이 형편없어서 다 보이거든요. 너무 이론에 충실해서 의외성이 적어요. 방금 지나온 곳도 그 벽에 그런 잡다한 것들을 붙여두면 화살발사기를 숨겼다고 소리치는 거나 다름없어요. 그랬다면 오행이론으로 볼 때 격발기가 있을 위치도 뻔하고. 아, 검 소저. 그만 가요. 그 앞에 또 뭐 있어요. 좀 보자고요."

주유성은 골골대면서도 함정을 하나도 놓치지 않았다.

금을 타거나 그림을 그리는 동작까지 한번 보고 거의 비슷하게 따라 했던 주유성이다. 그러기 위해서는 작은 동작 하나도 놓치지 않는 엄청난 관찰력이 필요하다.

그는 그런 관찰력으로 동굴을 샅샅이 훑으며 자신이 가진 기관에 대한 지식을 아낌없이 활용했다.

주유성은 지금 정말 죽을 맛이다. 막대한 내공은 완전히 바닥났다. 단전이 말 그대로 텅텅 비었다. 머리는 너무 써서 멍하다. 그걸 억지로 쥐어짜고 있다. 조금만 더 하다가는 정말 쓰러져 죽을 것만 같다. 이제 슬슬 메슥거리기까지 했다.

'죽겠으니까 제발 좀 끝나라. 무슨 통로가 이렇게 길어?'

그리고 그들은 마침내 목적지에 도착했다. 큼지막한 철문이 그들의 앞을 막고 있었다.

여기 도착하기 얼마 전부터 사람들은 긴장한 상태였다. 다들 철문에서 간간이 울리는 쇳소리를 들었다.

남궁서천이 주유성을 내려놓았다. 그리고는 철문에 손을 대고 고함을 질렀다. 목소리에는 내공이 실려 있었다. 그 목소리가 몸을 타고 철벽에 전달됐다. 어지간한 실력으로는 펼칠 수 없는 무공이다.

"남궁서천이 왔습니다!"

철문 두드리는 소리가 멈췄다. 곧바로 취걸개의 목소리가 철문 너머로 들렸다.

"으하하하! 살았다! 우리 여기 갇혔어. 출구라고는 이 문뿐인데 도저히 부서지지가 않아. 어서 좀 구해줘라. 거지 굶어 죽겠다."

남궁서천이 검을 빼 들고 내공을 끌어올렸다. 검에 검기가 흐르자 철문을 거세게 후려쳤다.

날카로운 쇳소리가 들렸다. 그러나 철문은 조금 파여 나갔을 뿐 꼼짝도 하지 않았다.

주유성이 남궁서천을 말렸다.

"그렇게 해서 될 거였으면 안쪽에서 뚫고 나왔겠죠. 하지 마요. 너무 오래 걸려요."

"주 소협, 그럼 어떻게 해야 할까?"

주유성이 비틀거리면서 철문에 다가섰다. 떨리는 손으로 철문을 매만졌다.

"주 공자, 방법이 있겠어요?"

"물론이지요. 안에 있는 사람들이 아직 살아 있어요. 죽이려고 만든 덫이 아니라는 거지요. 그럼 당연히 안에 있는 사람들을 꺼내기 위해서 이 문을 열 방법이 있어야 해요. 바깥 어딘가에."

주유성은 거의 한 식경을 이것저것 건드려 보면서 조사했다. 지금까지의 함정은 하나 해체하는 데 반 다경조차 걸리지 않았다. 시간이 걸리자 사람들은 초조해졌다. 하지만 방해가 될까 봐 입을 다물고 있었다.

문 안쪽에서는 사람들이 가득 몰려 있었다. 그들은 바깥에서 뭔가 하고 있다는 것은 알았지만 어떻게 진행되는지는 몰랐다. 내공을 써서 대화를 한 것은 남궁서천이다. 주유성이 와 있는 줄은 아무도 몰랐다. 그래도 구조에 방해가 되지 않기 위해서 입을 다물고 있었다.

한참을 고민하던 주유성이 문 옆 아래쪽의 문양을 가리켰다.

"열쇠는 모르겠어요. 하지만 이 공간을 보면 어떻게 됐든 저쯤에 지지대가 있어야 해요. 검 소저, 저 부분을 박살 내봐요."

검옥월이 검을 들어 검기를 세웠다. 주유성이 가리킨 부분을 후려치기 시작했다: 돌로 된 부분은 푹푹 잘려 나갔다. 그 안쪽으로 기관 장치의 핵심이 보였다.

"어쭈? 이거 일회용이네. 문을 다시 올리는 방식이 아니에요. 그냥 못 움직이게 버티고만 있는 거예요. 그거 잘라 버려요. 그럼 열릴 거예요."

주유성의 말에 검옥월이 검으로 기관 장치를 콱 찍었다.

단단히 물려 있던 장치가 힘없이 부서졌다. 그 장치와 연결된 다음 장치가 풀려 나갔다. 그렇게 두 단계를 더 거친 후 철문 아래쪽에 숨겨져 있던 튼튼한 지지대가 풀렸다. 지지대의 아래에는 철문 하나가 들어갈 만한 공간이 있었다. 두껍고 단단한 철문은 그 공간으로 빨려 들어가듯 사라졌다.

마침내 사흘 만에 철문이 열렸다. 문 안쪽에는 사람들이 가득 몰려 있었다.

주유성은 긴장이 탁 풀렸다. 이제 정말 더 이상 서 있을 힘도 없었다.

제일 앞쪽에 있던 자들 중에 마해일이 소리쳤다.
"열렸다!"
그가 제일 먼저 사람들을 밀치고 튀어나갔다.
주유성은 철문이 열린 공간의 한가운데에 서 있었다.
마해일은 며칠 동안 갇혀 있으면서 그 더러운 성질을 억누르느라 잔뜩 열받은 상태였다. 그는 그의 앞에 끔찍이도 싫어하는 주유성이 서 있자 화가 치밀었다.
'이 꼴도 보기 싫은 새끼가 여기 왜 와 있어?'
주위에서 보는 눈이 많은 상황에서 대놓고 때릴 수는 없었다. 그래도 그냥 지나가기에는 그의 성격이 너무 나빴다.
'이 새끼 무공이 제법이었지? 그럼 이 정도는 해야지.'
내공을 조금 끌어올렸다. 그리고 그냥 밀 듯이 주유성의 가슴을 가볍게 쳤다.
당연히 이 정도는 주유성이 막을 줄 알았다. 만에 하나 못 막아도 주유성 정도 무공이면 큰 피해는 입지 않을 거라고 생각했다. 다만 그 과정에서 볼썽사나운 모습을 보일 거라고 믿었다. 마해일의 입장에서는 단순한 시비였다.
그런데 지금 주유성의 상태는 정상이 아니다. 내공은 바닥나서 진기는 한 줌도 모이지 않는다. 인간의 한계 이상의 집중도를 발휘했던 머리는 긴장이 풀리자 제대로 돌지도 않았다. 바보처럼 멍해져 있었다. 속은 미식거리고 혹사한 몸은 혼자 걷기도 힘들어 남궁서천에게 업혀 다니던 신세다. 서 있는 것도 기적이다.

마해일의 장력이 무방비 상태인 주유성의 가슴을 정확히 후려쳤다. 고수에게는 별것 아닌 공격이다. 그러나 그 손에는 내공이 실려 있어 일반인이라면 즉사해도 이상하지 않을 위력이 들어 있었다.

"악!"

주유성이 비명을 지르며 뒤로 튕겨 나갔다. 입에서 피분수까지 뿜었다.

장내의 시간이 순간적으로 정지했다.

뒤에 서 있던 남궁서린이 급히 주유성의 몸을 받았다.

검옥월이 찢어질 듯한 비명을 질렀다.

"아악! 주 공자!"

검옥월은 한 자루 검과 같은 무인이다. 그녀는 마해일이 주유성을 공격했다는 사실을 먼저 이해했다.

곧바로 대응 동작에 나섰다. 즉시 위협을 제거해서 주유성을 보호하려고 했다.

검옥월이 마해일에게 달려들었다. 그녀의 검에는 어느새 날카로운 검기가 맺혔다. 살기를 풀풀 날리는 그녀는 마해일의 목을 향해 용서없이 검을 날렸다.

마해일이 기겁을 하며 자기 검을 들었다. 채 뽑지도 못하고 검옥월의 검을 겨우 막았다.

검옥월의 검에 담긴 힘은 마해일이 감당할 수준이 아니었다. 강력한 검기에 충돌한 마해일의 검이 검집째 꺾이며 부러졌다. 마해일 역시 그 충격에서 벗어나지 못했다.

"크악!"

마해일이 비명을 지르며 자빠졌다. 단 일 초의 공격에 내기까지 손상당했다.

검옥월은 그 정도로 용서할 생각이 없었다. 그녀의 검이 쓰러진 마해일을 향해 매섭게 떨어졌다.

날카로운 쇳소리와 함께 그녀의 검이 정지했다.

검옥월이 눈이 더 날카로워졌다. 그녀의 공격은 적명자의 검에 막혀 있었다.

적명자는 청성의 장로이자 무림맹의 장로이다. 아무리 검각의 후기지수라 해도 이제 겨우 스무 살인 검옥월로서는 버거운 상대다.

검옥월이 한 걸음 물러서며 검을 세웠다. 그냥 끝내지 않겠다는 자세였다. 그녀의 검에 검기가 더 강하게 맺혔다. 검 전체를 푸른 검기가 감쌌다. 그녀의 나이를 생각하면 사람들이 박수를 쳐줘도 부족한 높은 경지다.

하지만 상대가 나빴다. 적명자가 눈을 꿈틀거렸다. 그의 검에도 시퍼런 검기가 넘실거렸다.

적명자는 청성의 후기지수 중 하나인 마해일이 단 한 수 만에 패한 것에 화가 치밀었다. 마해일의 나이가 더 많은 것을 감안하면 아무리 상대가 검각 출신이라고 해도 청성으로서는 크게 창피한 일이다.

 적명자는 청성의 체면을 조금이라도 덜 상하게 할 필요를 느꼈다. 그래서 그는 검옥월을 향해 호통을 쳤다.

 "비겁한 것! 암습을 하다니!"

 적명자의 말은 설득력이 전혀 없었다. 마해일이 먼저 주유성을 공격한 상황에서 검옥월의 행동은 적절했다. 상황을 제대로 본 앞줄의 사람들이 비난의 눈길로 적명자를 쳐다보았다.

 적명자는 그 눈길을 무시했다. 어차피 하루 이틀 억지 부려 본 것이 아니다. 예전의 청성이 아니라며 손가락질당한 지도 여러 해가 지났다. 지금은 욕을 먹는 것이 문제가 아니다. 청성의 무공이 저평가되는 것을 막는 것이 더 중요하다. 적명자의 기세가 강해졌다.

 적명자를 쳐다보던 사람들이 그 기세에 찔끔했다. 그들은 공연히 청성과 척을 지기 싫었다.

 뒤쪽의 변화를 느낀 적명자는 만족했다.

 '어차피 소문이야 퍼지겠지. 하지만 내 말이 거짓이라고 대놓고 공표할 놈은 없으렷다. 그 정도면 급한 불은 끈 거지. 그럼 이제 이 검각의 계집을 혼내볼까?'

 적명자는 자신의 승리를 확신했다.

 검옥월은 입을 열어 대답하지는 않았다. 서릿발 같은 기세로 대답을 대신했다. 당장이라도 검을 날릴 것만 같았다.

분위기가 나빠지자 취걸개가 급히 나섰다.

"그만. 그만. 일단 진정들 하라고."

취걸개는 우선 쓰러진 마해일을 걷어찼다.

"이 새끼. 왜 갑자기 살수를 쓰고 지랄이야?"

"캐액!"

매섭게 걷어차인 마해일이 비명을 질렀다. 그러나 그의 몸은 적명자 쪽으로 굴러갔다.

"저 두 놈 사이에 무슨 일이 있는지는 차차 알아보기로 하고. 옥월아, 일단 유성이 녀석부터 살펴야 하지 않겠냐?"

주유성에게 생각이 미친 검옥월의 검에서 검기가 사라졌다. 살기마저 씻은 듯이 없어졌다. 그녀는 즉시 남궁서린에게 안겨 있는 주유성에게 달려갔다.

"주 공자, 괜찮아요?"

주유성은 이미 혼수상태다. 아무리 대단한 무골이라도 무방비로 받아들이기에는 타격이 너무 강했다.

청허자가 재빨리 다가와서 주유성의 몸 상태를 살폈다.

"내상을 심하게 입었군."

청허자는 주유성의 진법 실력을 꽤 아꼈다. 친분까지 조금 있다.

'보아하니 이 녀석이 우리를 구하는 일에 큰 공을 세웠겠군. 마해일 저 녀석이 배은망덕한 짓을 했어. 그런데 만약 이 녀석이 잘못되면 마해일과 같이 있던 사람들도 도매금으로 넘어가서 욕을 먹겠지? 거기에는 나도 포함될 테고. 그럼 우리 무당에게 누를 끼치는 거지. 보물이 아깝지만 이 녀석을 죽도록 놔둘 수는 없으니 할 수 없지. 사형도 이해할 거야.'

그가 하고자 한다면 얼마든지 변명할 수 있다. 마해일에게 모든 책임을 넘길 수 있다. 실제로 마해일의 책임이다.

하지만 주유성을 아끼는 청허자다. 그가 자신이 가진 귀한 약을 외인에게 쓰려면 핑곗거리가 필요했다. 스스로 이유를 만들어낸 그가 품에 손을 넣으며 말했다.

"내게 좋은 약이 있으니 기다려라."

청허자가 품에서 아주 조그마한 상자를 꺼냈다. 그것을 열자 잘 밀봉된 작은 환약이 하나 나왔다. 환약을 꺼내자 청량한 향기가 풍겼다.

냄새를 맡은 취걸개가 코를 쿵쿵거리며 말해다.

"이 냄새, 맡아본 적이 있어. 늙은 도사, 설마 태청단을 내놓은 거야? 그건 무당과 장문인의 허락이 있어야 쓸 수 있는 약이잖아."

청허자가 정말 아깝다는 표정으로 환약을 만지며 말했다.

"우리 사형이 내가 무림맹 장로가 됐을 때 준 거외다. 정말 중요한 순간에 쓰라고."

그가 주유성을 내려다보았다.

"이 녀석을 살리는 데 태청단이면 되겠지. 우리 태청단은 소림의 대환단만큼은 아니어도 소환단보다는 나으니까. 그런데 이것 참."

"왜? 무슨 문제가 있나?"

"이 녀석이 정신을 잃었으니 먹이기 좀 불편하군."

검옥월과 남궁서린은 동시에 고개를 들었다. 그녀들은 같은 생각을 했다.

'씹어서 입으로 먹이는 방법!'

두 여자가 즉시 손을 뻗어 태청단을 받으려고 했다.

취걸개가 더 빨랐다. 그는 주유성에게 달라붙더니 턱과 목을 잡더니 꽉 눌렀다. 주유성의 입이 벌어졌다.

"이런 건 거지가 전문이지. 개방의 어떤 초보 거지들은 구걸해 온 음식을 더럽다고 못 먹기도 하거든. 내 손에 걸리면 이렇게 잡고 강제로 삼키게 하는 거야. 늙은 도사, 떨어뜨려 보라고. 그냥 삼킬 거야."

청허자가 벌어진 주유성의 입에 태청단을 떨어뜨렸다. 취걸개는 태청단이 잘 넘어가도록 주유성의 목을 잘 주물렀다.

구파일방과 오대세가의 약 중에 손상된 혈도나 주화입마 등에 최고로 잘 듣는 약은 대환단이다. 대환단은 정말 심각한 주화입마를 제외하고는 후유증도 없이 완벽하게 치료한다. 무인에게는 여벌의 목숨이라고까지 불린다.

그리고 그 바로 다음으로 꼽는 것이 태청단이다. 그만큼 귀하고 비쌌다.

주유성의 신색이 조금씩 안정되었다. 그걸 본 취걸개가 말했다.

"일단 데리고 나가자. 이 안은 위험해. 태청단을 먹였으니 당분간 문제는 없을 거다."

"당분간이라니? 우리 무당의 태청단을 뭐로 보고 그런 소리를 하는가. 가만 놔둬도 다 치료가 될 게야."

"좋았어. 그럼 나갈 때 다들 기관 건드리지 않도록 조심하자."

검옥월이 벌떡 일어섰다.

"최대한 빨리 나가요. 기관은 전부 파괴됐으니까요."

"잉? 옥월아, 그게 무슨 소리냐?"

"주 공자가 모든 기관의 파해법을 가르쳐 줬어요. 지금 작동하는 기관은 하나도 없어요. 나는 나가서 저 은혜도 모르는 놈과 끝을 보고 싶어요."

검옥월과 마해일의 싸움은 이루어지지 않았다. 둘 사이의 실력 차이를 눈치 챈 적명자가 마해일을 감쌌고 취걸개와 청허자가 말렸다. 검옥월은 이를 갈았지만 당장은 주유성의 안위가 더 급했다.

주유성이 마해일의 일장을 얻어맞고 인사불성이 된 일에 대한 목격자는 많았다. 그것 때문에 마해일은 사람들에게 엄청난 비난을 받았다. 청성은 덤으로 욕을 먹었다.

마해일은 적극적으로 변명했다.

"그저 가벼운 일장이었습니다. 반가운 마음에 한 거였습니다. 고수라면 얼마든지 막을 수 있는 그런 것입니다. 주유성 그자가 저렇게 약할 줄 누가 알았겠습니까?"

가벼운 일장이란 것은 사실이다. 고수들도 눈이 있어 그것을 구분했다. 평소라면 시비거리 정도가 발전된 단순한 사고로 넘길 수 있었다.

그런데 주유성은 이번 일을 거의 혼자 수습하다시피 했다. 정체불명의 진을 해체한 것도 주유성이고 중상자 오백여 명에 대한 응급처치를 해서 목숨을 구한 것도 주유성이다. 그리고 함정에 갇혀 있던 사람들을 구해낸 것도 주유성이 없었다면 불가능한 일이다.

그 모습을 본 사람들은 주유성에게 상당한 호감을 가지고 있다. 그런 주유성에게 구함을 받은 주제에 떡을 만들어놨으니 마해일을 좋게 볼 사람은 없다.

"소문에 청성이 예전의 청성이 아니고 그중에 마해일이 특히 성질이 더럽다더니. 진짜였네. 진짜였어."

"어떻게 사람을 저 지경으로 만드나. 은혜도 모르는 놈 같으니라고. 개새끼네."

"그놈은 무늬만 정파야."

마해일에게 욕을 바가지로 퍼부은 사람들은 주유성에 대한 인식도 새롭게 정의됐다.

"주 공자가 학문도 높고 진법도 잘하고 응급처치에 관한 의술도 제법이고 기관에 대해서도 상당히 잘 알지만 정말로 무공은 영 아닌가 봐? 아무리 지쳤다고 그렇게 허무하게 당하나?"

"그렇지? 원래 학문이 높다고 알려졌지만 게으르다고 하잖아. 하나만 하기도 힘든 것이 사람인데 게으르기까지 하다니. 무공을 수련해 봐야 얼마나 했겠어?"

"그래도 저게 어디야. 오늘 보여준 것 중 하나만 잘해도 밥은 먹고산다고."

주유성이 평범한 일장도 버티지 못하고 쓰러졌다는 것이 그의 무공을 평가절하하는 가장 큰 이유였다. 주유성이 지친 상태인 것은 다들 알았다. 하지만 어느 정도인지는 아무도 몰랐다. 그저 오백여 명의 부상자를 치료하느라 지친 것으로만 생각했다. 심신이 모두 완전히 바닥난 상태였다는 것은 짐작도 못했다. 검옥월만 조금 추측하는 것이 고작이었다.

주유성은 하루 만에 깨어났다.

남궁서린과 검옥월이 주유성을 간호하고 있었다. 그 곁에 화산의 백미화도 한자리 끼어들어 물수건을 빠는 정도는 했다.

주유성이 눈을 떠보니 여자들만 몇 명 보였다.

여자들의 얼굴에는 걱정이 가득했다. 그걸 본 주유성이 엄살을 피웠다.

"아이고. 죽겠네. 온몸이 안 아픈 곳이 없어요."

남궁서린과 검옥월은 기쁨에 겨워 말도 못하고 있었다.

그런데 그 옆에서 고개를 내밀고 주유성을 본 백미화가 눈물을 뚝 떨어뜨렸다.

"흐흑, 주 공자님. 이제 일어나셨어요?"

그녀는 사흘이나 갇혀 있던 곳에서 구해준 사람이 주유성임을 알고 그 고마움에 어쩔 줄을 몰랐다. 그 주유성은 젓가락으로 자신이 즐겁게 노래할 수 있게 해주었던 그 사람이다. 금상첨화로 아주 잘생기기까지 했다.

그래서 좋은 인상을 주기 위해 간호라도 해볼까 하고 찾아왔더니 이미 남궁서린과 검옥월이 자리를 단단히 잡고 있었다. 차마 그냥 돌아가지 못하고 잔심부름이나 하며 주변을 맴돌았다.

그러다 보니 자존심이 엄청나게 상했다. 하지만 신세를 진 처지에 간호하겠다고 와서 그냥 돌아갈 수도 없다. 눈칫밥을 먹으며 있을 수밖에 없었다.

그런데 드디어 주유성이 일어나자 지난 하루의 설움이 끝났다는 생각에 절로 눈물이 나왔다.

주유성은 당황했다. 백미화가 자기가 일어났다고 해서 눈물까지 흘려주는 줄 착각하고 조금 감동했다.

"백 소저, 난 괜찮아요. 뭘 이 정도 일 가지고. 하하. 아이고."

주유성은 일어나려고 했다. 말은 그렇게 하지만 몸이 제대로 움직여지지 않았다. 태청단이 워낙에 명약이라 혈도에 후유증은 없지만 다치기 전에도 몸 상태는 바닥이었다. 그런 몸을 제대로 두드려 맞았으니 몸 상태는 정말 최악이었다.

백 소저의 눈물과 주유성의 친근한 반응을 본 검옥월과 남궁서린의 얼굴에 가벼운 경련이 스쳐 지나갔다.

'이년이!'

* * *

혈마의 얼굴이 무섭게 굳어 있었다. 모든 사황성의 장로들은 입을 열지 못했다. 그리고 총관이 혈마의 앞에 엎드려 머리를 땅에 박고 있었다.

혈마가 살기를 풀풀 날리며 낮게 말했다.

"아수라환상대진이 깨져? 아무도 아는 자가 없어 절대로 단시일에 깰 수 없는 진이라 하지 않았냐?"

총관은 변명할 수가 없다. 확신을 하고 추진했지만 일이 예상과는 다르게 진행됐다. 더구나 꽤나 억울한 상황이지만 상대는 사황성주인 혈마다.

"죄송합니다, 성주님. 설마 아수라환상대진을 알고 있는 자가 정파에 있을 줄은 몰랐습니다. 별 이름도 없는 주유성이라는 자는 계산 밖이었습니다."

혈마가 호통을 쳤다.

"몰라? 이게 모른다고 끝낼 일인가!"

그의 목소리에는 내기가 깃들어 있었다. 실내의 집기들이 무섭게 떨렸다.

총관이 땅을 연신 이마로 박으며 말했다.

"죄송합니다. 죽여주십시오, 성주님."

혈마가 이를 갈았다.

"으드득. 아수라환상대진을 재현해 내고, 그걸 하남에 설치하고, 또 가짜 검마의 기관을 만드느라 쓴 황금이 얼마며 시간이 몇 년인데. 그런데 그게 사흘밖에 버티지 못해? 무슨 일 처리를 그렇게 하나!"

엄밀히 보자면 이 일은 혈마와 총관의 공동 작업이다. 혈마도 그걸 알고 총관도 안다. 하지만 책임을 져야 하는 순간이 되면 고생하는 건 대부분 아랫사람이다. 책임을 나눠야 할 사람이 최고위층이면 보통 아랫사람이 다 뒤집어쓴다. 지금 총관이 그 꼴이다.

장로 하나가 변명 삼아 말했다.

"그래도 정파 놈들 천여 명을 잡았습니다. 오백은 완전히 죽였고 다른 오백은 중상이라고 합니다."

"바보 같은 놈. 겨우 천 명 잡자고 그 짓을 한 줄 아느냐?"

혈마가 말은 그렇게 했지만 몸에서 살기가 꽤 수그러들었다. 자기가 일의 추진을 강하게 주장한 일이다. 망쳤다고 계속 화를 낼 수는 없었다.

그걸 본 총관이 조심스레 말했다.

"하지만 이호경식의 계책은 아직 끝나지 않았습니다. 실패는 아직 절반입니다."

"그래, 그게 남았지. 이호경식."

"잘 풀리기만 한다면 이번의 손해를 복구하고도 남습니다."

"알았다. 이건 제대로 처리했겠지?"

"물론입니다. 뒤처리까지 완벽하게 하겠습니다."

*   *   *

주유성이 깨어날 때쯤에는 무림맹의 추가 조사단이 도착해 있었다. 청허자 등의 장로들은 새롭게 접한 소식들에 대한 회의에 집중했다.

청허자가 어두운 얼굴로 말했다.

"이것이 그 훈장이라는 자의 집에서 발견한 것이다?"

그의 앞에는 쓰다 만 문서 한 장이 있었다.

"그렇습니다. 집을 샅샅이 뒤져서 겨우 찾아냈습니다. 조금만 대충 찾았다면 발견하지 못했을 겁니다."

문서를 보는 사람들의 얼굴이 모두 어둡다. 적명자가 말했다.

"내용으로 보면 이건 분명히 마교의 마뇌에게 가는 보고서가 틀림없군. 상태로 보아 쓰다가 버린 파본이 틀림없고."

취걸개가 혀를 찼다.

"쯧쯧. 그러게 말이야. 하지만 이것만 가지고 이번 일이 마교의 짓이라고 확신하기는 좀 그렇잖소?"

"마교가 아니면? 이런 규모의 덫을 놓을 수 있는 세력이 무림에 얼마나 되겠소? 그것도 우리 무림맹에 적대적인 곳에서."

"마교 말고 사황성도 있으니까. 아니면 황제가 미친 척하고 저질렀든지. 황제도 무림맹을 좀 고깝게 보잖소."

"그렇다면 이걸 좀 더 찾기 쉽게 해놨어야지요."

"결국 찾았잖소."

둘의 설전을 청허자가 말리며 말했다.

"둘 다 진정하시오. 일단 체포했던 그자들을 이리로 압송해 오라고 지시했소. 그자들을 심문해 봅시다."

청허자와 사이가 나쁜 적명자가 콧방귀를 뀌었다.

"흥. 그들이 이용만 당한 거라면 조사를 한들 얼마나 나오겠소이까?"

아수라환상대진의 발동을 담당했던 삼십 명의 사람들은 줄줄이 묶여서 걸어갔다. 그들을 감시하는 것은 오십여 명의 정파 무인들이었다.

잡힌 자들의 무공은 거의 없다시피한 일반인 수준이다. 호송하는 사람들도 평범한 실력의 무인들이었다. 범인들이 단순히 이용당했다는 생각을 하고 있었기 때문이다.

설사 강한 자들을 동원하고 싶었다 해도 그럴 수 없었다. 범인들을 처음 잡을 때는 고수가 많지 않았다. 그나마 있는 고수들은 진을 파훼하는 데 관심이 더 많았다. 그때는 포로 감시를 위해 이만큼의 무사를 빼내는 것도 어려웠다.

이 중에도 고수가 하나 있었는데 그는 바로 이 호송대를 이끄는 산동일월검 동낙춘이었다.

그들은 무림맹 조사대로부터 잡아놓은 사람들을 데려오라는 지시를 받고 이동하고 있었다.

하지만 그 간단한 일은 쉽게 끝내기가 어려웠다. 인적이 드문 곳에서 이십 명의 복면인이 갑자기 뛰쳐나와 그들의 앞을 가로막았다.

깜짝 놀란 동낙춘이 앞으로 나서며 소리쳤다.

"웬 놈들이냐! 이것은 무림맹의 일이다! 썩 물러가지 못하겠느냐!"

복면인 중의 하나가 앞으로 나섰다.

"알아. 그러니까 닥치고 죽어라."

분위기가 나빠지자 동낙춘이 검을 뽑았다.

"나는 산동일월검 동낙춘이다! 내 명성을 들어봤다면 물러가라!"

복면인이 성큼 다가오며 말했다.

"그런 잡배의 이름은 모른다."

모욕을 당한 동낙춘이 살기를 뿜었다.

"더 이상 참을 필요가 없다. 모두 쳐라!"

동낙춘의 명령에 무사들이 일제히 달려들었다. 숫자가 이미 두 배가 넘는 그들이다. 더구나 멀지 않은 곳에 무림맹의 고수들이 잔뜩 몰려 있다. 그들은 함성을 지르며 검을 휘둘렀다.

기세 좋게 덤벼든 무사들은 곧바로 도륙을 당했다. 그들은 복면인들의 일검도 제대로 막지 못했다. 복면인들의 실력은 모두 고수급이었다.

동낙춘이 검을 들고 나서다가 멈췄다. 그의 얼굴은 이미 파랗게 질려 있었다.

"이, 이건!"

처음 나섰던 복면인이 동낙춘에게 걸어왔다.

"너는 내가 직접 죽여주마. 영광으로 여겨라."

동낙춘이 이를 악물었다. 달아나고 싶어도 벌써 퇴로를 복면인 몇이 막았다.

동낙춘이 소리를 버럭 질렀다.

"쉽게 당하지는 않아!"

그가 내공을 끌어올렸다. 검에 검기가 살짝 맺혔다. 그 상태로 복면인을 향해 달려들었다. 검끝이 요란하게 흔들렸다.

복면인이 몸을 슬쩍 피하며 도를 거칠게 휘둘렀다.

동낙춘의 검이 복면인의 도에 부딪쳤다. 검은 잠시도 버티지 못하고 박살이 났다. 도는 그 넘치는 힘을 주체하지 못하고 동낙춘의 몸까지 잘라 버렸다.

"으아악!"

동낙춘은 비명을 지르면서 쓰러졌다.

복면인의 얼굴에서 복면이 서서히 떨어졌다. 사내가 투덜거렸다.

"제법이구나. 나 상관악의 복면을 건드리다니."

무성한 구레나룻의 얼굴이었다. 그리고 왼쪽 귀가 없었다. 구레나룻이 주변을 둘러보았다. 이미 정파의 무사들은 전부 쓰러져 있었다.

그가 부하들에게 말했다.

"형제들을 구해라!"

복면인들이 호송되던 사람들을 풀어주었다. 풀려난 사람들은 어리둥절해하고 있었다.

청허자가 벌떡 일어서며 소리쳤다.

"뭣이? 호송대가 전멸해?"

적명자가 뒤따라 질문했다.

"범인들은?"

보고를 하던 사람이 다급히 말했다.

"호송하던 범인들은 전부 탈취당했습니다."

청허자가 의자에 털썩 주저앉으며 말했다.

"당했구나. 흉수는 누구인지 알아냈느냐?"

"호송대 중에 생명이 경각에 달했으나 죽지 않은 자가 있었습니다. 그의 말에 의하면 흉수의 대장이 산동일월검 동낙춘 대협의 공격에 복면이 벗겨졌다고 합니다. 그런데 그 얼굴은 구레나룻에 한쪽 귀가 없다고 했습니다."

"그 정도 특징으로 어찌 찾는다는 말이냐?"

"그리고 상관악이란 이름도 들었다고 합니다."

이번에는 취걸개가 벌떡 일어섰다.

"뭐야? 독이괴마 상관악? 그거 마교의 마두잖아!"

"마교. 결국 마교의 짓이라는 건가? 생존자의 상태는 어떤가?"

"부상이 워낙 심하여 결국 사망했습니다."

잠시 침묵이 흘렀다.

적명자가 자신있게 말했다.

"여러 가지 정황으로 볼 때 이건 마교의 수작입니다."

취걸개가 조금 불안한 듯이 말했다.

"하지만 마교의 짓이란 게 이리 쉽게 드러나다니."

"쉽지 않았지요. 마뇌에게 가는 보고서도 운이 좋아 찾았고, 이번의 생존자가 잠시나마 목숨을 연장한 것도 하늘이 도운 것이지요."

"그렇기는 하지만 사안이 워낙 중요하니 이 문제는 무림맹에 돌아가서 좀 더 논의해 봅시다."

자기가 어떻게 당한 건지 이야기를 들은 주유성이 이를 갈았다.
"마해일 그 새끼가 나를 이 지경으로 만들었다고요? 아주 박살을 내버리겠어."
검옥월이 단호하게 고개를 끄덕였다.
"그래요. 몸이 낫거든 가만두지 말아요."
주변에서 어슬렁거리던 백미화는 주유성의 실력을 제대로 모른다. 그녀가 걱정된다는 듯이 말했다.
"주 공자님, 마해일은 꽤 강해요."
주유성이 피식 웃었다.
"개뿔이 강해요? 마해일에게 전해줘요. 내가 조만간에 무림맹에 찾아갈 테니까 목을 씻고 기다리라고."
원래 무림맹에 갈 계획 같은 건 전혀 없었다. 하지만 이만큼 맞았는데 그냥 넘어가고 싶은 생각도 없다. 복수의 달콤함은 게으름의 편안함보다 강하다.
하지만 워낙 게을러서 언제 갈지는 그도 알 수 없다.
검옥월이 아직도 주유성을 모르고 반색을 했다.
"좋아요. 빨리 쾌차해서 무림맹에 오시기를 바랄게요."
주유성은 편안한 마차에 실려 주가장으로 돌아가고 있었

다. 무림맹에서는 돈을 들여 구할 수 있는 최고의 마차를 수배했다. 검옥월과 남궁서린, 그리고 덤으로 백미화가 주유성의 간호를 핑계로 달라붙었다.

그러나 그녀들의 일정은 어차피 주가장까지다. 주유성을 넘겨주고 나면 주가장에서 길어야 하루 이틀 신세지는 것이 고작이다. 그 후에는 명분이 없으니 무림맹으로 돌아가야 한다.

그래서 그녀들은 주유성이 무림맹으로 찾아온다는 소리에 모두 반색을 했다.

*   *   *

혈마가 낮게 웃었다.

"크흐흐. 그나마 뒤처리는 잘했군, 총관."

"상관악으로 위장하기 위해서 부하 녀석 하나가 귀까지 잘랐습니다."

"크하하하. 마땅히 상을 줘야지. 한몫 챙겨주고 이번 일이 일단락될 때까지 잘 숨어 있으라고 해."

"이미 그렇게 처리했습니다."

"그 생존자들은 어떻게 처리했나? 진을 재현하기 위해서 이용했던 녀석들. 그자들은 정말로 우리에게 속았으니 아는 것이 없잖아."

"그놈들이 무림맹의 눈에 띄면 문제가 됩니다. 그놈들은 공식적으로 마교에 복귀한 것으로 알려져야 합니다. 비밀 유지를 위해서 모두 제거했습니다."

"잘했어. 무림제패를 위해서 그 정도야 뭐. 참, 상관악의 얼굴을 보라고 살려뒀던 녀석 말이야. 원래는 적당히 하기로 했잖아. 그런데 좀 심하게 했다며? 그러다 정보를 불기 전에 죽으면 어쩌려고 그랬나?"

"그 녀석을 거의 죽였던 부하가 원래 사람 잡아다 죽이는 취미가 있던 놈입니다. 그놈을 특별히 투입했습니다. 적어도 몇 시진은 확실히 살려두는 재주를 가진 놈입니다. 길 가던 몇 놈 잡아다가 시험까지 해봤는데 모두 세 시진을 버티고 네 시진이 되기 전에 죽었습니다. 이 정도로 철저히 하지 않으면 무림맹에서 믿지 않습니다."

"잘했어. 과정이야 어쨌든 성공했으면 된 거야. 수고했네, 총관. 아, 팔독문은? 입단속 잘 시켰고?"

"물론입니다. 어차피 팔독문에서 진법을 우리가 만들었다는 사실을 아는 자는 그곳 문주밖에 없습니다. 더구나 팔독문은 철전 보관 시설로 지속적으로 이용하는 곳입니다. 비밀 유지에 특별히 신경 쓰고 있으니 믿으셔도 좋습니다."

"좋았어. 이제 무림맹과 마교 사이에 싸움만 붙이면 되겠군."

"마교는 이미 무림맹의 비무대회를 건드렸습니다. 한 번

한 놈들은 두 번도 할 수 있습니다. 무림맹도 그걸 알지요. 이만큼 했으니 무림맹은 마교가 본격적으로 도발하고 있다고 믿을 겁니다."

*   *   *

회의실에서 마뇌가 머리를 싸고 앉아 있었다.

마뇌 옆에는 많은 참모들이 탁자 주위에 둘러앉아 있었다. 그리고 맞은편 자리에는 그가 이번 일에 투입시킨 열 명의 부하들 중 조장 가환일이 앉아 있었다.

가환일은 사흘 동안 고생해서 얼굴이 다 핼쑥해져 있었다. 더구나 아홉 명의 부하들은 전부 죽었다. 그에게 덤빈 자는 그의 손에 죽었고 도망간 자는 진을 헤매다가 다른 자와 싸움이 붙어 죽었다.

그가 살아난 것은 그의 무공이 꽤 높은 덕분이다. 그리고 주변의 부하들을 다 죽인 후 움직이지 않은 것도 한몫했다.

마뇌는 마교의 두뇌다. 그는 극히 우수하다. 하지만 뭐든지 듣기만 하면 척척 결론을 낼 정도는 아니다. 그의 판단에는 수많은 정보를 분석하는 노력이 따랐다. 그리고 그가 거느린 많은 참모들의 노력도 한몫했다.

마뇌는 정보를 철저히 분석하고 결론을 낸다. 그리고 모든 준비를 완벽히 갖추어 교주를 만난다. 교주에게 있어서 마뇌는 만박무불통지다. 마뇌가 일부러 그런 인식을 교주에게 심어주었다.

사실 마뇌는 만박무불통지가 아니라 정보 조직을 효과적으로 통제하는 지휘관형에 가깝다.

그 마뇌가 지끈거리는 머리를 쥐었다.

"그렇게 해서 너 혼자 살아남았다?"

가환일이 즉시 탁자에 머리를 찍었다.

"죄송합니다. 진의 위력이 너무 강력해서 어쩔 수가 없었습니다."

마뇌가 남는 손을 저었다.

"그래. 보통 진은 아니겠지. 정파 놈들도 천 명이나 당했다며? 하지만 그놈들은 겨우 일 할이 당했는데 내가 보낸 놈들은 일 할이 살았구나."

가환일의 안색에서 핏기가 사라져 갔다.

'교주를 조종한다는 소문까지 있는 마뇌에게 찍히면 출세는 고사하고 잘못하면 죽는다.'

마뇌가 창백해진 가환일을 힐긋 보더니 직속 참모들에게 말했다.

"누구 그런 진에 대해서 들어본 사람 있나?"

마뇌가 모든 분야에 박식한 건 아니다. 대신에 그의 참모들 중에는 진법에 해박한 자가 많다. 그리고 그들은 모두 꿀 먹은 벙어리가 됐다.

"무능한 놈들. 진의 위력이 그렇게 강력한데 아는 자가 없단 말이냐? 설마 이번 일을 위해서 새롭게 개발한 진이라는 말이냐? 그런 규모로? 누가 감히 그런 짓을 하겠냐?"

마뇌의 말에 참모 중 하나가 조심스럽게 손을 들었다.

"가능한 진이 없는 것은 아니오나……."

"짐작 가는 것이 있으면 말을 해라. 설혹 틀렸다 하더라도 책하지 않으마."

용기를 얻은 참모가 침을 꿀꺽 삼키고 말했다.

"정보를 종합해 보면 그 진은 기를 왜곡시키는 것이 주된 효능입니다. 거기에 더해서 시야를 막는 안개 기능도 있습니다. 길을 잘못 가게 만드는 것은 상당수 진의 특징이니 논외로 쳐도 그 두 가지가 그렇게 강력하게, 그리고 동시에 발생하는 진은 많지 않습니다."

"있기는 있구나. 그런데 왜 망설이느냐?"

"그런데 그 많지 않은 진 중에서 그렇게 대규모로 설치가 가능한 것은 몇 가지 없습니다."

참모의 자꾸 망설이는 태도에 마뇌의 인상도 절로 심각해졌다.

"무엇이냐? 무슨 문제가 있기에 그리 망설이느냐? 이미 내가 내 입으로 처벌하지 않겠다고 했다. 어서 말해라."

그 참모는 주변에 진법을 잘 아는 사람들을 돌아보았다. 그들이 말은 못하고 고개만 끄덕였다.

"그 몇 개 중에 가장 특징이 일치하는 것이 아수라환상대진입니다."

마뇌가 벌떡 일어섰다.

"뭐얏!"

언제나 침착한 모습을 보이던 마뇌로서는 흔치 않은 모습이다. 책상을 짚은 그의 팔은 덜덜 떨리고 있었다.

"내가 잘못 들은 것이겠지? 너는 혹시 지금 그것이 아수라환상대진이라고 말했느냐?"

"그 규모에 그런 특징을 보이는 것으로 볼 때 아수라환상대진이 가장 유력합니다. 사실… 사실 저는 그렇게 확신하고 있습니다."

마뇌의 떨림은 이제 온몸을 타고 돌았다. 다른 사람들은 감히 말도 붙이지 못했다. 마뇌가 겨우 떨림을 자제하고 자리에 털썩 주저앉았다.

"아수라환상대진은 우리 교에서도 교주님만이 익힐 수 있는 진법이다. 교주님 비전의 진법이란 말이다."

"그렇습니다. 그래서 감히 말씀드리기가 어려웠습니다."

"하지만 우리 교에서도 절전되었다 알려진 진법이지. 절전된 지 삼백 년이야. 누가 그걸 배웠다면 내가 모를 리 없다."

마뇌가 기력이 빠진 얼굴로 중얼거렸다.

"당했구나. 가짜일 수도 있지. 하지만 이제 무림맹은 이번 일이 우리 짓이라고 믿어 의심치 않겠군. 무림맹을 가볍게 자극해서 사황성의 반응까지 보려고 했는데 이렇게 강한 수법으로 반격해 오다니. 사황성의 수작이 만만치 않구나."

마뇌의 말에서 사태의 심각성을 인식한 참모들의 얼굴이 변했다.

"잘못하면 무림맹과 우리가 먼저 싸울 수 있습니다."

"그렇게 놔둘 수는 없지. 하지만 교주님에게 어떻게 보고드려야 할지도 모르겠다. 대책을 먼저 세우자. 대책없이 보고드릴 수는 없다."

마교 참모부의 분위기가 어두워졌다.

*   *   *

무림맹은 설설 끓고 있었다. 이번 일로 피해를 본 문파가 적지 않았다. 무려 오백여 명이 죽고 오백여 명이 중상을 입었다. 중상자 중 상당수는 기혈이 망가져 무공마저 잃었다. 구파일방과 오대세가라고 해도 예외는 아니었다.

그리고 무림맹 수뇌부에게 새로운 소식이 보고되었다.

무림맹주 검성 독고진천이 심각한 얼굴로 말했다.

"그것이 아수라환상대진이었다?"

청허자도 어두운 얼굴로 대답했다.

"그렇습니다. 그 진을 직접 경험한 진법가들의 이야기를 종합해 본 결과 마교의 아수라환상대진이 팔 할 이상의 확률로 틀림없다는 결론이 나왔습니다."

"하지만 아수라환상대진은 실전된 지 삼백 년은 지났다고 알고 있는데? 그야말로 전설의 절진 아니오?"

"전설의 반로환동 고수마저 나타났는데 새로운 전설이 또 드러난다고 해서 뭐가 이상하겠습니까? 더구나 세상에 그렇게 알려진 것뿐입니다. 정말 마교 내에서 실전된 것인지는 우리도 알 수 없습니다."

적명자가 재빨리 호응했다.

"그렇습니다. 설사 실전되었다 해도 마교 내에서 일어난 일, 다시 찾아냈어도 마교에서 찾아냈을 겁니다."

사람들은 특별히 이 의견을 부정하지 않았다. 취걸개만 예외였다.

"이거 뭔가 냄새가 나. 이 거지 코가 썩을 만큼 냄새가 심하단 말씀이야."

적명자가 취걸개를 노려보며 호통을 쳤다.

"취걸개 장로! 모든 정보가 이번 일은 마교 짓이라고 하고 있소. 그런데도 마교 짓이 아니라고 한다면 도대체 어떤 일이 일어나야 마교 짓임을 인정하겠소?"

"그러니까 이상하지. 너무 마교 짓이라고 확실히 주장되니까. 마교가 바보들만 모인 곳도 아닌데 이건 너무 쉽잖아."

"너무 쉽다니. 진의 이름을 제외하고는 모두 운이 좋아서 알아낸 것뿐. 조금만 실수했다면 놓쳤을 증거들이거늘!"

"그건 우리 생각일지도 모르니까."

"그럼 마교 교주가 나타나서 자기 짓이라고 인정하기를 바랄까? 취걸개 장로는 그렇게 돼야만 믿겠다는 소리요?"

취걸개도 할 말은 없다. 그가 의심하는 근거는 범인이 너무 쉽게 밝혀진다는 것뿐이다. 하지만 그 과정에서 만만한 것은 없었다. 그래서 반대의 근거를 세우기 부족하다.

"분명히 하남의 사파들 중에 이 일에 동원된 놈들이 있을걸? 그놈들을 족쳐 보는 게 어떨까 하는데……."

"어림도 없는 소리를 하시는군. 하남에 사파가 한둘이 아닌데 누구를 조사해 본다는 것이오? 사파가 우리 마음대로 움직여지는 존재라고 생각하시는 것이오?"

"아무래도 수상한 건 수상한 거지 뭐. 쳇."

"어허. 그래도 인정하지 못하고. 무릇 아무리 잘 숨겨둔 음모도 한번 정체가 드러나기 시작하면 일순간에 모든 것이 밝혀지는 법. 더구나 이번 일은 음모가 아니라 우리 정파의 정신에 피해를 입히려는 도발이라고 보는 것이 옳소. 그러니 이것은 틀림없이 마교의 짓이오."

적명자는 신이라도 난 것처럼 떠들었다. 그 모습이 조금 거슬려 보인 무림맹주가 말했다.

"그만 합시다. 적명자 장로의 말처럼 이번 일은 마교의 짓이 맞는 것 같군. 취걸개 장로 말고 다른 의견 있는 사람 있소?"

다른 장로들은 이만큼의 증거가 있는데 취걸개를 따라간다는 것은 바보짓이라고 생각했다. 그래서 아무도 뭐라 하지 않았다.

"좋소. 그럼 이번 일은 마교의 짓이라 생각하고 대응 방안을 세워봅시다."

적명자가 벌떡 일어서서 두 주먹을 격정적으로 흔들며 말했다.

"당연히 복수를 해야지요. 마교가 우리에게 천 명의 피해를 입혔습니다. 그럼 우리는 이천 명의 피해를 주어 복수해야지요."

무림맹주 검성 독고진천이 조금 이맛살을 찌푸렸다.

'전쟁은 싫은데.'

그의 마음을 안다는 듯 청허자가 반대했다.

"복수는 복수를 낳는 법. 그리하다 잘못하면 공멸할 수 있습니다."

적명자는 청허자에게 경쟁심을 많이 느낀다. 청허자의 반대를 듣자 곧바로 발톱을 드러냈다.

"청허자 장로는 지금 마교가 두려워서 맞고도 가만있자는 뜻입니까?"

"아니, 그런 뜻은 아니고 좀 잘 알아보자는 거지요."

"더 이상 뭘 알아본다는 말입니까? 이미 모든 증거가 이렇게 명확하거늘!"

그들의 말싸움에 취걸개가 끼어들었다.

"다른 것도 생각해 봅시다. 이번 일에 제일 큰 공을 세운 것은 주유성이란 게으름뱅이란 말씀이지. 불러다가 상이라도 줘야 할걸?"

적명자는 주유성을 싫어한다. 주유성의 태도가 싫고 주유성 때문에 비무대회에서 청성의 체면이 서지 않았다고 생각해서 싫다. 주유성을 공격한 마해일이 욕이란 욕은 모조리 먹다가 청성으로 도망갔다. 그 덕에 청성의 체면이 제법 손상당했다. 그래서 주유성이 더 싫다.

그는 소리를 버럭 질렀다.

"취걸개 장로는 일의 경중을 모르시오? 지금 상을 주는 것이 중요한 일은 아니지 않소?"

취걸개는 물러서지 않았다.

"지금 상을 주는 것은 아주 중요하지. 암."

적명자는 잘 걸렸다는 듯이 소리쳤다.

"대의가 무엇인지 모른단 말이오? 대의를 위해 일한 자, 어찌 상을 바란단 말이오?"

"그 녀석이 아수라환상대진일지도 모르는 그 진법을 깨뜨렸거든. 그럼 그게 정말 아수라환상대진인지는 그 녀석에게 물어보는 것이 제일 좋지."

취걸개의 말에 적명자가 입을 다물었다. 그는 본능적으로 자기가 불리해지고 있음을 깨달았다.

청허자가 반색을 하며 맞장구를 쳤다.
"그렇지요. 그 녀석, 진법의 대가이니까."
적명자가 찍소리를 한번 내봤다.
"그럼 불러다 물어보면 되지, 왜 상은……."
취걸개가 웃었다.
"흐흐. 그냥 부르면 올 놈이 아니거든. 상을 준다는 말로 꼬시면 그 녀석은 물론이고 금검이나 소소도 반대하지 않겠지. 그렇게 무림맹으로 불러온 후에 제대로 부려먹어야지."
청허자도 취걸개의 말에 즉시 동의했다.
"허허허. 그렇지요. 그 녀석. 이번에 오면 꽉 붙잡고 놓지 않으렵니다."
적명자는 이제 할 말이 없다. 그는 혹시나 해서 맹주를 돌아보았다.
독고진천도 환한 표정이었다.
'그럼그럼. 그 녀석이 오기만 하면 내가 제대로 가르쳐 봐야지. 정통 무가도 아니고 상가의 사람이라니 내가 가르친다고 해서 누가 제자를 빼앗겼다고 항의하겠어?'
"그렇게 합시다. 큰 공을 세웠으니 그에 어울리는 큰 상을 내려야지요. 이는 마교의 눈을 흐리게 하는 효과도 있으니 일석이조외다."
적명자는 주유성에게 포상하는 문제는 양보해야 함을 알았다. 그러나 그대로 물러서지는 않았다.

"어쨌든 마교에 복수해야 합니다. 이미 이번 일에 대한 정보가 정파무림인들 사이에 꽤나 돌았을 겁니다. 누군가는 이것이 아수라환상대진인 줄 알아냈겠지요. 가만있으면 우리 무림맹은 물론이고 구파일방과 오대세가의 명성에 누가 되는 일입니다."

취걸개는 아직 꺼림칙함을 거두지 못했다.

하지만 당장은 적명자의 주장이 더 먹혔다. 이미 복수를 주장하는 열혈장로들이 적명자의 편으로 돌아선 상태였다.

*   *   *

주유성이 돌아오자 주가장이 뒤집어졌다. 특히 당소소는 세상이 무너진 것처럼 사색이 됐다.

"유성아!"

그녀는 주유성의 몸을 잡고 통곡이라도 할 기세였다.

"어머니, 그냥 몸이 조금 상한 것뿐이에요. 금방 나을 거예요."

이미 돌아오는 며칠 사이에 꽤 회복이 된 주유성이다. 걷는 자세가 조금 불안정했지만 그 외에 특별한 이상은 없었다.

당소소가 급히 주유성의 맥을 짚고 진찰을 했다. 그녀는 이런 종류의 치료에서 이름깨나 날리는 당문의 직계다. 그녀의 의술은 결코 낮지 않다.

한참을 진찰하던 그녀가 안도의 한숨을 쉬었다.

"다행히 혈도는 괜찮구나. 몸은 쇠약해져 있지만 특별히 문제는 없어 보이고."

"청허자 할아버지가 저한테 태청단을 먹였다고 들었어요."

당소소의 얼굴에 조금 놀라움이 깃들었다.

"태청단? 그 귀한 것을? 네가 그분에게 큰 신세를 졌구나."

정확히 말하면 주유성도 청허자를 구해줬으니 서로의 은혜는 상쇄됐다고 볼 수 있다. 하지만 당소소는 아들의 목숨을 청허자의 것보다 훨씬 높게 쳤다. 그러니 아들에게 귀한 약을 쓴 청허자에게 고마움을 느꼈다.

"어서 들어가자. 그런데 모르는 얼굴이 있네?"

당소소의 질문에 빌붙어 따라왔던 화산의 백미화가 즉시 인사를 했다.

"화산의 백미화가 사천제일미 당소소 여협을 뵙습니다. 지난번 무림맹 조사단을 따라왔을 때는 정식으로 인사를 드리지 못했어요."

그녀는 지난번에 남궁서린이 당소소를 사천나찰이라고 불렀다가 얼마나 무시당했는지 똑똑히 봤다. 그래서 잊지 않고 그녀가 가장 좋아하는 호칭을 무림명 대신 불렀다.

당소소는 지난번 조사단에서 백미화처럼 젊은 사람들에게는 별로 신경도 쓰지 않았다. 당연히 기억에도 없다. 하지만 백미화가 사천제일미라고 말하자 마치 기억났다는 것처럼 웃으며 말했다.

"어머. 그때 왔던 그 예쁜 아가씨군. 그런데 성이 백씨면 화산의 매화검 백대원 대협과는 혹시 관계가 있니?"

백미화가 조신하게 머리를 숙이며 대답했다.

"제가 손녀예요."

당소소의 눈빛이 반짝였다.

'옳지. 그 매운 칼을 쓰는 화산 장문인의 손녀구나. 이게 웬 떡이냐?'

"그래. 우리 유성이를 데려다 주러 따라왔니?"

당소소의 목소리에는 친근감까지 배어 있었다.

"예. 주 공자님께서 이번에 저를 포함한 일행의 목숨을 구해주셨기에 고마움을 표현할 길이 없어 따라왔어요."

당소소의 얼굴에 만족한 미소가 떠올랐다.

'가문도 좋고, 성격 착해 보이는군. 어른 공경할 줄도 알고. 그럼 너를 내 며느리 후보의 두 번째로 놓아주마. 어서 구십팔 명을 더 찾아야 할 텐데.'

"어서 들어오너라. 손님들이 오셨으니 밖에 세워둘 수는 없지."

第四章

중원에는 마교의 지부가 곳곳에 있었다. 그러나 그것들 중 공개적으로 정체를 드러내는 곳은 없었다.

중원에서 마교는 언제나 척결 대상이었다. 따라서 공식적으로 마교의 지부가 중원무림에 존재한다면 일찌감치 공략 대상으로 부숴 버린다. 그래서 중원에 있는 마교 지부는 그 성격이 전부 비밀 지부다.

하지만 그 정체를 철저하게 숨겼음에도 불구하고 무림맹의 정보 조직에게 발각된 곳도 일부 있었다.

무림맹은 그런 곳은 발견해도 쉽게 치지 않았다. 오히려 굳이 문제를 일으키지만 않으면 그대로 놔뒀다. 언제든지 필요하면 제거할 수 있다는 자신감의 표현이었다. 그리고 그런 마교 비밀 지부의 움직임을 은밀히 감시하고 부하들을 위장 투입함으로써 정보를 캐내는 통로로 이용했다.

마교 역시 정체가 드러났음을 뒤늦게라도 깨달은 비밀 지부는 폐쇄하는 것보다 역정보를 흘리는 수단으로 사용했다. 따라서 무림맹은 자기네가 특정 지부를 알아냈음을 마교가 아는지 모르는지 알아내려고 애썼다. 마교도 무림맹이 자기들이 역정보를 흘리는지 아는지 여부를 알아내려고 노력했다.

어느 지부가 드러나고 어디가 아직 발각되지 않았는지는 마교와 무림맹 모두 일급으로 취급하는 기밀이다.

산동의 제녕에는 제법 큼지막한 장원이 있었다. 장원의 주인은 장허비라는 자였다. 제녕에 그가 소유한 가게가 열 개가 넘었고 작은 전장도 하나 운영했다. 그리고 관리들에게 적당히 뇌물을 뿌려 단속을 피하고 있는 도박장도 하나 있었다.

그 장원을 야밤에 백여 명의 무사들이 은밀히 포위했다.

무사들을 이끄는 것은 청성의 고수인 천중보였다. 청운적하검법을 꽤 높은 수준까지 익힌 그는 청성이 무림맹에 파견한 무사들 중 손가락 안에 꼽히는 고수였다. 중년의 나이에 든 그는 마해일처럼 이제 명성을 날리기 시작한 후기지수와는 그 무공 수준이 완전히 달랐다.

그가 이 부대를 이끌게 된 것에는 적명자의 입김이 강하게 작용했다. 천중보는 적명자의 사람이었고 이번 보복 작전은 적명자의 입김이 강하게 작용해서 시작된 일이다. 적명자는 영향력을 행사할 기회를 잡자 재빨리 자기 사람인 천중보를 대장 자리에 박았다.

위에서 타고 내려와서 대장이 됐다고 해서 천중보가 무능력한 것은 아니다. 그는 장가장을 물끄러미 바라보며 중얼거렸다.

"저곳이 마교의 비밀 지부란 말이지. 겉으로 보기에는 평범한 장원인데."

임시로 그의 부관이 된 무사가 말했다.

"위에서 그렇게 말했으니 틀림없겠지요. 설마 잘못 알지는 않았을 겁니다."

천중보가 끄덕이더니 부하들을 손짓해서 불러 모았다.

"일격에 친다. 마교의 비밀 거점이라면 평범함으로 위장해야 하기 때문에 진법이나 함정을 상시 발동시켜 놓을 수 없다. 그러니 단숨에 공략하여 대응 시간을 주지 않는다."

천중보의 말에 무사들이 눈빛을 빛내며 결의를 다졌다.

"저 장원에 있는 것은 모두 마교의 부하들이다. 우리의 임무는 마교의 말살이다. 가자!"

천중보가 먼저 몸을 날렸다. 그의 뒤를 백여 명의 무사들이 우르르 따라붙었다.

장원의 정문에는 문지기 하나가 졸고 있었다. 그러나 그는 무림맹 무사들이 갑자기 튀어나오자 언제 졸았냐는 듯이 벌떡 일어섰다. 그의 손에는 어느새 호각이 들려 있었다.

 천중보가 낮은 목소리로 비웃으며 단검을 날렸다.

 "어딜!"

 그의 손에서 날아간 단검이 일직선을 그렸다. 무공이 높지 못한 문지기의 가슴에 단검이 깊게 박혔다. 단검에 깃든 힘에 밀린 문지기의 몸이 뒤로 튕겨 나가며 문에 부딪쳤다.

 어느새 무림맹 기습 부대는 장원에 바짝 다가섰다. 천중보가 소리쳤다.

 "한 놈도 살려두지 마라!"

 그의 고함 소리에 맞춰 백여 명의 무사들이 일제히 장원의 담을 타고 뛰어넘었다.

 심야의 장원은 정적에 싸여 있었다. 그러나 몇 명의 무사들이 어둠 속에서 튀어나와 침입자를 막아섰다. 매복자들이었다.

 매복해 있던 자들이 사태의 급박함을 깨닫고 몸을 드러냈다. 그중 하나가 외쳤다.

 "누구냐!"

 천중보가 소리쳤다.

 "제거해!"

그의 명령을 따라 무사들이 우르르 달려들었다.

매복자들은 급히 검을 휘둘러 무림맹 무사들을 견제하려고 했다. 그러나 숫자의 차이는 압도적이었다. 그들은 잠시도 버티지 못하고 온몸에 칼을 맞고 쓰러졌다.

무림맹 무사들은 여러 건물의 방문을 때려 부수며 쳐들어가 검을 휘둘렀다. 여기저기서 무사들이 급히 뛰어나왔다. 그러나 그들은 서로 떨어져 있고 무림맹 무사들은 뭉쳐 있었다. 장원의 무사들은 제대로 힘도 써보지 못하고 하나씩 각개격파당했다.

무림맹의 이류무사인 장상동은 방문을 하나 걷어차서 부숴 버렸다. 방 안에는 중년 여인 하나가 떨고 있었다. 그녀는 장상동을 보고 다급히 말했다.

"살려주세요. 저는 아무것도 몰라요."

장상동은 잠시 갈등했다.

"누군데 여기 있는 거냐?"

"잔치가 있다고 해서 음식을 하러 들렀어요. 살려주세요."

장상동이 보기에 거짓말하는 것 같지는 않았다.

"어서 나와라. 여기 있으면 위험하다."

중년 여인은 급히 장상동의 옆을 스쳐서 방 바깥으로 빠져나갔다. 장상동은 그 순간 옆구리가 뜨거워지는 것을 느꼈다.

"크억. 무, 무슨."

중년 여인의 손에는 어느새 짧은 단검이 들려 있었다. 그녀는 그것을 다시 움직여 장상동의 가슴에 박으며 말했다.

"검은 잘 쓰마."

장상동의 검을 빼앗아 든 그녀는 급히 방 바깥을 둘러보았다. 주변에 널려 있는 것이 무림맹의 무사였다.

"제기랄."

그녀는 바깥을 힐끗거렸다. 그런 그녀의 눈에 무림맹 무사들이 우르르 물러서는 모습이 보였다. 장원 안쪽에서 일단의 무사들이 몰려나오며 무림맹 무사들을 밀어붙였다.

"저기다!"

그녀는 즉시 그곳으로 몸을 날렸다. 그녀뿐만이 아니라 살아남은 사람들은 모두 새롭게 등장한 사람들 쪽으로 몰려갔다.

어느새 싸움은 잠시 중단됐다. 장가장의 생존자들은 모두 한곳에 모였는데 그 수가 스물이 채 되지 않았다. 그리고 무림맹의 무사들은 거의 백여 명이 그대로였다.

장가장주 장허비가 조금 앞으로 나서며 말했다.

"누가 나 장모에게 원한이 있어 이런 짓을 벌이는 것이오? 내가 이런 큰 원한은 산 적이 없소. 잘못 알고 오신 것 아니오?"

천중보도 앞으로 나섰다.

"장허비. 이곳이 마교의 비밀 지부임이 밝혀졌다."

장허비가 말도 안 된다는 듯이 두 팔을 크게 저으며 말했다.

"마교라니. 내가, 이 장모가 마교 같은 극악무도한 놈이란 말이시오? 말도 안 되는 소리요. 나는 그런 놈이 아니오. 여기서 장사한 지 십 년이 넘는 착실한 상인이란 말이오. 뭔가 오해가 있었소. 틀림없소."

장허비뿐만이 아니라 다른 사람들도 말도 안 되는 소리라는 표정이었다.

장허비의 극구 부인에 무림맹 무사들은 혹시나 하는 생각을 가졌다.

"이거 우리가 잘못하는 거 아냐."

"어쩐지 마교 놈들치고는 좀 쉬웠어."

부하들의 동요를 보면서도 천중보는 여유를 잃지 않았다.

"부인하려면 해라. 하지만 내가 받은 명령은 너희 마교 놈들의 말살이다. 살려두거나 정체를 파악하는 게 아니란 말이다. 부인하면서 그냥 죽어준다면 더 고맙겠군."

천중보의 말에 장허비의 안색이 굳었다. 그리고 체념한 듯 중얼거렸다.

"다 죽이러 왔다? 그럼 더 이상 우리 교를 부인할 필요는 없겠군. 하지만 이런 짓을 하고도 온전할 줄 아느냐? 교주님이 가만있지 않으실 거다."

"나야 명령대로만 할 뿐. 마교 놈들이 쳐들어오면 그 또한 모조리 전멸시켜 주면 그만이지."

장허비가 손을 뒤로 내밀었다. 그의 부하들 중 하나가 검을 그 손에 들려주었다.

"나는 신교의 제녕지부장 장관정이다. 너는 누구냐?"

"청성의 천중보."

"청성산검 천중보. 그럼 청성십이검 중 하나가 아니신가? 화산에 매화이십사수가 있으면 청성에는 청성십이검이 있다더니. 꽤 유명한 분이 나서셨군."

"예전에 청성십이검이었지. 지금은 사제에게 내 자리를 물려주고 무림맹에서 일하고 있다."

"으하하. 좋아. 내 상대로 부족함이 없군. 한번 겨뤄볼 텐가?"

장관정이 도발했다.

평소의 천중보라면 굳이 거절할 상대가 아니다. 오히려 명성을 좋아하는 적명자 계열의 사람인 그는 반색을 할 만한 일이다. 하지만 지금은 임무 중이다. 그 사실이 잠시 갈등하게 만들었다.

'아무리 임무가 지엄하지만 설마 내가 지지는 않을 것이다. 그렇다면 명성을 날릴 이 기회를 날려 버릴 수는 없지.'

"얼마든지."

장관정이 혹시나 해서 말했다.

"내가 이기거든 우리를 보내줄 수 있나?"

천중보가 피식 웃었다.

"어림도 없는 소리. 너희들은 어차피 여기서 죽는다."

천중보의 대답은 냉정했다. 장관정은 쓸데없는 기대를 하지 않기로 했다.

"할 수 없지. 그래도 대장인 그대를 죽이면 우리가 피하기 좀 더 쉬워질 거야."

장관정이 천중보를 향해 몸을 날렸다. 그의 검에서 검기들이 매섭게 뿌려졌다.

천중보는 청운적하검법을 제대로 익혔다. 그는 즉시 장관정의 검을 마주쳐 나갔다.

두 사람 사이에서 치열한 전투가 벌어졌다.

장관정이 익힌 것은 마교의 무공이다. 하지만 마공의 무공이라고 해서 모두 세상을 공포에 떨게 하는 수준은 아니다.

더구나 천중보는 청운적하검법의 고수이다. 청성십이검은 청성의 정예 중에 정예다. 그곳 출신인 천중보의 실력은 높다. 최근에는 무림맹에서 검을 갈고닦았다.

반면에 장관정은 신분을 위장하고 사느라 꽤 오랫동안 무공 수련을 제대로 하지 못했다.

서로 요란하게 충돌하던 중, 천중보의 왼쪽에 빈틈이 보였다. 한창 밀리던 장관정은 망설일 수 없었다. 그의 검이 천중보의 왼쪽을 노리고 빠르게 움직였다.

천중보가 회심의 미소를 지었다.

'걸렸군.'

그의 몸이 빠르게 흔들렸다. 장관정의 검은 천중보의 팔을 스쳐 지나갔다. 이미 천중보의 검은 장관정에게 만들어진 빈틈을 노리고 목을 치는 중이었다.

'당했다.'

그것이 장관정이 마지막으로 한 생각이다. 곧바로 잘려진 장관정의 머리가 하늘로 솟아올랐다.

천중보가 한쪽 팔에서 피를 조금 흘리며 소리 질렀다.

"나 천중보가 이겼다! 마교의 잔당들을 몰살시켜라!"

"와아!"

* * *

주유성이 집에 돌아와서 겨우 며칠 쉬고 나서, 그는 주진한과 당소소 앞에 불려갔다. 아직 떠나지 않고 버티고 있던 검옥월이나 남궁서린, 그리고 백미화도 덩달아 따라붙었다.

분위기가 이상하다는 것을 깨달은 주유성이 조심스럽게 질문했다.

"무슨 일인데 소자를 부르셨는지요?"

주진한이 조금 기쁜 얼굴로 말했다.

"무림맹에서 연락이 왔구나. 이번 일에 네가 큰 공을 세웠으니 무림맹에서 그에 대한 보답으로 포상을 하겠다는구나."

주유성으로서는 한 가지 조건만 충족되면 무척 반가운 소리다.

"고맙네요. 그럼 포상금은 집으로 배달해 준대요?"

언제나 주머니가 비어 있다. 움직이지 않고 받을 수 있다면 가뭄의 단비가 따로 없다.

"그럴 리가 없지?"

"네, 그렇죠. 그래도 누가 가서 대신 받아다 주면 안 된다나요?"

"너에게 무림맹주이신 검성께서 직접 시상을 하시겠다는구나. 무림맹주님을 오시라고 할 수는 없으니 네 녀석이 가야지."

그 말을 들은 아가씨들이 반색을 했다.

검을 다루는 검옥월은 검성이 직접 시상한다는 사실을 높게 평가했다.

"주 공자, 검성께서 공식 행사도 아니고 따로 특별히 시상하신다면 큰 영광이에요."

주유성에겐 개뿔이다.

남궁서린은 무림맹주의 시상을 높게 평가했다.

"주 공자님, 무림맹주님께 이렇게 상을 받는다는 건 가문의 영광이에요."

백미화는 아무 생각이 없다.

"주 공자님, 좋겠다."

주유성은 나름대로 고생하고 집에 돌아왔으니 이제 본격

적으로 쉬어볼까 하던 참이다.

'좀 늦게 간다고 해서 그 돈이 어디 가는 것도 아니고.'

"아버님, 소자가 몸이 상당히 허하니 충분한 요양을 거친 후 여행을 해야 한다고 봅니다."

언제나 여유만만, 느긋한 주유성이다.

하지만 주진한과 당소소는 이미 이 건에 대해서 합의를 끝마친 상태. 당소소가 대신 입을 열었다.

"유성아, 맹주님을 기다리게 하는 것은 우리 부부 얼굴에 먹칠을 하는 짓이란다. 네가 그렇게 하면 우리는 부끄러워서 얼굴을 들 수가 없단다."

주유성이 아는 검성은 꽤나 털털한 사람이다.

"그 할아버지도 이해해 주실 거예요."

당소소의 눈빛이 날카로워졌다.

"내가 이해를 못하겠다. 시끄러우니까 가라."

"하지만 어머니, 소자는 아직 몸이 정상이 아닙니다."

"이 엄마를 바보로 보는 거야? 태청단이 명약은 명약이더라. 넌 더 이상 아프다고 할 수가 없구나. 움직임에 불편함이 없고 무공을 쓰는 데도 별 제약이 없는데 뭘 더 나아야겠다는 거야? 내가 젊어서 싸울 때는 지금 너보다 훨씬 나쁜 몸 상태로 사파의 악인 백 명을 쳐 죽인 적도 있다."

그녀의 말은 거짓말이 아니었다. 하루 꼬박 걸린 추격과 매복의 반복으로 죽인 악인의 숫자가 딱 백 명이었다. 그 일로 그녀는 사천나찰이라는 무림명을 얻었다.

안 하던 짓도 하다 보면 습관이 된다. 주유성의 천성이 어디 가는 건 아니지만 그래도 그동안 좀 돌아다녔더니 이제 먼 곳을 가는 일이 크게 부담되지는 않는다.

더구나 이번에는 돈이 걸려 있다.

"그런데 포상금이 얼마나 된다던가요?"

주유성은 돈맛이 얼마나 달짝지근한지 슬슬 깨닫고 있었다.

그 속이 빤히 보이지만 주진한은 탓하지 않았다.

'돈맛을 모르고는 좋은 상인이 못 되는 법이지.'

"액수까지 묻는다면 예의가 아니지. 하지만 무림맹이 고마움을 표시하는 일이다. 그 액수가 적을 리 없다. 아마도 네 녀석이 지난번에 받았던 은자 백 냥보다 적지는 않을 게다."

주유성의 얼굴이 밝아졌다.

"그럼 며칠만 더 쉬었다가 가면 안 될까요?"

어떻게든 조금이라도 더 게으름을 피워보려고 했다.

당소소가 세 여자를 쳐다보며 말했다.

"애들아, 무림맹까지 끌고 가라. 묶어서 가든 짊어지고 가든 상관하지 않겠다."

세 여자가 반색을 하며 주유성에게 다가왔다. 주유성이 깜짝 놀라 벌떡 일어섰다.

"갑니다, 간다고요. 내 돈 받으러 갈게요. 가서 손봐줄 놈도 있고요."

세 여자의 속마음은 하나였다.

'무림맹에 같이 돌아갈 수 있겠네. 아이 좋아라.'

주유성에게서 여난의 조짐이 보였다.

*   *   *

마뇌의 보고를 받는 천마의 안색은 상당히 나빴다.

"감히 우리 교의 지부를 무림맹이 쳐?"

마뇌가 머리를 찍으며 사죄했다.

"죄송합니다. 미리 대비하지 못한 제 잘못입니다. 죽여주십시오."

"됐다. 마뇌 자네의 가치가 설마 지부 하나만도 못할까? 그나저나 무림맹 놈들이 왜 이렇게 강하게 나온 건지 이유는 밝혀졌나?"

마뇌가 천마의 눈치를 살피며 조심스럽게 대답했다.

"아무래도 보복 차원으로 보입니다."

"보복? 새삼스럽게 무슨 보복?"

마뇌는 지난번의 일을 아직 보고하지 않았다. 천마로서는 갑자기 왜 보복이 언급되는지 이해할 수 없었다.

"지난번 검마 사건에 관한 보복입니다."

"그거? 사황성의 함정에 무림맹의 걸려들어 한 뭉텅이 날아간 그 사건? 그럼 사황성에게 보복해야지 왜 우리한테 난리냐?"

마뇌는 식은땀을 흘리며 말했다.

"그때 무림맹이 걸려든 진법이 아무래도 아수라환상대진으로 추측됩니다."

천마는 자기가 앉은 태사의의 손잡이를 내려치며 소리쳤다.

"뭐얏!"

단단한 손잡이가 두부 부서지듯 힘없이 박살났다.

"아수라환상대진이라니! 그건 우리 교에서도 실전된 진법이잖아! 말이 되는 소린가!"

마뇌가 머리를 박았다.

"죄송합니다. 실전되지 않았다 해도 교주님에게만 전해지는 진법입니다. 그렇기 때문에 조사를 하느라 미처 보고드리지 못했습니다. 조사 결과 팔 할 이상의 확률로 아수라환상대진으로 추측됩니다."

천마가 이를 갈았다.

"으드득. 그렇다면 결국 우리가 잃은 그 신성한 진법을 사황성 놈들이 찾아내서 재현했다는 소리구나."

마뇌가 재빨리 분노의 방향을 사황성 쪽으로 돌렸다.

"그렇습니다. 그 간악한 놈들이 그런 짓을 저질렀습니다."

"하지만 그 또한 말이 안 된다. 보고에 의하면 진은 단 며칠 만에 풀렸다며? 도대체 누가 있어 그 진법을 그리 빨리 풀어?"

아수라환상대진의 무서움과 난해함은 마교에 가장 잘 기록되어 있다.

그는 진이 진짜로 풀리는 데 든 시간은 겨우 한나절이라는 것을 보고받았다. 그건 마뇌로서도 믿어지지 않는 일이다. 그래서 마뇌와 참모부는 고심 끝에 그것을 설명할 수 있는 대답을 찾아냈다.

"아수라환상대진과 특징이 비슷한 다른 진일 수도 있습니다. 그게 아니더라도 그놈들이 아수라환상대진을 완전히 재현했을 리가 없습니다. 따라서 진법은 불완전하게 복구되어 원래의 위력을 제대로 발휘하지 못했다고 짐작됩니다. 약 구할의 확률로 틀림없습니다."

"그렇더라도 아수라환상대진이다."

"거기에 더해서 무림맹에 대단한 진법가가 등장했습니다. 불완전한 아수라환상대진 정도는 한나절 만에 풀어낼 정도로 엄청난 진법가입니다."

"크윽. 한나절? 사흘이 아니고 한나절이었나? 세상에 그런 인간이 있다니."

"재현된 진법이 원본에 비해 아주 많이 부족했으리라 판단됩니다."

"하긴. 우리 교가 아닌 곳에서 그걸 비슷하게나마 재현해낼 리가 없지. 역시 흉내만 낸 것이 틀림없어."

"진법이 싸움에 차지하는 영향은 별로 크지 않습니다. 하지만 이번처럼 함정으로 사용되면 의외의 결과를 가져올 수도 있습니다. 무림맹과의 전쟁이 벌어지면 우선 척살 대상에 두어야 하는 놈입니다."

"바보 같은 무림맹 놈들. 그놈들은 결국 그것 하나 때문에 우리 짓이라고 확신하고 보복을 했다는 소리냐?"

"아닙니다. 조사를 거듭한 결과 상황이 그리 간단하지 않습니다. 그 외에도 우리 짓이라는 증거가 몇 개나 더 나왔다고 합니다. 사황성 놈들은 지금 우리와 무림맹이 서로 싸우게 만들고 있습니다. 아무래도 이호경식의 계책을 쓰는 듯합니다."

천마는 화를 참을 수가 없었다.

"이호경식. 이호경식이라니. 그따위 것에 걸려드는 건 바보라고 생각했거늘. 그럼 우리가 부인하면? 어차피 우리가 한 짓도 아니잖아."

마뇌가 조심스럽게 천마를 올려다보았다. 천마가 생각보다 화를 내지 않자 용기를 내서 대답했다.

"불가능합니다. 덫은 치밀합니다. 범인으로 지목된 우리가 아무리 아니라고 해봤자 무림맹이 믿어줄 리 없습니다. 증거가 필요합니다. 하지만 우리 교와 하남까지는 거리가 너무 멀어 자세한 조사를 할 수 없습니다. 이건 무림맹이 속은 일입니다. 비밀 지부들의 능력으로 증거를 찾는 것은 버겁습니다."

천마가 성질을 부렸다.

"마뇌, 일을 어떻게 처리했기에 우리가 당해? 사황성의 반응이나 보자고 한 것은 마뇌 자네잖아!"

마뇌는 할 말이 없다. 그도 이렇게 당할 줄은 몰랐다.

"죄송합니다. 그놈들은 처음부터 덫의 위치를 무림맹이 있는 하남성에 잡았습니다. 더구나 그 규모를 봤을 때 그놈들도 몇 년이나 준비한 것이 틀림없습니다. 기회를 잡고 시작한 것 같습니다. 우리의 대비가 부족했습니다."

열불이 난 천마는 물병을 집어 들더니 그대로 들이켰다. 목을 꿀떡거리는 모습을 보면서도 마뇌는 꼼짝도 하지 못했다.

"제기랄. 죄송하다는 말 그만 하고, 그럼 대책은? 설마 마뇌 자네가 대책이 없는 건 아니겠지?"

마뇌는 이 대답을 준비하기 위해서 참모들을 들볶으며 며칠을 보냈다.

"방법은 한 가지 있습니다."

천마의 눈이 반짝였다.

"지부 하나가 날아갔어도 해결법만 있으면 괜찮아. 마뇌 자네의 방법이니 확실하겠지. 그래. 뭔가?"

"일단 무림맹에 정체가 알려진 거점은 전부 철수해야 합니다."

천마의 인상이 나빠졌다. 이건 반가운 소리가 아니다.

"뭐? 그걸 만드느라 들어간 세월과 돈이 얼마인데 다 철수해? 겨우 그걸 대책이라고 내놓나?"

마뇌는 천마를 설득해야 한다.

"어차피 알려진 곳입니다. 역정보를 흘리는 용도로나 사용되지 전략적 가치는 별로 없습니다. 이 기회에 모두 철수시키고 새 거점을 만드는 것이 낫습니다."

사실은 큰 손해지만 어떻게든 지금 하는 일이 이익이라고 주장했다. 그 말에 천마가 조금 풀어졌지만 그래도 아직 탐탁지 않다.

"크흠. 그것으로 끝은 아니겠지? 우리가 물러선다고 모든 일이 해결되는 건 아니야. 더구나 우리가 무림맹 놈들에게 들키고도 그 사실을 모르는 지부도 있을 거 아냐?"

"물론입니다. 그런 곳의 희생은 감수하는 수밖에 없습니다. 대를 위해 소를 희생해야지요. 그리고 진짜 계획은 따로 있습니다."

"진짜?"

"사황성에게 복수해야지요. 감히 이런 얄팍한 계책으로 우리를 건드렸으니, 대가를 치르게 해야지요."

* * *

주유성은 짧은 여행으로 무림맹에 도착했다. 아무리 그러고 하더라도 여자 셋이 당소소를 등에 업고 독촉을 해대는데 버틸 재간이 없었다.

그녀들 입장에서는 느긋하게 여행이나 해도 그만이기는 하다. 하지만 맹주의 명령이 떨어져 있다. 검옥월은 몰라도 남궁서린이나 백미화는 농땡이를 칠 수가 없다.

무림맹 문을 지키고 있던 접수담당자가 주유성 일행을 보더니 반갑게 일어섰다.

"주 대협! 오셨습니까?"

주유성의 얼굴에 살짝 경련이 일어났다. 무림맹 비무대회와 그 이후의 일련의 사건 중 상당수는 이 접수담당자가 용봉각의 방을 내준 덕분에 일어났다.

'쳇. 그래도 검 소저와 추월이를 만나게 해줬으니까.'

"안녕하세요?"

"하하. 저야 언제나 안녕하지요. 마침 잘 오셨습니다. 지금 용봉각의 방들이 텅텅 비었습니다. 마음 놓고 쓰십시오."

"밥은 아직도 고급인가요?"

"물론이지요."

주유성이 환히 웃었다. 밥이 반갑다.

"고마워요. 잘 쉴게요."

주유성은 방에서 제대로 쉬지도 못했다. 들고 온 짐만 겨우 내려놓았는데 어느새 전령이 와서 그를 회의실로 데려갔다.

무림맹 수뇌부의 회의실은 지난번에 한 번 와봐서 생소할 건 없다. 그러나 회의실에 앉아 있는 사람은 지난번보다 더 많았다. 특히 지금 상석에는 무림맹주 검성 독고진천이 앉아 있었다.

독고진천이 반가운 목소리로 말했다.

"으허허. 잘 왔느니라."

주유성이 독고진천을 슬쩍 째려보았다.

'사기꾼.'

하지만 그 내색을 오래할 수는 없다. 그래서 정중히 포권을 하며 말했다.

"상인 주유성이 무림맹주님을 뵙습니다."

'나는 상인이니까 무림의 일에 끌어들이지 말아요.'

독고진천이 빙긋 웃었다.

"금검 주진한 대협의 명성은 내가 익히 듣고 있었지. 네가 그의 아들이라고? 우리 무림맹에서는 앞으로 주가장으로부터 정기적으로 물품을 납품받으려고 하니 앞으로 관계가 깊어진다 할 수 있지."

'요놈이 어딜 도망가려고?'

주유성은 속으로 혀를 찼다. 하지만 상황은 그에게 불리하다. 그는 혼자고 상대는 구파일방과 오대세가의 장로들이다.

거기에 덤으로 검성까지 있다.

그리고 오대세가에는 당문도 포함되어 있다. 당문은 독을 다루느라 다른 정파와는 차이가 있다. 그래서 원래 무림맹의 행사에 크게 관심이 없다. 하지만 사안이 사안이다 보니 오랜만에 무림맹 회의에 참석한 당문의 장로 당화건이 말을 꺼냈다.

"네가 유성이로구나. 소소를 빼다 박은 얼굴을 보니 반갑기 그지없구나."

주유성은 당화건를 본 적이 없다.

독왕 당화기는 주유성이 태어났을 때 주가장을 방문한 적이 있다. 그 후로는 당소소가 사천을 찾아간 일은 가끔 있어도 당화기가 찾아오지는 않았다.

당문은 사천에 있고 무림맹은 하남에 있다. 사천은 하남의 옆에 있으니 당문에서 무림맹을 찾아갈 때 길을 조금만 돌아가면 주가장에 들를 수 있다.

당문의 소문주인 독수 당문점은 당소소의 오빠다. 그는 무림맹에 오가는 길에 일부러 길을 조금 돌아 당소소를 만나고는 했다. 그러니 당문점의 아들인 당자수도 자기 아버지처럼 무림맹에 올 때 주가장을 들르는 일이 있었다.

하지만 독왕 당화기의 동생인 당화건은 그러지 않았다. 굳이 돌아갈 필요를 못 느꼈다. 그래서 주유성은 당화건의 얼굴을 모른다.

그렇다고 사전지식 없이 여기를 오지는 않았다. 무림맹의 장로로 당화건이 있음은 안다. 그리고 당화건은 몸에서 독기를 풀풀 풍기고 있고 의복도 암기를 숨기기 좋게 되어 있었다. 딱 보면 당문 출신이라고 써져 있는 거나 다름없었다.

그래서 즉시 인사를 했다.

"작은할아버지를 뵙습니다."

즉각적인 인사에 당화건의 입이 헤벌어졌다.

"으흐흐흐. 우리 조카손자가 왔구나."

그는 조카손자라는 말을 강조했다. 그 말 한마디로 이번 일에 큰 공을 세운 사람이 당가의 사람임을 강조했다.

당화건은 솔직히 기분이 좋았다. 무림맹의 일에는 별 관심이 없어 잘 참여하지 않지만 주유성 덕에 만여 명의 정파무림인이 살았다는 소식은 들었다. 그는 즐거운 미소를 지으며 생각했다.

'당가에서 무림맹에 큰 은혜를 입혔으니 당분간 귀찮게 하지 않겠지.'

어쩌면 주유성의 게으름은 친가 쪽에서만 물려받은 것이 아닐지도 모른다.

이제 주유성을 충분히 옭아맸다고 생각한 무림맹주가 여유있게 말했다.

"우리가 너를 부른 것은 포상을 하기 위한 것도 있지만 묻고 싶은 것이 있어서기도 하다."

검성의 말에 주유성은 경계심이 들었다.

'수상한데?'

"말씀하시지요. 아는 것이 있다면 대답하겠습니다."

검성이 청허자에게 눈짓했다. 그래도 이 중에서 진법에 제일 관심이 많은 사람은 청허자다.

"이 녀석. 오랜만에 보고도 아는 체도 안 하는구나."

주유성이 청허자를 보고 씽긋 웃었다.

"청허자 할아버지를 뵙습니다. 그리고 며칠 안 된 것 같은데요?"

"녀석. 지난번에는 고마웠다."

"저도 청허자 할아버지의 약이 고마웠어요."

둘의 친근한 모습을 보고 기분이 나빠진 청성의 적명자가 기침을 했다.

"크흠."

눈치를 받은 청허자가 본격적인 질문을 시작했다.

"지난번의 진법. 그 진법의 정체에 대해서 묻고 싶어 너를 불렀다. 넌 그 진이 무엇인지 알겠지?"

주유성이 즉시 대답했다.

"모르는데요?"

장내에 찬바람이 불었다. 아무도 예상하지 않은 대답이었다.

성질 급한 적명자가 벌떡 일어서며 소리쳤다.

"네 이놈! 여기가 어디라고 거짓을 고하는 게냐!"

"모르는 것을 모른다 하지 그럼 모르고도 안다고 해야 하나요?"

주유성의 말에 잘못된 것은 없다. 하지만 적명자는 그 말을 믿을 수 없고 믿고 싶지도 않았다.

"이, 이놈이! 네 이놈! 그럼 네놈은 알지도 못하는 진을 파훼했다는 말이냐?"

"네."

이건 적명자만이 아니라 청허자도 믿을 수 없는 소리다.

"주 소협, 솔직히 말해도 된다네. 그 진이 무엇이지?"

주유성이 솔직히 대답했다.

"진의 이름은 몰라요. 다만 기의 왜곡이 심함을 느꼈어요. 그 기가 모인 곳을 하나하나 부수다 보니 결국 진이 해체되었고요. 미리 알지 못하는 진을 파훼할 수 없다는 말은 결국 새롭게 만든 진은 아무도 풀지 못한다는 말 아닌가요? 하지만 그럴 리가 없잖아요?"

틀린 말은 아니다. 진을 잘 모르는 적명자는 대답할 말을 잃었다.

하지만 청허자는 아직 할 말이 있다. 그는 주유성이 뭔가 불만이 있나 보다 생각하고 달래려고 했다.

"그 진이 바로 아수라환상대진이다. 너도 아수라환상대진을 들어봤을 거 아니냐? 그걸 어찌 파훼법도 모르고 단 하루 만에 깰 수 있다는 말이냐?"

주유성이 고개를 갸웃하더니 대답했다.

"처음 듣는 진인데요?"

주유성은 정말로 처음 듣는다. 그가 진법을 배운 것은 사천의 진법가 곽안모에게서다. 그것도 겨우 한 달이며, 그나마도 기관과 함께 배웠다.

그가 배운 것은 진을 설치하고 푸는 방법이다. 그에 대한 원리와 오의다. 그리고 잘 알려진 여러 가지 진을 함께 배웠다.

하지만 배운 시간이 짧다 보니 아수라환상대진 같은 실전된 마교의 절진에 대해서는 들어보지도 못했다. 그런 건 진법을 몇 년씩 배울 때, 심심파적으로 옛날이야기를 할 때나 나오는 이야기다.

주유성이 진법에 관한 책을 두루 섭렵했다면 또 이야기가 다르다. 그런 책들을 보다 보면 여러 다른 진법 이야기가 나올 수 있다. 그러나 그의 지식은 곽안모에게서 배운 것으로 끝이다.

곽안모가 가진 책에는 아수라환상대진 이야기가 없었고 주유성은 그 다음부터는 그런 책은 펴보지도 않았다.

이건 모든 분야에서 게으른 주유성이 가지고 있는 문제다. 그는 배운 것을 깊게 이해는 하고 있되 그 폭이 좁다. 상식 수준의 이야기도 제대로 모르는 것이 많다.

잠룡전설 133

청허자의 얼굴에 경련이 일었다. 그는 그동안 주유성이 어디선가 아수라환상대진의 파훼법을 들어 알고 있다고만 믿었다. 그때 자기들은 구조된 주제에 큰 상처를 입혔다. 그래서 차마 깨워서 파훼법을 묻지는 못했었다. 그리고 이제 주유성이 그 비전을 아끼느라 말해주지 않는다고 믿었다.

"그럼 아수라환상대진을 어떻게 풀었느냐? 그걸 설명해 줄 수 있겠느냐?"

주유성에게는 그게 무슨 대단한 비밀도 아니다.

"네. 그 안개 낀 진은 지독하더라고요. 세상에는 기의 흐름이란 것이 있잖아요? 그런데 그게 거기서는 마구 왜곡이 되더라고요. 나는 손짓만 해도 저쪽으로 살기가 돼서 날아가니 원. 어처구니가 없었죠."

어처구니가 없는 것은 청허자다.

"그렇게 자세히 파악이 되더냐?"

"그러니까 깼죠."

"그래. 그럴 수도 있지. 하지만 기의 흐름을 아는 것만으로 깰 수 있다면 세상에 부수지 못할 진이 무엇이 있을꼬? 현실은 그렇게 만만치 않으니 다른 수법을 썼겠지?"

"몸으로 때웠죠."

"몸으로 때워?"

"왜곡된 기의 정보가 밀려오면, 그 정보들을 계산해서 그 지점에 있는 진의 맥점을 찾아야죠. 찾기만 하면 그걸 들어

옮기는 것만으로도 충분하니까요."

청허자로서는 믿어지지 않는 말이다.

"그게 가능해?"

주유성은 청허자의 반응을 보고 자신이 너무 많이 떠들었음을 깨달았다.

'잘못하면 더 귀찮아지겠네.'

"제가 누구예요? 주유성이라고요. 어려서 학문이 높아 신동 났다 소리 들은 저라고요. 그래도 그 계산하느라고 아주 죽는 줄 알았어요. 머리 터질 뻔했다니까요."

청허자는 변명을 듣고도 얼이 빠진 모습이었다. 그걸 보고 독고진천이 질문했다.

"청허자 장로, 그게 그리 대단한 수준이오?"

청허자가 고개를 저절로 끄덕거렸다.

"대단하다말다요. 우리 무림맹의 진법가들도 그 진에 갇혔지만 아무도 주 소협처럼 하지 못했지요."

사람들이 주유성을 쳐다보며 감탄의 눈초리를 보냈다. 주유성은 빠져나갈 구멍이 더 필요했다.

"다른 진법가들도 지식이 모자란 건 아녜요. 다만 이건 아주 빠른 계산이 필요하거든요. 기의 흐름이 자꾸 바뀌니까요. 그리고 기 자체를 느낄 수 있어야지요. 제가 가전무공을 조금 배워 기를 느낄 줄 알고, 또 상가 출신이라 계산이 빨라요. 그래서 풀 수 있었어요. 그뿐이에요."

사람들은 주유성의 말을 순순히 믿을 만큼 어리석지 않다. 아수라환상대진은 그렇게 만만한 진이 아니다.

그러나 진을 푼 방법 자체가 사실인지라 안 믿을 수도 없다.

청허자가 할 수 없이 수긍했다.

"그렇지. 무림진법대회에서 우승할 때도 주 소협은 정말 빨리 답을 냈다고 했지. 계산이 빠르긴 빠르군."

"그렇다니까요. 더구나 그 진은 좀 이상했어요. 무슨 전설의 절진치고는 좀 부실했거든요? 계산만 빠르고 기만 느낄 수 있으면 풀기 어렵지 않아요."

부실은 고사하고 하도 대단해서 그 속에서 죽을 고생을 했다.

청허자는 상황을 이해하고 싶었다. 그는 자신이 납득할 수 있는 설명을 찾아냈다.

"그렇다면 그건 진짜 아수라환상대진과는 차이가 있을지도 모르겠구나. 가짜 추하전이 어설프게 귀장군보를 익혔듯이. 사실 그 마교의 절진은 우리도 책으로만 봤지 직접 경험한 것은 이번이 처음이라 확신은 없다. 하지만 너처럼 계산이 빠른 진법가가 세상에는 거의 없으니 그것만 해도 대단한 실력이로구나."

청허자는 진심으로 말했다. 자꾸 이야기하다 보니 그런가 보다 했다. 아수라환상대진은 실전된 지 오래된 진법이라 정체가 조금 불명확하다.

그리고 주유성처럼 빠른 계산 능력을 가진 진법가는 거의 없다. 보통의 진법가는 같은 방법을 쓸 수 없으니 쉽게 해제할 수 없기는 마찬가지다.

주유성의 이야기를 인정하자 이제 새로운 문제가 생겼다. 취걸개가 툴툴댔다.

"조금 다른 것 같다고? 그럼 이제 정말 아수라환상대진인지는 아직 모르는 거네? 이미 마교의 비밀 지부 하나를 부숴 버렸는데. 쯧쯧."

적명자가 취걸개를 가볍게 쏘아본 후 말했다.

"이자의 이야기를 들어보려고 한 것은 증거를 조금 더 수집하려는 행위일 뿐. 이미 그 이전에 수집된 것만으로도 이번 일이 마교의 짓임이 명확한데 그깟 지부 하나 박살 냈다고 뭐가 문제가 되겠습니까?"

"그래도 조금 더 알아보고 하면 더 좋잖아."

"필요없소이다. 계획대로 마교의 지부들을 박살을 낼 것이오."

취걸개는 더 이상 말릴 수가 없었다. 적명자의 편을 들며 공격을 주장하는 장로들이 너무 많았다.

주유성은 무림맹주의 집무실로 따로 불려갔다.

무림맹주 자리에 있으면 대우가 많이 다르다. 검성이 그 자리를 놓지 않으려고 할 만큼 호사스럽다. 손님이 왔을 때 내놓는 차도 값비싼 최고급 용정차다.

검성에게 불만이 많은 주유성은 맹주 직속의 시녀가 내주는 차를 받으며 툴툴댔다.

"향기는 좋네요."

"그냥 용정차가 아니라 최고급 용정차니까. 무림맹주는 최고급 용정차가 아니면 안 마신다."

"비싸요?"

"한 주전자 찻물을 만드는 데 쓰는 찻잎이 은자 한 냥짜리란다."

주유성은 비싼 차라는 말에 군소리하지 않고 찻잔을 들어서 그 맛을 음미했다.

"음. 차는 이 정도가 은자 한 냥이군요."

그는 음식이라면 두루 섭렵했지만 차는 돈 내고 마시지 않아 값을 계산해 본 적이 없다.

"그나저나 지난번에 네가 큰 공을 세웠다. 네 덕에 살아난 무림인이 무려 팔천오백여 명이다. 그런 함정에 빠져 오백 명의 인명 피해로 끝낸 것은 기적이나 다름없지."

주유성의 얼굴이 조금 어두워졌다.

"제가 일찍 왔으면 더 살았을 거예요."

"어쩔 수 없지. 네가 알고도 늦은 것은 아니니까. 미리 대비하지 못한 내 책임이라고 할 수 있다."

주유성은 못내 마음이 편하지 않다. 적어도 처음부터 자신이 와 있었으면 사태를 그 지경까지 가지 않게 할 수 있었다. 하다못해 부지런히 달려오기만 했어도 더 많은 사람들을 살릴 수 있었다.

하지만 그는 설마 정파무림인이 만여 명이나 몰려 있는데 누가 무슨 짓을 저지를 수 있겠냐고 안심했었다. 그리고 그건 그뿐만이 아니라 모든 정파무림인들이 했던 생각이다.

"어쨌든 범인은 마교라고요?"

"모든 증거가 범인이 마교라고 말하고 있다. 취걸개 장로는 증거가 너무 명확해서 오히려 의심스럽다고 말하지."

"내용까지는 제가 모르지만 알아서 잘하시겠죠."

주유성은 갑자기 손을 불쑥 내밀었다.

"그럼 이제 주세요."

검성은 갑자기 뭔 소린가 싶어서 반문했다.

"뭘?"

"포상금요. 돈 준다고 해서 여기까지 왔단 말이에요."

검성은 어이가 없었다. 천하의 무림맹주 앞에 앉아서 돈 내놓으라고 땡깡 부리는 자를 만난 것은 처음이다.

'하지만 이 녀석은 그 자격이 있지.'

검성이 가볍게 손뼉을 쳤다. 시녀가 문을 조금 열고 들어왔다.

"준비된 것을 가져오너라."

시녀는 검성의 명령에 따라 조그마한 상자를 하나 가져왔다. 그녀는 그것을 내려놓으며 주유성의 얼굴을 몰래 훔쳐보았다.

주유성은 시녀의 시선에는 관심도 없다. 그저 상자의 크기를 가늠했다.

"에게. 겨우 그거예요?"

대충 보니 많이 들어가 봐야 은자 스무 개도 되지 않을 것 같다.

"네가 한 일에 비하면 많이 부족하지만 포상금이라고 하는 것은 포상의 성격이 강하지 거래의 대상은 아니란다."

주유성도 받아들일 만한 이야기다. 어차피 은자 스무 냥이면 한동안 쓰기에 충분하다.

"알았어요. 고마워요."

그는 검성이 상자를 내주기도 전에 먼저 손을 뻗었다.

검성의 눈이 반짝였다. 그의 손가락이 쫙 펴지며 주유성의 손목을 노렸다. 벌써 몇 번이나 시도한 삼음용조수였다.

검성이 손을 쓰기 시작할 때 주유성은 이미 눈치를 채고 있었다. 그 즉시 손을 뒤집었다. 삼음용조수는 방향을 획 틀며 그런 주유성의 손을 다시 노렸다.

허공에서 서로의 손이 번개같이 움직였다. 주유성은 검성에게 이미 무공 수위를 꽤 많이 들켰기에 손을 피하는 데 사정을 두지 않았다. 검성은 주유성의 완맥을 잡으려고 했고 주유성은 그것을 피해 상자를 잡으려고 했다. 마치 두 사람이 허공에서 손을 열심히 흔드는 것처럼 보였다.

검성은 무공을 펼치며 당황하고 있었다. 검성은 검의 대가이고 그가 진짜 무서울 때는 검을 들었을 때다. 하지만 곁가지로 익힌 삼음용조수의 수준도 검성의 이름을 더럽히지 않을 만큼은 된다. 그런데 그것을 펼쳐 주유성의 손을 잡을 수 없었다.

검성의 눈이 빛났다. 내공을 더 쓰고 용조수를 십성으로 완전히 펼쳤다. 맹주의 집무실에 파공음이 요란하게 터졌다.

일순 모든 움직임이 정지했다. 검성의 손이 주유성의 손목을 움켜쥐고 있었다.

검성이 신이 나서 웃었다.

"으하하하! 이 녀석아! 네깟 손재주로 삼음용조수를 피할 수 있을 줄 알았더냐?"

"아, 할아버지. 아파요. 그만. 그만. 항복. 항복."

주유성이 버티지 못하고 말했다. 철들고 난 이후로 무공을 겨루어서 패해보기는 처음이다.

검성은 주유성의 손을 놓아주었다. 주유성은 잡혔던 손목을 쓰다듬으며 울상을 지었다.

검성은 그런 주유성을 보며 순수하게 감탄했다.

'삼음용조수를 십성으로 완전히 펼치고 나서야 잡을 수 있었잖아. 나도 저 나이에 저 정도는 아니었지. 설사 금나수를

집중적으로 익혔다고 하더라도 저 나이에 이 경지에 이르기는 어렵지. 어떤 수련을 해서 이렇게 강해졌지?'

진실을 알면 검성이라고 해도 마음에 상처를 입을지도 모른다.

주유성이 툴툴거렸다.

"돈 준다더니 이게 뭐예요?"

"아, 미안하구나. 방금 보여준 그 무공이 보기에 어떠냐? 위력이 장난이 아니지? 배우고 싶지? 네가 사정한다면 내가 특별히……."

"싫어요."

"응? 뭐라고?"

"싫다고요. 그런 거 안 배워도 사는 데 지장없네요."

검성은 순간 할 말을 잊었다.

"네 손 쓰는 수법이 뭔지는 모르지만 내 삼음용조수가 더 강력함은 방금 경험하지 않았냐? 그런데 배우지 않겠다고?"

"상인이 손재주는 배워서 뭐 해요? 소매치기할 것도 아니고."

천하의 삼음용조수가 순식간에 소매치기의 손버릇으로 격이 떨어졌다. 검성은 어이가 없어서 말도 못하고 입을 벌렸다.

주유성이 검성의 눈치를 보며 말했다.

"이거 가져가도 돼요?"

"그, 그러려무나. 어차피 네 것이다."

주유성이 어느새 풀어진 얼굴로 상자를 잡았다. 그리고 얼굴을 굳혔다.

'무게가 생각보다 더 나간다.'

그는 급히 상자를 열었다. 누런 황금이 빛을 번쩍이고 있었다.

"으, 으하하, 이거 황, 황금이네요? 으하하."

주유성이 좋아서 벌어진 입을 다물지 못했다.

"황금 스무 냥이다. 은자로 치면 이백 냥의 가치가 있지."

"으하하. 이백 냥. 으하하하."

그 모습을 보면서 무림맹주는 생각했다.

'소문에 게으르다고? 게으른 놈이 이런 실력을 가져? 내가 잠시 속았군. 아무래도 위장이겠지. 지금의 바보 같은 표정도 위장이고. 진실이 뭔지는 언젠가는 알게 되겠지. 내가 나서서 이 녀석의 무공 수준을 밝힐 필요는 없겠군. 지금처럼 위장하고 사느라 계속 남들이 모르게 되면 결정적인 순간에 비장의 수로 쓸 수 있으니까. 앞으로 무림을 위해서 일하게 만들어야지.'

그의 눈앞에 황금을 깨물어보며 웃고 있는 주유성이 보였다.

'설마 정말 바보는 아니겠지?'

주유성은 히히덕거리면서 무림맹주의 집무실을 나섰다. 바깥에는 맹주 직속 시녀가 서 있었다. 주유성이 상자를 흔들어주며 말했다.

"이거 고마워요."

시녀는 급히 고개를 숙이며 말했다.

"구명대협께서 그렇게 말씀해 주시니 영광입니다."

"네? 구명대협요?"

"아니요. 구명대협. 그렇게 불리고 계심을 모르셨습니까?"

주유성으로서는 금시초문이다. 그리고 유명해지는 것은 조금도 반갑지 않다.

급히 인사를 하고 집무실 바깥으로 나온 주유성을 향해 소녀 한 명이 달려들었다.

"공자님!"

추월이었다. 그녀는 주유성의 팔에 매달려 호들갑을 떨었다.

"공자님, 돌아오셨네요? 안 오시면 제가 찾아가려고 했는데."

"히히. 추월이구나. 추월아, 나 돈 생겼다. 약속대로 맛있는 거 먹으러 가자."

주유성의 말에 추월이 갑자기 삐친 표정을 지었다.

"흥. 지난번에 상금 타서 맛있는 거 사주신다더니 도망가셨잖아요. 이제 나타나서 맛있는 거라니. 너무해요."

"미안하다. 그때는 사정이 사정이라서. 지금이라도 사줄게. 가자!"

그런 주유성과 추월의 앞으로 검옥월을 포함한 여자 세 명이 다가왔다. 팔짱을 끼고 있는 추월을 보면서 검옥월과 남궁서린의 얼굴에는 눈에 띄게 경련이 일어나고 있었다. 백미화는 덤으로 서 있었다.

그 눈빛을 본 추월이 자기가 하는 짓을 깨닫고 화들짝 놀라며 주유성에게서 떨어졌다.

주유성은 다가온 여자들의 눈빛을 잘못 해석하고 말했다.

"아, 걱정 말아요. 여러분도 같이 가요. 설마 추월이만 사주겠어요?"

第五章

주유성은 일단 무림맹에 거주하기 시작했다. 이번 사태에 대해서 결론이 날 때까지 주유성의 진법 지식이 필요하다는 이유였다. 사실은 주유성에 관해서 더 알고 싶은 무림맹주의 입김이 작용했다.

주유성은 처음에는 마해일을 찾는다고 빨빨거리고 돌아다녔다.

"마해일 이 새끼. 잡히면 죽었어!"

그러나 그는 성공할 수 없었다. 마해일은 욕을 퍼먹다가 청성으로 도망가 버린 후였다.

그리고 주유성은 정말.난처한 상황에 빠졌다. 그가 구조한만 명 가까운 사람들 중에 무림맹 사람만 삼천이었다. 그중에는 무림맹이 인근의 정파에서 동원한 무사들도 있었다. 하지만 무림맹 상주 무사들도 꽤 많았다.

그들이 주유성에게 끝없이 찾아왔다.

"구명대협의 은혜, 잊지 않겠으니 언제든지 이 우모가 필요해지면 말씀만 하십시오."

인사를 하고 있는 사람은 부상까지 입어 죽어가던 오백여 명 중의 하나다. 진법에 갇혔다 풀려난 사람들이 고마움을 느끼는 정도라면 직접 치료를 받고 살아난 사람들은 정말로 구명지은을 느꼈다.

더구나 그들 중 상당수는 치료받을 때 깨어 있었다. 그래서 주유성이 맛이 간 상황에서 자기들을 구하느라 애쓴 것을 안다. 그들의 입을 타고 구명대협이란 무림명이 퍼졌다.

주유성이 무안해서 말했다.

"그냥 누구나 마땅히 해야 할 일이었으니까 너무 그러지 않으셔도 되거든요?"

"무슨 말씀을. 저는 구명대협이 어떤 분이신지 그곳에서 깨달았습니다. 무공이 전부는 아닙니다. 구명대협 같은 진법가가 얼마나 중요한지 무림의 누구도 부정하지 못할 겁니다. 앞으로 구명대협을 허풍대협이라 부르는 자가 있으면 이 우모가 가만두지 않겠습니다."

다 회복되지도 않은 사람이 가슴까지 쳐가며 큰소리를

쳤다.

 이런 식의 방문을 자꾸 받던 주유성은 더 이상 견딜 수 없게 되었다. 그래서 그는 자신의 담당 시녀로 배당받은 추월을 이용해서 소문을 퍼뜨렸다.

 추월은 다른 시녀들에게 소문을 냈다. 무림맹에는 빠르게 소문이 퍼졌다.

"구명대협이 조용한 것을 좋아한다며?"
"사실은 진법 연구를 위해서 시간이 많이 필요한데 사람들이 너무 방문해서 난처하다더군."
"저런. 나도 구명대협을 찾아가서 인사라도 드리고 싶었는데."
"그러지 말아. 그게 오히려 방해되는 일이라잖아."

 주유성의 발칙한 생각은 적중했다. 그는 이제 겨우 안락함을 얻었다. 그는 예전처럼 양지바른 곳에 돗자리를 펴고 드러누웠다. 그 모습을 본 사람들이 수군거렸다.
"저 모습이 사실은 머릿속으로 진법 연구를 하는 거라며?"
"조는 모습이라고 오해를 많이 받았다고 하더군. 하지만 사실은 진법의 수준이 높아 머릿속으로 암산하는 경지에 이르렀다고 하더라고. 그야말로 상상으로 수련하는 경지지."

"이크. 방해될라. 가까이 가지 마세나."

그렇게 돗자리에서 뒹굴던 주유성에게 한 사람이 다가왔다. 주유성이 눈을 가늘게 뜨고 다가온 사람을 봤다.
독원동이 주유성의 앞에서 굽실대며 말을 걸었다.
"형님, 오셨습니까?"
"형님 소리 또 하면 죽는다고 그랬다."
독원동이 즉시 긴장했다.
"구명대협님 오셨습니까?"
"나 그 별명 싫어하거든?"
"그, 그럼 뭐라고 불러야 합니까?"
"나 너 싫어하거든?"
주유성이 독원동을 좋아할 리가 없다. 독을 함부로 쓰다가 애꿎은 사람들을 죽일 뻔한 독원동이다. 그래서 반쯤 실험 정신으로 독과 해독제를 퍼부었는데 살아난 독한 놈이다. 독곡과 무림맹의 관계를 생각하지 않는다면 옛날에 박살을 냈을 놈이다.
독원동이 이런 매정한 대접을 받았다고 해서 물러설 수는 없다. 그는 독곡에서 주유성과의 관계를 친근한 수준으로까지 회복하고 당문의 상황을 살피라는 엄명을 받고 무림맹으로 돌아왔다.
"무, 물러가겠습니다."

그는 일단 후퇴했다.

'어떻게든 꼬리칠 방법을 찾아야 할 텐데.'

그는 주유성이 장차 독성이 될 놈이라고 확신하고 있었다. 독공을 익힐 수 없는 몸이 된 그가 독곡에서 목소리를 높이려면 미래의 독성과 좋은 관계를 맺는 것이 최고라고 판단했다. 혹시라도 운이 좋아 잃어버린 독공을 되살려 준다면 그것처럼 좋은 것도 없다.

'뭘 좋아하려나.'

남해검문의 파무준도 무림맹에 돌아와 있었다. 그는 남해검문으로부터 주유성을 자기 부하로 만들라는 명령을 받았다.

하지만 이미 주유성과 겨뤄 깨진 경험이 있다. 실력 차이를 확실히 느끼고 있으니 방법이 없다. 그렇다고 마해일이나 제갈화운을 이용할 수도 없다. 그들과는 한판 제대로 붙어 완전히 갈라선 사이다. 더구나 마해일은 무림맹에 없다.

쓸 수 있는 방법이 없어져 답답해진 그는 사람들이 있는 곳에서 주유성의 욕을 했다.

"구멍대협이라고? 훙! 분명히 뭔가 수작을 부린 것이 분명해. 허풍대협에 이어 구멍대협이라. 참 붙은 별명 하나하나 가관이구나."

파무준의 명성과 그의 배경을 생각하면 이전의 사람들은

그가 뭐라고 하던 반박하지 않았다. 오히려 그에게 호가호위하려는 자들은 맞장구까지 쳤다.

하지만 지금은 사정이 완전히 달라져 있다. 사람들이 그를 보는 눈초리가 매서웠다.

파무준은 오히려 발끈했다.

"왜? 내가 틀린 소리 했어? 그자는 진법가야, 진법가. 진법이나 아는 자가 대협이니 뭐니 하고 불린다니. 무림맹이 그것밖에 되지 않는 곳이었나?"

사람들이 자기들끼리 파무준을 향해 손가락질을 하며 쑥덕댔다. 파무준은 화가 더 치밀었지만 자기를 향해 욕하는 사람들 중에는 구파일방의 인물들도 있었다. 더구나 수가 너무 많았다. 대놓고 싸움을 걸지는 못했다.

"흥. 그자는 내가 내일이라도 찾아가서 진짜 대협이 뭔지 보여주겠어! 아주 박살을 내주지."

사람들이 그 말을 듣고 눈빛을 빛냈다.

큰소리를 친 날 밤 파무준은 저녁 식사를 하고 자기 방으로 돌아가다가 걸음을 멈췄다. 십여 명의 복면인이 그를 포위하고 있었다.

파무준이 버럭 화를 냈다.

"감히 무림맹 내에서 이따위 일이 벌어지다니. 네놈들을 잡아 이 일을 따지겠다!"

십여 명의 사람들은 호통 치는 파무준에게 서서히 다가오며 말했다.

"미치겠군. 이런 놈이 무림맹을 활보하도록 놔뒀으니 얼굴을 들지 못하겠다."

"아미타불. 소승이 오늘 살계를 열어야 하려나 보오."

"무량수불. 빈도 역시 그러하외다."

그날 파무준은 떡이 되도록 맞았다.

무림맹 응징 부대가 장원 하나를 조용히 감쌌다. 응징 부대의 대장인 청성의 천중보가 장원을 보며 말했다.

"이상하군. 경비를 서는 자 하나 없다니. 어쩌면 저건 일반 장원이 아닐까?"

그의 부관이 옆에서 조언했다.

"그럴 리 없습니다. 비밀 거점일 확률이 십 할이니 조금도 의심하지 말고 쳐 없애라는 명령이 내려왔습니다."

"그래. 명령이 그러하니 틀림없겠지. 좋다. 마교의 실력은 범상치 않다. 방심하지 마라. 공격!"

그의 명령을 따라 백여 명의 무사들이 일제히 장원으로 달려들었다. 그들은 즉시 장원의 벽을 타고 뛰어넘었다.

장원 안에는 매복자 하나 없었다. 번을 서는 경비도 없었다. 그러나 그들은 그것을 무시하고 각 건물로 달려들었다.

그들은 잘 훈련된 무사들이다. 그들의 검이 가볍게 지나가는 것만으로도 문짝 같은 것은 깨끗이 잘려 나갔다. 그 안에는 다양한 연령층의 사람들이 잠을 자고 있었다.

"마교의 주구를 한 놈도 살려두지 마라!"

이미 이전 작전에서 아녀자로 위장했던 마교 여무사에게 당한 경험을 가진 무림맹 부대. 이들은 그 경험을 가지고 있기에 상대가 누구라도 조금의 망설임도 없이 검을 휘둘렀다.

"으아악!"

"꺄악!"

사방에서 비명이 터져 나왔다. 무림맹의 응징 부대는 파죽지세로 장원의 생명체를 소멸시켜 갔다.

대장인 천중보는 뭔가 어색함을 느꼈다. 그것이 뭔지 깨달은 그는 급히 소리를 질렀다.

"공격 중지! 공격 중지!"

그의 고함 소리에 검을 휘두르던 무사들이 일제히 빠져나왔다.

"이건 뭔가 잘못됐다. 왜 마교의 주구들이 저항을 하지 않지?"

그 말을 들은 무사들의 표정도 굳었다. 어느 누구 하나 충분한 저항을 받은 적이 없다.

그때 고함 소리가 들렸다.

"여기 무사가 있습니다!"

사람들의 시선이 일제히 그쪽으로 돌아갔다. 제일 큰 건물에서 뚱뚱한 노인이 걸어나왔다. 그는 사시나무처럼 떨고 있었다. 그리고 그의 양옆에는 두 명의 무사가 칼을 들고 있었다. 그러나 그들의 칼 역시 심하게 흔들렸다.

천중보가 심각한 얼굴로 그에게 다가갔다. 노인이 털썩 주저앉았고 그 앞을 두 명의 무사가 급히 가로막았다. 무사 중 하나가 떨리는 목소리로 말했다.

"이놈들. 국, 국법이 무섭지 않느냐!"

노인이 급히 그 무사의 바짓가랑이를 잡아당겼다.

"그만둬라. 그만. 저 협객님들이 화를 내시면 어쩌려고!"

노인은 비틀거리며 일어서더니 떨리는 손으로 포권까지 하고 말했다.

"협객님들, 필요한 것이 있으면 전부 가져가십시오. 다만 제 식솔들의 목숨만 살려주십시오. 제 장원에 칼을 쓰는 자들이라고는 이 두 녀석밖에 없으니 아무도 저항하지 않을 겁니다."

천중보는 이제 일이 확실히 틀어졌음을 깨달았다. 그는 쓰러진 시체들을 검사했다. 개중에는 근육질의 남자도 있었지만 형편없는 말라깽이도 있었다.

그때 잠에서 깬 아이의 울음소리가 들렸다.

"으아아앙! 엄마!"

이제 사태는 명확해졌다. 천중보가 확인 삼아 질문했다.

"노인장. 이 장원, 노인장의 것이 맞소?"

노인이 고개를 재빨리 끄덕였다.

"그렇습니다. 다만 장원을 이번에 구입해서 이사 오느라고 돈을 많이 써서 가진 것이 많지 않습니다. 그것으로 만족하시고 제발 식솔들의 목숨만 살려주십시오."

천중보의 얼굴이 일그러졌다.

"당했다."

더 따질 필요도 없다. 모조리 살인멸구할 것이 아니라면 남아 있는 시간이 길수록 문제가 된다.

"전원 후퇴한다!"

그는 앞장서서 장원을 빠져나갔다. 무사들이 당황한 얼굴로 그의 뒤를 따랐다.

무림맹주 검성 독고진천이 벌떡 일어서며 소리쳤다.

"뭐, 뭐요? 으윽!"

뒷목까지 잡는 그를 보며 사람들은 할 말이 없었다. 그들도 황당하기는 마찬가지였다.

청허자가 한숨을 푹 쉬고 말했다.

"후우. 그 장원에 있던 것은 일반인이 틀림없습니다."

"어떻게, 어떻게 그런 일이 벌어질 수 있소? 그 장원은 틀림없이 마교의 비밀 지부라며?"

"조사해 본 결과, 마교 놈들이 그 장원의 가구까지 모조리 일반인들에게 팔아넘겼습니다. 몸만 들어오면 된다는 조건으로 싼값에 넘겼습니다. 대신에 일단 입주하라는 조건이 있어 사람들이 급히 들어왔다고 합니다."

무림맹주가 소리를 버럭 질렀다.

"크, 크윽. 조사는? 그렇게 되도록 감시도 하지 않고 있었다 하오? 적명자 장로!"

분노한 그의 목소리에 회의실이 통째로 부르르 떨렸다.

"이게 어찌 된 일이오? 마교 비밀 지부를 치는 책임은 적명자 장로가 맡고 있잖소? 조사는? 조사는 어찌하고 무작정 쳤단 말이오?"

적명자는 입이 열 개라도 할 말이 없다. 그래도 말을 쥐어짰다.

"죄송합니다, 맹주님. 마교 놈들이 경계함을 대비해 충분히 감시하지 못한 때문입니다. 더구나 사람들만 들락거린지라 멀리서 보는 것만으로는 제대로 알 수가……."

"닥치시오. 그걸 변명이라고 하는 거요? 우리 무림맹이 애꿎은 장원을 쳐서 학살을 하다니. 우리가 사황성이요? 우리가 마교요? 이 일을 어쩔 셈이오?"

"죄송합니다."

"허어. 큰일이군. 일단 모든 응징 작전을 중지시키시오."

"알겠습니다."

"그리고 그 장원에 보상을 해야지. 사과도 하고. 큰일이군, 큰일이야. 무림맹의 이름이 땅에 떨어지게 생겼어."

군사 제갈고학이 묵묵히 듣다가 말했다.

"맹주님, 그럴 수는 없습니다."

"그럴 수 없다니?"

"무림맹은 정파무림을 지탱하는 구심점입니다. 더구나 지금 마교의 움직임이 심상치 않습니다. 이런 때 그런 손해를 감수할 수는 없습니다."

"그럼 지은 죄를 그냥 넘어가자?"

"물론 보상은 충분히 해야 합니다. 그러나 그건 익명으로 처리해야지요. 무림에 은원이 수두룩하니 누가 그 장원을 쳤는지 응징 부대원들과 우리만 입을 다물면 아무도 모릅니다. 설사 새어나간다 하더라도 부인하면 그만입니다."

독고진천은 열받은 것에 더해서 기분까지 나빠졌다.

"군사는 그것이 무림정의라고 생각하시오?"

"지금은 마교로부터 정파를 지키는 것이 무림정의입니다. 짐작하시다시피 이건 마교의 계략입니다. 마교의 수작에 놀아날 수는 없습니다."

독고진천은 불쾌했다. 너무 불쾌해서 회의실에서 썩는 냄새가 나는 것 같았다. 하지만 그도 제갈고학의 말을 거부할 수는 없었다. 마교에게 잘못 말려들면 이번 사건 정도는 우스울 만큼의 피해가 일어난다.

다른 장로들도 항의하지 못했다. 몇 명은 기분이 나빠 보였고 몇 명은 수긍하는 분위기였으나 그들 모두 현실을 안다.

 제갈고학이 쐐기를 박았다.

 "지난번 마교의 함정에 죽을 뻔한 우리 정파무림인이 무려 만여 명입니다. 이번 함정에 의해서 명성까지 잃으면 뒤따르는 계략에 얼마의 사람이 죽을지 모릅니다. 그러니 이건 숨겨야 합니다."

 "휴우. 할 수 없지."

 무림맹주가 할 수 없이 동의했다. 무엇이 옳으냐의 가치 판단 기준의 문제다. 적어도 무림맹주는 마교와 사황성으로부터 정파를 지키는 것이 가장 큰 임무다.

 "그렇다고 하더라도 이 일을 잊을 수는 없소. 마교에 복수를 해야지. 마교는 그 사람들이 죽을 줄 알면서 덫을 쳤소. 용서할 수 없는 일이야."

 무림은 기본적으로 칼로 먹고사는 사람들의 집단이다. 서로 싸우다 보면 거기 얽히든 민간인의 사망은 수없이 일어난다. 그것을 당연히 저지르는 것이 사파고 어쩔 수 없이 저지르는 것이 정파다. 그것이 칼을 잡은 정파의 한계다.

 새로운 보복 작전 회의가 소집되었다. 그러나 이미 마교의 비밀 지부들은 함부로 건드릴 수 없는 상태가 되었다.

 그래서 조심스럽게 조사를 해서 마교 쪽에서 발각된 줄 모르는 몇 개의 비밀 지부를 찾아냈다.

그들은 이제 어떻게 해야 하느냐에 대해서 논의를 했다.

적명자는 여전히 강경론이다. 이미 지난번의 실패는 잊었는지 그의 주장은 한결같다.

"이번에는 확실하니 즉시 쳐버립시다."

하지만 무림맹주의 생각은 다르다.

"지난번에 그런 짓을 저질렀잖소. 마교가 새로운 덫을 설치했으면 어쩌려고 같은 일을 반복한다는 거요? 좀 더 제대로 된 계획은 없소?"

무림맹주의 구박을 받은 적명자는 할 말이 없다. 그는 자신이 단단히 미움받았음을 깨달았다.

청허자가 그 사이에 나섰다.

"진법을 이용하지요. 진법을 재빨리 펼쳐 그자들을 가두는 겁니다. 일단 놈들을 그리 몰아넣고 마교 놈들이면 처치하고 무고한 양민이면 풀어주는 겁니다."

적명자가 어설프게 들은 상식으로 반대했다.

"진법? 진법을 펼치는 데는 시간이 많이 소모되오. 더구나 여러 사람을 가둘 만한 진법이라니. 그런 것이 하룻밤 사이에 될 리 없으니 들키지 않고 만들 수는 없소."

청허자는 새로운 수가 있다.

"우리에게는 지금 주 소협이 있지요. 주 소협의 진법에 대한 깊이도 만만치 않은 데다가 특히 그 계산 속도가 빠르고 파훼 속도 역시 경이적입니다. 그러니 설치 역시 느리지는 않을 겁니다. 그의 도움을 얻는다면 적을 잠시 혼란시킬 수 있을 정도의 진법을 만드는 건 어렵지 않겠지요."

사람들이 관심을 보였다. 특히 무림맹주가 그 의견에 만족했다.

"그럼 일단 그 녀석을 불러봅시다."

잘 놀고 있던 주유성이 회의장에 불려왔다. 무슨 일인지도 모르고 끌려온 그의 얼굴에는 불만이 가득했다.

주유성의 성격을 아는 청허자는 도움을 얻기 위해서 먼저 정보를 제공했다. 그에게 지난번 사건에서 마교의 짓인 증거들에 대해서 쭉 이야기해 주었다. 다만 이번 일에서 잘못된 습격으로 양민들이 죽은 이야기만은 하지 않았다. 대신에 마교의 비밀 지부들이 장원을 팔아먹고 사라졌다고만 이야기했다.

상황 이야기를 다 들은 주유성의 얼굴은 더 이상 귀찮음이 없었다. 오히려 낭패라는 기색이 가득했다.

"아이고. 그러니까 그 증거들 때문에 마교 짓이다 판단하고 지금 쌈박질을 하고 다니는 거예요?"

주유성을 싫어하는 적명자가 즉시 발끈했다.

"네 이놈! 쌈박질이라니. 이건 무림정의를 위한 응징 작전이다."

"이름이야 뭐든지 상관있나요? 여하튼 마교 짓이 아니면 어쩌려고 그런 짓을 벌였어요?"

"증거가 이렇게 많은데 마교 짓이 아니라니. 넌 무슨 근거로 그런 주장을 하는 것이냐? 대답 여하에 따라서는 벌을 받을 줄 알아라!"

주유성으로서는 콧방귀를 뀔 일이다. 보는 사람이 많아 그것만은 꾹 참았다.

"듣고 보니 확실한 건 하나도 없잖아요. 처음 무림맹 비무에 끼어든 그 세 놈은 빼놓고 생각하자고요. 그러고 나면 진법이 마교의 진법이라 하지만 그건 무림에 드러나지 않은 지 오래됐지요. 실전됐다고도 알려졌고. 실전됐다면 잃어버렸다는 소리인데 누가 찾아서 복구했는지 알게 뭐예요?"

"억측이다."

"어차피 마교 짓이라는 것도 추측이잖아요. 그 다음에 일을 조종한 놈의 집에서 하필 마교의 비밀 문서가 나오고, 진을 조작한 놈들을 습격한 자는 신체적 특징이 확실한 마교 놈이라니요. 뭐 이렇게 증거가 대놓고 드러나요? 마교가 그렇게 허술한 놈들이에요?"

취걸개가 반색을 했다.

"그렇지? 네 녀석도 그렇게 생각하지? 크하하. 나도 그렇다. 이건 뭔가 음모 냄새가 나거든."

"더구나 그 난리를 피웠는데 마교 비밀 지부는 아무런 대비도 없이 있다가 습격하니까 고스란히 당해줬다면서요?"

적명자는 동의하고 싶지 않다.

"네 이놈! 어찌 그놈들이 발각된 줄 알고 대비를 했겠느냐? 이 일은 비밀리에 이루어졌다. 무림맹의 보안은 그리 약하지 않아!"

"쳇. 비밀 지부 하나 건드렸더니 쫙 빠지는 놈들이라면서요? 대비가 없었다니. 말도 안 돼요."

"궤변이다!"

둘의 말싸움을 듣던 무림맹주 독고진천이 탁자를 툭툭 쳐서 대화의 주도권을 빼앗아왔다.

"그럼 네 말은 이번 일이 마교 짓이 아니라는 거구나? 그렇다면 사황성에서 이호경식의 계책이라도 부린다는 거군. 그럼 네 생각에 대한 증명을……."

"몰라요."

"으, 응?"

"저도 몰라요. 마교가 했는데 어리버리해서 증거를 잔뜩 흘렸는지. 아니면 사황성이 조작을 해서 무림맹과 마교의 싸움을 붙이려고 했는지. 이도저도 아니면 어느 세외 세력의 수작인지. 아니면 황제의 짓인지."

군사 제갈고학은 주유성의 이야기를 들으며 내내 기분이 나빴다. 주유성의 말도 틀린 것이 아니다. 그런데 그것은 자신의 주장과 배치된다는 것이 문제다. 그래서 기회를 잡고 끼어들었다.

"결국 말만 앞세운 셈이구나. 주저리주저리 떠들어 어르신들을 혼란시켰지만 네 주장은 아무것도 없구나. 남자라면 자기 말에 책임을 져야 하는 법. 그저 생각나는 대로 떠드는 네 말은 신뢰할 수 없다."

제갈화운의 남을 깔보고 누르는 성격은 제갈가의 가풍이다.

주유성이 손가락을 흔들었다.

"한 가지는 책임질 수 있어요. 제가 요 근래 세상을 돌아다니면서 고생 좀 하면서 배운 건데, 장사꾼은 손해 보면서 파는 걸 무척 싫어해요. 이번 일, 어떤 자가 저질렀는지는 모르지만, 이 일로 이익을 보는 자가 했다는 것. 투자한 금액이 아마 장난이 아닐 테니까 그만큼 큰 이익을 보는 자겠지요."

제갈고학이 여전히 주유성을 구박했다.

"네가 철이 없어 무림을 모르는구나. 무림은 장사가 아니다. 무림의 일이 어찌 이익만 가지고 이루어진단 말이냐? 무림은 은원으로 움직인다."

"개인의 일은 은원으로 움직이겠지요. 하지만 이런 큰 투자를? 무림맹이라는 큰 상대를 박살 내려고 한 시도를 개인의 은원으로? 전 아주 큰 이익이 아니면 이만큼 물량을 투입할 것 같지는 않은데요?"

주유성의 말에 잠시 침묵이 돌았다. 그리고 취걸개가 탁자를 내려치며 소리쳤다.

"무림제패! 무림제패라면 돈을 아무리 쏟아 부어도 좋을 만큼의 이익이 있지."

"거지 할아버지가 역시 세상을 아시네요."

세상을 얼마 경험해 보지 못한 주유성이 할 말은 아니다. 그러나 지금 여기서는 그의 말에 반박할 자가 없다.

취걸개가 신이 나서 말했다.

"맞아. 우리가 마교와 치고받으면 이익을 얻는 것은 결국 사황성이지. 만약 우리가 마교와 양패구상이라도 하면 사황성은 무림을 그냥 주워 먹으면 되니까."

취걸개가 애초에 주장하던 바도 비슷하다. 그는 처음부터 증거가 너무 확실함을 우려했다.

주유성의 비유는 설득력이 있었다. 취걸개는 신이 나서 자신의 주장을 강조했다. 그리고 회의실의 분위기는 주유성의 주장 쪽으로 슬슬 넘어가기 시작했다.

제갈고학이 자존심 때문에 다시 딴죽을 걸었다.

"그럼 이 일이 사황성의 짓이라는 거냐? 우리의 복수 대상이 사황성이어야 한다? 하지만 사황성의 짓이란 증거가 없기는 어차피 마찬가지다."

주유성은 양손으로 탁자를 가볍게 탁탁 치며 말했다.

"으아. 정말 답답하시네. 둘 중에 누가 저지른 짓인지는 저도 몰라요. 누가 알겠어요? 범인은 알겠죠."

적명자가 강하게 주장했다.

"우리는 복수해야 한다. 천하의 무림맹이 당하고서 가만있을 수는 없다!"

"참 나. 누가 가만있재요? 적의 수법으로 적을 쳐야죠. 이건 마교 아니면 사황성 짓이겠지요. 그리고 이런 짓을 저질렀다면 아마 제대로 들고일어나려고 준비 단단히 한 거겠죠? 만에 하나라도 그렇다면 큰일난 거에요."

"그러니까 우리가 선수를 쳐야지."

"아니지요. 어차피 싸워야 한다면 그 둘을 싸움 붙여야죠. 둘 중 한 놈은 범인이고 다른 한 놈은 사악한 놈이니 그 둘을 싸움 붙여서 없애 버려야죠. 같은 방법으로 복수해야죠. 범인은 싸울 마음을 잔뜩 먹고 있으니 적당히 자극하면 될 거에요."

사람들은 주유성에게 진법에 관한 도움을 얻으려고 했다. 그러나 그에게서 엉뚱한 도움을 받았다. 이제 자기들이 하는 짓은 길게 보지 못한 하수였음을 깨달았다.

무림맹주가 주유성을 보며 생각했다.

'요 녀석. 무공만이 아니고 머리까지 제법이구나. 으흐흐흐.'

제갈고학은 주유성을 경계했다.

'이대로 크면 당문의 힘이 강해지겠군. 오대세가에서 당문

의 머리가 너무 좋아지면 우리 세가는 설 자리가 없겠지.'

적명자는 마냥 불쾌하다.

'얄미운 놈.'

독고진천이 주유성을 푸근한 얼굴로 보며 질문했다.

"이야기를 그렇게 했으면 너에게는 그 둘의 싸움을 붙일 방법이 있겠구나?"

"없는데요."

다시 찬바람이 흘렀다.

"몰라? 정말이냐?"

"제가 그것까지 어떻게 다 알겠어요? 싸움에 관한 건 어렸을 때 사마노성 스승님이 시켜서 읽은 손자병법 한 권이 전부인데요? 더구나 전 무림 정세도 잘 몰라요. 그런 건 무림맹의 머리 좋은 분들이 하셔야죠."

귀찮아서가 아니다. 이런 일에 경험이 아예 없으니 정말로 자신없다.

독고진천은 당황했다. 그는 주유성이 하도 당당하게 이야기해서 대안까지 가지고 있는 줄 알았다.

하지만 제갈고학은 반가워했다. 작전을 짜는 것은 군사인 그의 일이다.

'요놈. 그래도 제 주제는 아는구나. 그게 네 명줄을 늘렸다.'

"맞는 말입니다. 세상 물정 모르는 저런 젊은이에게 대업을 맡길 수는 없지요. 그런 계획은 군사인 저와 제 가문 사람들이 세워야 옳지요. 그런 일을 하지 않을 거라면 제가 왜 필요하겠습니까?"

제갈고학이 그렇게까지 말하는데 다른 사람들도 딱히 뭐라고 할 말은 없다.

무림맹 수뇌부는 다른 두 세력을 싸움 붙이거나 견제할 방법을 찾느라 연일 분주했다.

그 분위기가 감지되었는지 무림맹에 슬슬 긴장된 분위기가 감돌았다. 심지어 정사대전이 머지않았다는 소문까지 돌았다.

"그런 큰 사건이 있었으니 조용히 넘어갈 수는 없겠지?"

"그럼. 당연하지. 구명대협이 아니었으면 우리 쪽 사람 구천 명이 꼼짝없이 당할 일이었잖아."

"이거 큰일이군."

"걱정 말라고. 우리 정파무림의 힘은 지금 사상 최강이라고까지 하지 않는가? 싸움이 벌어진다면 오히려 명성을 크게 세울 기회이지."

분위기가 어떻게 됐든 주유성은 세월 가는 줄 모르고 놀았다. 그의 주변은 추월과 검옥월, 그리고 남궁서린이 수시로 들락거렸다. 그리고 가끔 미련을 버리지 못한 백미화도 얼굴을 내비쳤다.

그는 그리고도 꽃밭에 둘러싸여 있다는 시샘을 받지 않았다. 추월은 꽃다운 열여섯에 얼굴이 예쁘나 신분이 시녀. 검옥월은 날카로운 눈매와 뛰어난 무공 때문에 다른 사람들에게서 '여자가 말이야' 라는 소리를 들으며 경계나 받는 신세다.

그러니 남궁서린 하나 더 얹어진다고 해도 딱히 꽃밭으로는 보이지 않았다.

주유성은 돗자리에서 뒹굴며 인생의 행복을 느꼈다. 무림맹 인근에는 좋은 음식점이 많고 그의 수중에는 돈이 많다. 그는 추월과 검옥월, 그리고 남궁서린을 데리고 그 음식점들을 전전하며 맛있는 요리를 찾아먹었다.

그들은 객잔에서 한상 잘 차려 먹고 배를 두들기고 있었다. 그때 객잔이 조금 웅성거렸다. 주유성은 고개를 돌려보았다.

객잔 문을 열고 십대 후반의 소녀가 들어왔다.

눈이 크고 얼굴이 예뻤다. 피부는 하얗고 머리카락은 찰랑거렸다. 몸은 들어갈 곳은 들어가고 나올 곳은 확실히 나왔다.

사람들이 침을 꿀꺽 삼켰다.

"세상에. 엄청난 미녀다."

"검을 가진 것을 보니 무림인인가 보다."

"그런데 옷이 좀 특이한데? 솜옷이라니. 덥지도 않나?"

그 아가씨는 객잔을 쭉 훑더니 곧바로 주유성 일행에게로 다가왔다. 그리고 권하지도 않았는데 빈자리를 찾아 털썩 앉았다.

주유성은 당황했다. 혹시 다른 세 아가씨와 아는 사이인가 하고 눈치를 살폈다. 그러나 세 명 모두 황당한 표정이었다.

주유성이 할 수 없이 말을 걸었다.

"저, 누구신지?"

그 아가씨는 두 손으로 턱을 괴며 주유성을 빤히 보더니 말했다.

"오빠 귀엽게 생겼네. 합격."

주유성은 이 사태를 제대로 이해하지 못했다.

"으응?"

세 여자의 얼굴에는 경계심이 드러났다.

그 아가씨가 당당하게 말했다.

"나는 냉소미. 오빠는 특별히 소미라고 불러도 돼."

제법 더운 날씨에 솜옷을 입은 모양새에 더해서 성이 냉씨인 것, 그리고 이렇게 외간 남자에게 다짜고짜 들이대는 모습을 보고 주유성은 불길한 느낌이 들었다.

"냉 소저, 혹시 출신이?"

주유성은 상대의 출신은 별로 따지지 않는다. 하지만 냉소미에 대해서만은 확인하고 싶었다.

"빙궁. 북해에 있어."

냉소미의 말에 주유성의 얼굴이 핼쑥해졌다.

"그럼 냉소천과는?"

"우리 오빠야. 우리 오빠가 오빠 여기 있으니까 들어가서 인사나 하라고 했어. 우리 오빠도 나중에 올 거야. 오빠한테 오빠 이야기 많이 들었어. 무공도 세고 진법도 잘한다며? 얼굴까지 잘생겼으니 나한테 딱이다. 오빠, 나랑 사귀어."

냉소미의 적극적인 공략에 세 아가씨의 얼굴이 딱딱하게 굳었다. 그녀들은 감히 하지 못한 말을 처음 보는 아가씨가 너무 당당하게 내뱉었다.

주유성은 북해의 연애관에 대해서 냉소천에게 전해 들었다. 함부로 잠자리를 한다는 북해의 풍습은 주유성으로서는 절대로 받아들일 수 없는 것이다. 그리고 처음 보는 여자가 들이대니 달갑지 않다.

냉소미는 북해빙궁 최고의 미녀로 꼽힌다. 그녀의 신분이 그 자리를 차지하는 데 한몫했지만 미녀라는 사실은 변하지 않는다. 다른 남자였다면 냉소미의 미모만 보고도 마음이 동할 법도 하다. 하지만 주유성은 여자의 얼굴에 큰 비중을 두지는 않는다. 오히려 예쁜 여자가 얼마나 무서운지 당소소를 통해 충분히 배웠다.

"싫어."

단호한 그 한마디에 냉소미는 깜짝 놀랐다. 북해빙궁에서라면 상상도 못할 일이다.

"왜, 왜? 나 예쁘잖아. 그런데 왜 싫어?"

"초면에 들이대는 여자 좋아하지 않아."

그의 말에 다른 세 여자는 속으로 안도의 한숨을 쉬었다. 그녀들은 같은 생각을 했다.

'주 공자에게는 먼저 들이대면 안 되는 거구나.'

냉소미는 당황했다.

"말도 안 돼. 좋으니까 좋다고 하는데 그게 왜 싫어?"

"싫어."

냉소미는 북해빙궁에서 주유성을 손아귀에 잡고 흔들라는 명령을 받고 왔다. 실제로 보니 너무 잘생겨서 마음에 쏙 들었다. 그런데 주유성의 냉담한 반응을 당하자 어쩔 줄을 몰랐다.

"혹시 변태야?"

주유성은 마시던 찻물을 뱉을 뻔했다.

"켁!"

검옥월이 발끈해서 일어섰다.

"말을 함부로 하는구나."

냉소미는 검옥월이 어느 정도 실력자인지 모른다. 그녀도 북해에서는 무공깨나 하는 편이다.

"말도 못해?"

둘 사이에 차가운 눈빛이 오고 갔다.

무림맹에 북해빙궁의 냉소천이 돌아왔다. 용봉각은 원래 열 개의 방으로 이루어져 있다. 비무대회가 끝나 빈방이 제법 있으니 냉소미도 방 하나를 차지했다.

주유성의 십번 방 옆은 검옥월의 것이다. 냉소미는 그 옆의 팔번 방을 골랐다. 파무준이나 독원동은 주유성과 최대한 멀어지고 싶기에 일번과 이번 방을 차지했다.

파무준과 독원동은 처음 냉소미를 보고 눈이 다 시원해지는 느낌이었다. 그러나 그들은 냉소미가 주유성의 옆에서 알짱거리는 것을 보고 감히 수작 걸 생각을 버렸다.

주유성이 자기 돗자리 옆에서 땀을 뻘뻘 흘리며 뒹굴고 있는 냉소미를 보고 말했다.

"너 그거 안 덥냐?"

냉소미의 옷은 북해에서 쓰는 솜옷이다. 이곳의 기온을 생각 안 한 건 아니다. 중간 기착지에서 얇은 곳으로 골라 입고 왔다. 그러나 기본적으로 북해는 엄청나게 추운 곳이다. 냉소미는 솜옷에 너무 익숙해져 있었다.

"더워. 여기는 더워."

"그럼 다른 옷을 입어야지. 왜 그걸 계속 입고 있어?"

냉소미가 반색을 하며 일어섰다.

"옷 사주려고?"

"내가 왜?"

"그럼 그냥 이런 거 입고 있을래. 아, 덥다."

냉소미의 반응은 배 째라다. 옆에서 보고 있는 사람이 더 덥다.

"사줄까?"

하도 안쓰러워 한 말이다. 들이대 전문인 냉소미는 냉큼 대답했다.

"응!"

눈까지 반짝거리는 그녀를 보고 주유성이 한숨을 쉬었다.

"피유우. 이따가 밥 먹으러 나가면 사자."

다른 아가씨들의 눈이 빛났다. 그녀들은 주유성에게서 먹을 것 이외의 선물을 받아본 적이 한 번도 없다. 그녀들이 주유성에게 슬금슬금 다가왔다.

"우리는요?"

밥 잘 사 먹은 그들은 옷 가게에 들렀다.

검각의 검옥월은 원래부터 투박한 천으로 만들어진 옷을 입었다. 무공만 익히며 살아 좋은 천이 어떤 건지도 모른다. 그녀는 평소 입던 것과 비슷한 헐값의 천을 골랐다.

추월은 무림맹에서 자랐다. 좋은 옷이 어떤 건지는 잘 안다. 하지만 자라는 동안 계속 고용된 신분이었으니 돈 귀한 줄을 안다. 그래서 적당한 가격의 천을 골랐다.

남궁서린은 남궁세가에서 귀하게 자랐다. 그녀는 제법 비싼 비단을 골랐다.

북해빙궁주가 아들딸이 많다지만 냉소미는 그중에서 귀여움을 독차지한다. 빙궁에서 궁주의 권위는 왕에 버금간다. 그녀는 최고로 비싼 비단을 골랐다.

그리고 주유성은 검옥월과 추월의 것에만 돈을 지불했다.

"누굴 호구로 알아?"

第六章

섬서의 낙천이라는 곳에 단혼파라는 곳이 있다. 단혼파는 사황성과 깊은 관계인 사파로서 낙천 분타의 지위를 덤으로 가지는 곳이다.

단혼파에는 열 명의 고수, 그리고 이백여 명의 무사들이 있다. 주로 하는 일은 도박장과 장물 처리, 매춘 등의 지하 경제를 주무르는 것이고, 문주는 섬서단혼창 위원서였다.

낙천에서는 단혼파를 거스를 곳이 없다. 섬서에 화산과 종남이 있지만 그들의 거리는 멀다. 그래서 단혼파는 꽤나 널널한 분위기다.

그 단혼파의 문을 무사 두 명이 지키고 있었다.

그들은 지루한 보초 근무를 음담패설로 풀고 있었다.

"앵월이 그년이 말이야. 글쎄 내가 찾아갔는데도 손님 받는다고 나오지도 않더라고."

"그런 쌍년을 봤나. 그래서 어떻게 했어?"

"어쩌기는. 떡을 치는 방문을 때려 부수고 들어가서 머리채를 끌고 나왔지. 사람들 보는 곳에서 두들겨 패니까 돈이 저절로 나오더라고."

"잘했어. 그것들은 그저 매를 들어야 말을 듣는다니까."

무사들이 히히덕대고 있을 때 어둠을 헤치고 열 명의 젊은 남자가 나타났다.

무사 하나가 그들을 힐끗 보더니 말을 걸었다.

"누구쇼?"

상대의 기색이 만만치 않다. 그렇다고 낙천의 패자 단혼파의 무사로서 기가 죽을 이유도 없었다.

젊은 남자 중 하나가 무사들을 보더니 질문했다.

"너 정도 실력이면 사황성에서 어느 정도 위치냐?"

다짜고짜 묻는 질문에 무사는 조금 어이가 없었지만 자부심에 찬 가슴을 내밀며 대답했다.

"당연히 정예 무사지."

남자가 피식 웃었다.

"정예가 겨우 이 정도라면 앞으로의 일도 아주 쉽겠군."

그 명확한 시비조의 말투에 두 무사는 상황이 좋지 않음을 눈치 챘다. 뒤에 누가 버티고 있던 지금 당장은 이 대 십이다. 무사 중 하나가 품속의 호각을 잡았다.

젊은 남자들 중 하나가 불쑥 튀어나왔다. 그 움직임이 갑작스럽고 그 속도가 빨라 무사들은 제대로 대응하지 못했다.

남자가 두 손바닥을 내밀어 각각의 무사의 가슴을 짚었다. 그 수법이 빠르고 변화가 심했다. 두 무사는 그 공격을 막을 몸짓조차 하지 못했다.

젊은 남자가 가슴을 짚은 두 손바닥을 가볍게 떨쳤다. 가슴에서 작은 폭음이 터졌다.

"크악!"

"으악!"

두 무사는 짧은 비명과 함께 뒤로 튕겨 나갔다. 그들은 단혼파의 정문에 몸을 부딪쳤다. 강력한 충격에 문이 부서지며 활짝 열렸다.

두 사람은 그 반동으로 튕겨 나오며 엎어졌다. 쓰러진 그들의 입에서 피가 줄줄 흘러나왔다. 이미 시체로 변한 상태였다.

열 명의 남자는 복면을 썼다. 그들은 단혼파에 당당하게 걸어서 들어갔다.

단혼파에 소속된 무인은 이백여 명이다. 그러나 야밤에 그들 전부가 문파 내에 있는 것은 아니다. 절반의 인원은 가족

이 있는 곳이나 여러 사업장에 가 있고 문파에는 백여 명만 남아 있었다.

그리고 그들은 조금 전의 소란에 놀라 뛰쳐나왔다.

섬서단혼창 위원서가 창을 들고 호통을 쳤다.

"어떤 놈들이 감히 우리 단혼파를 쳐들어온 것이냐? 여기가 사황성 낙천 분타라는 것은 알고 있느냐?"

사황성은 무림삼대 무력단체 중 하나다. 그곳의 분타라고 말하면 어지간한 상대도 함부로 말썽을 부리지 못한다.

그러나 복면인들은 달랐다. 복면인 중 하나가 말했다.

"네놈들의 계획은 들통났다. 천 명의 피해를 입었으니 이천 명의 피를 받아가겠다."

위원서가 복면인들의 세를 가늠하고는 호탕하게 웃었다.

"으하하! 겨우 너희 열 명으로 말이냐? 목소리를 들어보니 새파란 놈 같은데 무모하구나, 무모해."

그의 뒤쪽에서 고수 하나가 호각을 강하게 불었다. 내력을 끌어올려 힘껏 부는 호각 소리는 멀리 퍼져 나갔다.

위원서가 호통을 쳤다.

"저 소리가 무엇인지 아느냐? 내 부하들을 불러오는 소리지. 그리고 그들이 아니더라도 여기에만 백 명이 있다. 겨우 너희 열 명으로 우리를 상대하겠다? 사황성의 분타 자리가 제비뽑기로 차지하는 줄 알았느냐!"

복면인들 중 하나가 조용히 말했다.

"말살!"

나머지 아홉 명의 복면인이 즉시 칼을 휘두르며 단혼파의 무인들에게 달려들었다. 그들의 휘두르는 칼에는 검기가 맺혀 있었다.

위원서가 놀라서 소리쳤다.

"조심해라! 이놈들 고수다!"

그가 경고한 보람도 없이 단혼파의 무사들이 수수깡 베어지듯이 잘려 나갔다.

"막앗!"

위원서가 소리치자 문파에 남아 있던 몇 명의 고수들이 복면인들에게 달려들었다. 위원서도 자신의 창을 들고 앞으로 뛰쳐나갔다.

처음 말한 복면인이 위원서의 앞에 솟아나듯 나타났다.

"어딜!"

위원서가 기겁을 하며 창을 뻗었다. 창대가 요란하게 요동치자 그 끝이 동시에 십여 곳을 노리는 듯했다.

복면인의 검이 검기를 뿌리며 빠르게 횡으로 그어졌다. 그 칼날에 창대가 걸렸다. 무공을 익힌 고수가 검으로 창대를 자르는 것은 일도 아니다.

창의 고수라면 당연히 그런 검수의 공격에 대비해 적의 검날을 흘려버리는 기술을 잔뜩 익히고 있다. 위원서는 창의 고수다. 그러나 검날에 걸린 창대는 단숨에 잘려 나갔다.

위원서는 기겁을 하며 물러섰다.

"흐엇!"

그러나 위원서는 자신의 창이 어떻게 잘려 나갔는지조차 제대로 파악하지 못했다. 잘리는 순간을 못 잡았으니 기술도 쓸 수 없었다.

"정체가 뭐냐?"

복면인의 대답은 짧았다.

"이건 복수다."

위원서는 사태가 불리함을 깨달았다. 재빨리 주변을 힐끗거렸다. 복면인들의 무공이 얼마나 대단한지 그의 부하들은 일 초식도 제대로 저항하지 못하고 칼을 맞아 쓰러졌다. 심지어 몇 명 없던 고수들마저 벌써 바닥에 드러누웠다.

위원서는 얼마 전 무림맹의 일만 무사가 함정에 빠졌다가 살아났다는 소문을 기억해 냈다. 그 함정을 사황성이 만들었는지 여부까지 위원서가 알지는 못하지만 상황은 짐작이 되었다.

"이런 미친놈들. 무림맹은 우리 사황성과 붙기로 작정한 거냐?"

"받은 것의 두 배를 돌려줄 뿐이다."

복면인이 바짝 다가왔다. 위원서는 기겁하며 반 토막 난 창대로 단창술을 펼쳤다.

복면인이 손을 내밀었다. 그의 손이 금나수법을 펼쳐 날이 없는 창대를 가볍게 붙잡았다. 위원서는 힘의 차이를 느낄 수 있었다. 그의 얼굴이 창백해졌다. 그는 급히 창대에서 손을 놓으며 뒤돌아서 도망쳤다.

복면인이 손에 든 반 토막짜리 창대를 들었다. 내공을 끌어올리자 나무 창대가 부르르 떨렸다. 그는 그것을 버리듯이 툭 던졌다. 공기가 찢어지는 소리가 날카롭게 들렸다.

위원서는 뒤에서 뭔가가 날아온다는 것을 느꼈다. 즉시 몸을 비틀어 그것을 피하려고 했다. 그러나 그가 미처 행동에 옮기기도 전에 창대가 그의 등을 꿰뚫었다.

"커윽."

위원서가 작은 신음 소리를 냈다. 힘이 넘친 나무 창대가 그의 가슴을 뚫고 날아갔다.

위원서의 무릎이 힘없이 꺾였다. 그의 몸이 스르르 무너졌다.

대부분의 무사들은 복면인들의 일초지적이 되지 않았다. 고수들 역시 길어도 몇 수를 넘기지 못했다. 단 한 명의 사파 고수만이 복면인 중 하나와 치열하게 겨루었다.

이미 전체적인 싸움은 끝나가고 있었다. 마지막 남은 고수는 동료들이 모두 당한 것을 알고 겁에 질렸다.

"으아아!"

그가 비명 같은 기합을 지르며 복면인을 향해 검을 강하게 휘둘렀다. 복면인은 그 공격을 피하기 위해서 허리를 크게 젖혔다. 그리고 그 반동으로 일어서며 검을 쭉 뻗었다.

검끝에 고수의 가슴이 걸렸다. 복면인의 검은 고수의 심장을 그대로 꿰뚫었다.

"크아악!"

마지막 고수가 비명을 지르며 쓰러졌다. 이미 다른 복면인들은 싸움을 끝내고 구경하고 있었다.

복면인 중 하나가 한심하다는 듯이 말했다.

"사백. 너의 무능함은 정말 치가 떨리는구나. 어떻게 겨우 이런 자를 상대로 그렇게 오래 싸울 수가 있나?"

사백이 몸을 움츠리며 말했다.

"미, 미안."

"심지어 이백십육도 가볍게 상대하는 적을 상대로 그 고생을 하다니. 아무리 네 번호가 사백이라고 하지만 너무하는군."

"마치 일부러 그런다는 생각이 들 정도로 아슬아슬했다고."

"하여간 사백이 지금까지 살아남은 건 아무리 생각해도 불가사의야. 더 실력 좋던 놈들이 삼백 명이나 죽었는데 그 틈바구니에서 살아남다니."

"운이 엄청나게 좋은 거지. 실력은 확실히 별 볼일 없으니까."

"하긴, 저놈 어렸을 때 몇 달이나 실종됐다가 발견됐잖아. 그것 때문에 실력이 더 떨어졌어."

"그래도 그렇게 오랜만에 구조되는 것도 보통 운으로는 불가능하지."

"하여간 경계심이 들지 않게 하는 녀석이야. 사백은."

사백은 동료들을 보며 어색하게 웃고 몸을 돌렸다. 돌아서는 그의 눈이 순간적으로 차가워졌다. 그러나 사람들이 그를 보자 어느새 평소의 눈빛으로 돌아갔다.

* * *

사황성 총관이 빠르게 뛰어갔다. 걸음걸이에 경공의 수법이 섞여 그의 움직임은 쾌속했다.

그가 도착한 곳에는 사황성주 혈마 구제조가 쉬는 곳이다.

구제조는 제법 널찍한 정원에 앉아 있었다. 그에게 화초를 가꾸는 취미 같은 것은 없다. 그러나 잘 만들어진 정원을 구경하는 것은 좋아하는 편이다. 그는 그 정원을 보며 좋은 술을 한잔 마시는 것을 꽤 즐긴다.

총관이 달려오자 혈마가 손을 들어 의자를 권했다.

"뭣들 하느냐? 총관이 왔으면 자리를 내줘야지. 앉아서 술이나 한잔하며 한숨 돌리게나. 뭐 그리 급한 일이 있다고 뛰어?"

사황성 총관은 혈마가 가장 신뢰하는 부하다. 그는 혈마에 버금가는 뛰어난 머리를 가지고 있다. 그래서 혈마의 결정에 유용한 조언을 많이 한다. 그러나 혈마를 뛰어넘는 수준까지는 아니다. 그것이 혈마는 더 마음에 든다.

총관의 무공 역시 보통이 아니다. 장로들보다 최소한 한 수 정도 우위에 있다. 혈마에 비하면 조족지혈이지만 그만하면 무림 어디에 가도 적수가 별로 없을 수준이다.

만약 혈마라는 걸출한 인물이 없었다면 사황성주 자리를 노렸을지도 모르는 인물이 총관이다. 하지만 혈마와의 능력 차를 절감하기 때문에 감히 도전하지 않는 자가 총관이다. 그래서 혈마는 총관을 신뢰하고 아낀다.

총관은 혈마가 의자를 권했음에도 감히 앉지를 못했다.

"성주님, 큰일났습니다."

"큰일? 얼마나 큰일인데?"

"분타 열 곳이 당했습니다. 피해가 엄청납니다."

혈마가 여유를 깨고 분노했다.

"뭐야!"

혈마를 중심으로 기가 폭사되었다. 바람이 거세게 밀려 나갔다. 정원에서 풀 쪼가리들이 요란하게 솟아올랐다.

"얼마나 당했어?"

"분타 열 곳이 궤멸됐습니다. 모두 규모가 제법 되는 곳입니다. 사망자만 이천여 명이 나왔습니다."

혈마가 뒷골을 잡았다.

"으윽, 이, 이천. 대업이 멀지 않았는데 이천이나 당해? 도대체 어떤 놈이냐?"

"현재 조사 보고서들이 속속 도착하고 있습니다. 지금 분석 중이니 곧 결론을 낼 수 있습니다."

"으드득! 어떤 놈들이라도 가만두지 않겠다!"

사황성 깊은 곳의 회의실은 분위기가 싸늘했다. 혈마는 분노로 떨고 있었고 장로들은 그런 혈마의 눈치를 살폈다. 그리고 총관이 그 앞에서 보고했다.

"상당수의 분타는 완전히 궤멸당해 생존자가 없습니다. 그러나 몇 군데에서 생존자들이 발견되었습니다. 그들을 닦달해 정보를 모은 결과 몇 가지 사실이 드러났습니다."

"뜸 들이지 마라."

"예. 우선 흉수들은 소수 정예입니다. 한 분타에 열 명씩만 찾아온 것으로 추측됩니다. 워낙에 작은 규모였기 때문에 그 움직임을 미리 파악하지 못했고, 그것이 기습을 당하는 원인이 되었습니다."

"겨우 열 명에게 분타 하나가 날아가?"

"그렇습니다. 흉수들의 무공 수위가 평범한 고수 수준이 아니었습니다. 상황을 분석해 보면 거대문파의 장로급 못지않은 실력이었습니다. 그런 놈들이 열 곳에서 동시에 나타났습니다. 결국 백 명의 절정고수가 이번 일에 동원됐다고 결론을 내렸습니다."

"으드득. 그 정도를 동원하려면 무림맹 아니면 마교겠군?"

"그렇습니다. 생존자들 중 일부는 흉수들이 복수를 언급했다고 증언했습니다."

"복수, 복수라. 지난번 덫에서 무림맹 놈들 중 오백을 죽였지?"

"그리고 추가로 오백은 중상을 입혔습니다. 천 명의 두 배가 이번에 우리가 입은 피해입니다."

혈마는 분노로 제정신이 아니었다.

"가만둘 수 없다. 무림맹 놈들. 완전히 박살을 내버리겠어."

다른 장로들은 혈마가 뿌려대는 살기에 입도 뻥끗 못했다. 하지만 총관이 혈마를 말렸다.

"성주님, 이번 일이 무림맹 놈들의 짓이라는 증거가 너무 약합니다."

"그럼 누구 짓이라는 거냐? 마교 짓이라는 거냐?"

"그건 알 수 없습니다. 그러나 우리가 이호경식의 계책을 썼습니다. 마교라고 그러지 말란 법은 없습니다."

혈마는 총관의 말을 알아들었다. 하지만 자기 위에 아무도 없는 그는 분노를 참을 이유가 없다.

"무림맹 짓이 아니라는 증거는?"

"없습니다."

장로들 중 하나인 비각주가 혈마의 마음을 눈치 채고 끼어들었다.

"성주님, 저희 비각에서 알아낸 최신 정보에 의하면 무림맹이 최근에 마교의 비밀 분타를 공격했다고 합니다."

"무림맹이 우리 계략에 넘어갔다는 뜻이구나?"

"하지만 겨우 한곳을 습격하고 끝냈습니다. 복수치고는 너무 작은 규모입니다."

"한곳? 그리고 끝냈다? 정말 한곳만 친 거야?"

"알려진 바에 의하면 그렇습니다. 우리 비각에서는 무림맹이 우리 계략을 눈치 챘을 가능성이 있다고 판단하고 있습니다."

혈마가 이를 갈았다.

"으드득. 역시 그놈들이군. 무림맹 놈들. 가만두지 않겠다."

총관이 다급히 말렸다.

"성주님, 우리가 무림맹과 먼저 전면전이 붙으면 그건 마교 좋은 일만 시켜주는 겁니다."

"총관, 너는 하나만 생각하고 둘은 보지 못하는구나. 수많은 문파를 우리 사황성이 보호해 준다는 핑계를 대고 끌어들였다. 그들 중 특히 쓸 만한 곳은 아예 분타의 간판을 보내 그 문파의 현판과 함께 걸도록 했다. 그런데 그곳이 열 군데나

박살났다. 그럼에도 우리가 가만히 있으면 누가 믿고 따르겠냐?'

혈마의 말에 총관은 할 말이 없다. 일이 크게 벌어지면 안 된다는 것은 알지만 지금 참고 있는 것이 능사는 아니다. 적어도 무림제패를 위해서는 그래서는 안 된다.

'이게 설사 마교의 계략이라고 하더라도 우리는 당해줄 수밖에 없구나. 이건 외통수다.'

"그럼 어느 정도 규모를 생각하시는지요? 전면전은 후회를 남기게 됩니다."

"전면전까지 갈 생각은 아니다. 하지만 복수로서 부족함이 없어야겠지. 우리가 준비한 전투 부대들을 모아라."

"그들은 정예입니다."

"알아. 이천 명을 맞춰라."

"그런 대병력을 보내면 무림맹이 대응할 겁니다."

"그래. 우리보다 조금 더 많은 숫자를 준비하겠지. 그러나 우리는 정예다. 무림맹이 준비하는 놈들은 평범할 거다. 복수하기에 부족함은 없어."

총관은 이제 반대할 방법이 없었다. 포기하고 순순히 수긍했다.

"알겠습니다."

* * *

마교 교주 천마가 유쾌하게 웃었다.

"으하하하! 단 하루 만에 이천을 잡았군. 그것도 깔끔하게. 이십오 년 동안 투자한 보람이 있어."

마뇌가 공손히 대답했다.

"이제 시작입니다. 그들을 쓰시기에 따라 사황성과 무림맹을 마음대로 주무르실 수 있습니다."

"그렇지. 젊은 놈들이라 의심받지 않고 이동할 수 있고."

"더구나 백 명 모두 모은다면 그 위력은 상상 초월입니다. 용도가 무궁무진합니다."

"그놈들의 명칭을 지어줘야지. 그래, 마인이 백 명이니 백마대가 좋겠군. 그놈들은 이제부터 백마대야."

"교주님께 이름을 하사받았으니 백마대 전원이 삼생의 영광으로 알 겁니다."

"하하하! 마뇌, 그동안 수고했어. 술이나 한 잔 받게나."

"영광입니다."

*   *   *

사황성의 분타들은 마교와는 다르게 공개적으로 간판을 걸고 있다.

마교는 일단 나타나면 무림에 피바람이 분다. 따라서 마교가 중원무림에 나타나면 그만큼 강력한 응징이 들어간다. 하지만 사파는 상황이 다르다.

사파는 항상 범죄의 소굴이 되는 곳이다. 그들은 간판을 대놓고 걸어놓은 채 죄를 저지른다. 포쾌들이 보는 곳에서는 조용히 있고 돈까지 찔러주지만 그 뒤에서 오만 가지 범죄를 저질러 배를 채운다.

그런 잘 알려진 사파들 중에 열 곳이 박살났다. 그것도 모두 사황성의 분타 간판까지 건 곳이다. 보통 사건이 아니다. 더구나 최근에 마교와 시비가 붙은 무림맹은 즉시 대책 회의에 들어갔다.

무림맹 공식 군사 제갈고학이 분석 결과를 내놓았다.

"사황성의 분타 열 개를 동시에 부수려면 막대한 병력이 동원돼야 합니다."

"그런 병력이 움직였다면 우리 개방의 눈을 피할 수 없었을 텐데? 나는 보고받은 게 없다고."

"그렇습니다. 결국 대규모 병력 이동은 없었다는 결론이 나옵니다. 결국 범인은 고수들로 이루어진 소수 정예라는 뜻이 됩니다."

"소수 정예라. 어느 정도로?"

"사황성의 정보 통제가 심하지만 그나마 모은 정보로 볼 때, 한곳에 십여 명 내외입니다."

무림맹 수뇌부는 진심으로 놀랐다.

"뭐? 겨우 십여 명?"

"사황성의 분타에도 고수가 적지 않을 텐데?"

제갈고학이 보충 설명을 했다.

"이곳에 계신 분들 열 분이 가신다면 사황성의 분타 하나 정도는 가볍게 지워 버리실 수 있을 겁니다. 고수가 몇 명이 버티고 있든 상관없겠지요. 그리고 싸움이 지속된 시간으로 판단할 때, 이번 범인들은 사황성 분타들을 가볍게 지워 버렸습니다."

무림맹주 독고진천이 심각한 얼굴로 말했다.

"군사의 말은, 어쩌면 구파일방이나 오대세가의 장로들 정도 되는 실력자들이 백여 명쯤 동원됐다는 뜻이군."

"그렇습니다, 맹주님. 그리고 그 정도로 실력있는 고수들을 많이 보유한 곳은 세 군데뿐입니다. 사황성이 자기 분타를 부쉈을 리는 없고, 우리는 행동을 취하지 않았습니다. 그럼 남는 것은 결국 한군데입니다."

"으음. 마교."

취걸개가 따지고 나왔다.

"마교가 왜 그런 짓을 해? 그놈들이 화가 났다면 우리에게 났을 텐데?"

"아직은 알 수 없습니다. 마교와 사황성 사이에 갈등이 발생하여 싸움이 붙은 것일 수 있습니다. 마교는 아수라환상대진의 함정에 우리를 빠뜨리려 했습니다. 같은 목적으로 사황성도 건드리는 중인지도 모릅니다. 만약 그렇다면 이건 우리에게 최고의 기회입니다. 그들 사이를 부추기는 것만으로 양패구상을 시킬 수 있습니다."

"정말 마교의 짓일까?"

제갈고학은 즐거웠다. 자기가 정보를 풀면 사람들은 그걸 듣고 무조건 동의한다. 자신의 생각으로 무림맹이 움직이고 정파가 움직인다. 제갈세가의 가주는 세가만을 움직였지만 그는 무림맹을 움직였다. 그래서 그는 이 순간을 즐겼다.

"지난번의 비무대회에서 세 명의 마교 고수를 잡았습니다. 그중 가짜 추하전의 경우 귀장군보를 상당한 수준으로 펼쳤습니다. 다른 마공들을 익히고 있다고 생각하면 그 실력은 우습게볼 수 없습니다."

적명자가 즉시 동의했다.

"그렇지요. 우리 청성의 인재들이 패할 정도면 보통 고수가 아니지요."

"그리고 맹주님이 알고 계신다는 사람에 의해서 추가로 수집한 정보에 의하면, 마교에서는 그런 젊은 고수를 적게는 수십에서 많게는 수백 명 정도를 키운다고 합니다."

"아, 그들이 있었지."

"그놈들이 움직인다면, 기존의 마교 조직은 가만히 있으면서도 이번과 같은 일을 저지를 수 있습니다. 어차피 마교 말고는 이 일을 할 수 있는 곳이 없습니다. 그들의 수단도 짐작이 갑니다. 그럼 우리는 방해하지 말고 둘이 싸우는 것을 구경이나 해야지요."

제갈고학의 말에 사람들이 동의했다.

"역시 군사는 다르군."

"제갈세가가 괜히 제갈세가가 아니지."

"그럼 우리는 가만히 앉아서 떡이나 먹으면 되겠군. 하하하."

주유성은 무림맹 인근의 객잔에 자리를 잡고 제대로 한상 차려 먹고 있었다.

진귀한 재료를 쓴 고가의 희한한 요리 같은 건 돈이 많이 드니 관심없었다. 대신에 적당히 싸고 맛이 좋은 것으로 승부를 봤다.

"가장 상위 일 할의 맛을 내는 음식은 그 가격이 바로 아래보다 열 배에 달해요. 차라리 상위 이 할에서 오 할의 위치를 차지하는 음식을 배부르게 먹는 것이 나아요."

주유성의 말에 얻어먹는 여자들은 순순히 동의했다.

척박한 음식만 먹었던 검옥월은 뭘 먹든 진미로 느낀다. 그녀가 환하게 웃었다.

"주 공자, 전 이게 너무 맛있어요."

고용인 신분의 추월도 마찬가지다.

"공자님, 저도 그래요."

남궁서린은 흔히 먹던 음식이다.

"이만하면 맛있어요."

냉소미는 불만이다. 주유성이 한턱 쏜다기에 잔뜩 기대하고 따라왔다. 그런데 북해빙궁에서 고급이 아니면 입도 대지 않던 그녀에게 이런 음식은 배고플 때 대충 때우는 것 이상은 아니다. 그녀가 투덜댔다.

"쳇. 짠돌이."

주유성은 불만있는 자는 철저히 무시하며 요리를 먹었다.

"한 명 빼고 다들 많이 먹어요. 내가 쏘는 거니까. 소미 넌 굶어!"

청허자는 요새 마음이 편치 않다. 무림의 바람이 심상치 않게 흐르는 것이 못내 걱정이다.

취걸개는 청허자를 놀려먹는 재미로 산다. 하지만 청허자가 기운이 없자 놀려먹는 것도 재미가 없다. 그래서 취걸개가 청허자를 끌고 무림맹 인근 객잔으로 갔다. 맛있는 거나 먹으면서 기분을 풀라는 뜻이다.

무당의 도사 중에는 벽곡단이나 솔잎으로 끼니를 때우는 사람도 많다. 하지만 청허자는 기름지고 맛있는 요리를 좋아한다. 몸에 좋다고 하면 더 좋아한다. 그는 무당의 음식이 척박하다는 사실에 항상 불만이다. 그래서 취걸개의 초대에 좋다고 따라나섰다.

그리고 객잔에 들어선 그들이 발견한 것은 음식을 산같이 쌓아놓고 네 명의 여자에게 둘러싸인 주유성이다.

취걸개가 호통을 쳤다.

"유성이 네 이놈! 지금 때가 어느 땐데 여기서 신선놀음을 하고 있느냐! 더구나 이 많은 음식은 어찌 먹으려고. 세상에는 굶어 죽는 자도 있는데 네가 이런 사치를 누리다니!"

주유성이 호통 치는 취걸개를 힐끗 보더니 말했다.

"거지 할아버지, 와서 좀 드실래요?"

취걸개가 즉시 반색을 했다.

"그럴까?"

어느새 탁자에 엉덩이를 끼고 앉았다.

"늙은 도사, 어서 오라고. 유성이가 산다는데?"

청허자도 못 이기는 척 자리를 잡았다.

"주 소협이 산다면야 뭐."

네 아가씨는 이 사태가 불만이다. 함부로 말하기 껄끄러운 어른들이 자리에 끼었다. 이젠 농담도 함부로 꺼내기 힘들다.

취걸개는 자리에 앉자마자 손을 빠르게 움직이며 음식을 먹어댔다.

"쩝쩝. 이거 맛이 좋구나. 쩝쩝. 값이 꽤 나왔을 텐데."

청허자가 그런 취걸개를 탓하며 젓가락을 천천히 놀렸다.

"늙은 거지, 아무리 거지라지만 다른 사람들도 신경 써가면서 먹어야 할 거 아닌가? 그런데 이거 참 맛있군."

그의 젓가락질은 무당 장로답게 품위가 있었다. 그러나 그가 집는 것은 쌓여 있는 요리 중에서도 핵심이 되는 부분들이었다. 말 그대로 알맹이만 쏙쏙 골라 집어먹고 있었다.

네 명이 먹겠다고 주문한 요리다. 그걸 여섯 명이 먹어대니 접시들은 빠르게 비워졌다. 더구나 취걸개 같은 걸신이 같이 앉아 있으니 그 속도는 더 빨라졌다.

이미 그들 사이에 대화는 사라졌다. 양보를 했다가는 찌꺼기만 먹겠다는 생각에 다들 정신없이 먹었다.

마침내 요리들이 모두 비워지자 대화를 할 여유가 생겼다. 취걸개가 배를 두드리며 말했다.

"배부르다. 잘 먹었구나."

그가 배가 부른 대신에 나머지 다섯은 양이 조금 부족함을 느꼈다.

좋은 것만 골라먹은 청허자가 말했다.

"도인은 원래 소식해야 하느니. 나도 양이 딱 맞다네."

"늙은 도사, 꿀꿀하던 기분은 이제 좀 풀렸나?"

"그게 어디 음식 한 그릇에 풀릴 일인가. 무림의 큰일인데."

남궁서린이 궁금증을 참지 못하고 질문했다.

"청허자 장로님, 얼마나 큰일인데 그러세요?"

'얼마나 대단한 고민인데 주 공자님이 우리한테 사주신 요리를 다 쳐드셨어요?'

질문을 들은 청허자는 갑자기 주유성의 의견이 듣고 싶어졌다. 그가 지금까지 경험한 주유성은 게으름이 심해서 그렇지, 좋은 대답을 많이 가진 진법계의 인재다.

"주 소협, 이번에 사황성의 분타들이 습격당한 일은 들어서 알고 있지?"

요리를 좀 더 시켜야 하는지에 대해서 심각하게 고민하던 주유성이 건성으로 대답했다.

"네. 나쁜 놈들이 한 이천 명 죽었다면서요?"

"그 일을 누가 했는지 아는가?"

"당연히 마교죠."

청허자에게는 주유성의 그 자신감이 신기했다.

"어떻게 그렇게 자신하지? 그 정도를 할 수 있는 곳은 많은데. 당장 여기 냉 소저의 북해빙궁만 해도 그럴 힘이 있는 곳이란 말이네."

냉소미가 기분 좋은 듯이 가슴을 쭉 폈다. 봉긋한 가슴이 도드라져 보였다.

"소수 정예가 한 일이잖아요. 그럼 무림맹 아니면 마교죠. 그런데 무림맹이 했으면 도사 할아버지가 고민할 리가 있어요? 상황이 명확하면 나한테 뭘 묻지도 않았을 거고."

"소수 정예인지는 어떻게 알았나?"

"많은 무사들을 동원했으면 개방의 눈을 피하지 못했겠죠. 그럼 거지 할아버지가 알 테고. 그럼 역시 도사 할아버지가 나한테 물어볼 리가 없고."

청허자는 감탄했다.

'제갈고학 군사와 같은 의견이군. 역시 학문이 높다더니 보통이 아니구나.'

"그래. 그럼 이제 마교와 사황성이 한판 붙지 않겠나? 그럼 그때 우리는 어찌해야 무림 평화에 조금이라도 기여할 수 있을까? 주 소협의 의견을 묻고 싶네."

주유성이 의외의 말에 얼빠진 얼굴로 청허자를 돌아보았다.

"네?"

"그들의 싸움을 구경만 하고 있을 수는 없잖은가? 이 기회를 이용해야지."

주유성은 당황했다.

"사황성이 마교랑 붙어요? 혹시 둘을 붙일 방법을 마련한 거예요?"

"마교가 사황성을 쳤으니 사황성이 가만있을 리 없지. 조금만 부추기면 될 거야."

"도사 할아버지, 진심이세요?"

"왜 그러는가?"

"그걸 마교가 한 줄 사황성도 알아요?"

"그야 당연히 알지 않을까? 사황성의 정보력도 보통은 넘는다네."

"미치겠네. 저는 지난번 아수라환상대진도 마교 짓인지 아니면 사황성 짓인지 구분 못하겠어요. 무림맹은 증거가 확실히 보인다며 마교를 범인으로 지목했지만요. 그런데 그 증거는 조작됐을 가능성이 있다고 제가 말했잖아요."

"그, 그랬지."

"그럼 이번에는 그 일을 무림맹이 했다는 증거가 조작돼 있으면요? 사황성이 눈 돌아가지 않겠어요? 더구나 지난번 일, 마교가 아니라 사황성이 했다면요? 만약 그렇다면 우리가 지금 이 일이 마교 짓인 줄 알 듯이 마교는 그때 일이 사황성 짓인 줄 알겠네요."

"그, 그런가?"

"마교가 지난번 일이 사황성이 범인임을 안다면 아마 일을 꾸미기 더 좋았을 거예요. 사황성은 지은 죄가 있으니 이번 일을 자기네 함정이 들켜서 보복당하는 거라고 생각할 거잖아요."

청허자의 얼굴이 굳었다.

"말을 듣고 보니 그도 그렇구나."

"아이고. 누구 짓인지도 모르는 상황에서 속 편하게 있으시면 어떻게 해요?"

청허자와 취걸개의 안색은 잔뜩 어두워졌다. 그들은 상황이 만에 하나라도 그들이 원하는 방향대로 흘러가지 않았을 때 일어날 사태를 깨달았다.

그때 객잔 문이 덜컥 열렸다. 거지 하나가 급히 들어왔다. 점소이가 거지를 쫓아내기 위해서 움직였다. 거지는 보법을 펼쳐 점소이를 피한 후 취걸개의 앞으로 달려왔다.

"취걸개 장로님을 뵙습니다."

"무슨 일인데 거지가 뛰어다니냐?"

거지는 다른 일행의 눈치를 살폈다. 취걸개가 간단히 말했다.

"청허자는 알 테고, 이놈이 구멍대협이라고 불리는 주유성이다. 나머지는 다 정파 사람들이고. 기밀을 요하는 것이 아니라면 말해도 괜찮다."

검옥월이 발끈했다.

"구명대협입니다."

그녀는 주유성이 명성을 얻는 것이 좋다. 그래서 구멍이 아니라 구멍이라고 불리는 것을 원하지 않는다.

거지가 깜짝 놀라며 주유성을 향해 포권했다.

"구명대협을 뵙습니다. 미처 못 알아봐서 죄송합니다. 그날 함정에는 저도 있었습니다. 은혜에 감사드립니다."

주유성도 급히 포권하며 답례했다.

"아이고, 대협은 무슨."

거지가 다시 취걸개를 향해 말했다.

"장로님, 큰일났습니다."

"무슨 큰일?"

"사황성이 새로운 부대를 편성하고 있습니다. 보유한 전투 부대들을 꽤 많이 내놓았습니다. 새로운 부대를 구성하는 무사들의 수가 이천여 명입니다."

취걸개가 벌떡 일어섰다.

"뭐얏!"

* * *

사황성의 전투 부대들이 슬금슬금 움직였다.

원래 사황성은 정파의 무림맹과 같은 역할을 하던 곳이다. 그리고 현재의 사황성은 그 정도로 만족하지 못했다. 오랜 시간 동안 수많은 사파들을 닥치는 대로 끌어들였다. 그리고 그들을 조금쯤은 보호했다.

사파가 사황성과 연결되면 그들은 끝없이 인재 차출의 압력을 받는다. 각 사파는 쓸 만한 인재의 상당수를 사황성에게 빼앗겼다. 그 때문에 중원의 사파 하나하나만 놓고 보면 그 이전보다 조금씩 힘이 약해져 갔다. 하지만 그래도 사황성의 그늘이 있으니 그럭저럭 버틸 만했다.

여러 정파는 당장 주변에 보이는 사파들의 힘이 약해지자 꽤나 여유만만하게 지냈다. 사황성의 힘은 시간이 지날수록 강해졌지만 그것을 상대하는 건 무림맹의 몫이다. 무림정파들 사이에서는 여유가 넘쳐흘렀다. 주변에 보이는 것이 약해졌으니 다들 사파를 크게 경계하지는 않았다.

그렇게 모은 사파의 인재들은 사황성에서 전투 부대로 만들어졌다. 십 년이 훨씬 넘는 시간 동안 그 작업을 한 결과, 사황성이 직접 보유하고 있는 전투 부대의 수는 셀 수 없을 만큼 많아졌다.

어떤 부대는 소수 정예, 그리고 어떤 부대는 약간명의 고수와 다수의 무사들로 구성되었다. 부대의 특색은 수없이 많았다.

그리고 그 부대들 중 사십 개가 소집되었다. 총 병력 이천 명의 대부대가 만들어졌다.

사파무림인은 대부분 죄를 저지르고 다니는 악인이다. 이천 명의 강력한 힘을 가진 악인이 뭉쳐 다닌다면 누구나 긴장한다.

황제는 무림인들 사이의 싸움을 즐긴다. 서로 치고받고 싸우다 보면 그 힘이 약해질 것이라고 생각한다. 그 사이에서 황제에게 떨어지는 떡고물도 꽤 있다.

당장 황제 곁에 금의위나 동창 등등이 보유하고 있는 고수들만 해도 상당하다. 그것만이 아니라 황제가 거느린 군대에서 복무 중인 고수는 셀 수도 없다. 그리고 훈련이 잘되고 전투 경험이 있는 병사 두셋이면 삼류무사 하나 정도의 전투력을 가진다.

그래서 황제는 겨우 이천 명의 사파 무리는 신경 쓰지 않는다. 하지만 그 밑의 포쾌들은 사정이 다르다. 그들은 이 사태로 또 어떤 강력 범죄들이 발생할지 바짝 긴장했다.

황제가 무시한다고 해서 무림맹까지 그럴 수는 없다. 무림맹은 사황성의 움직임을 주시하며 회의를 벌였다.

취걸개가 탁자를 쳐대며 소리를 질렀다.

"답답하네! 그놈들의 목표가 우리일 수 있다니까!"

제갈고학은 주유성의 이야기를 취걸개에게 전해 듣고 그것도 꽤 그럴싸하다고 생각했다. 하지만 그 이야기가 주유성에게서 나왔다는 것이 싫었다. 더구나 그건 자신의 이전 계획이 틀렸음을 인정해야 받아들일 수 있는 제안이다.

"그런 수많은 가능성에 모두 대비해서는 작전을 펼칠 수 없습니다. 왜 어린 놈이 떠든 소리를 듣고 와서 그렇게 고함만 치십니까?"

"듣고 보니 그럴싸하지 않은가? 당장 우리도 병력을 모아서 대비해야 한단 말일세!"

"대응 병력이요? 그들 이천을 막으려면 우리도 최소한 같은 숫자를, 여유있게 이기려면 삼천을 준비해야 합니다. 사황성이 부대를 모았다고 그만한 병력을 소집하면 그놈들이 무슨 생각을 하겠습니까? 도둑이 제 발 저린다고, 우리가 범인이라고 생각하지 않겠습니까?"

"삼천은 지난번에도 모았잖아! 내가 그 함정에 갇혀서 얼마나 고생했는데!"

"그때는 검마의 장보도라는 핑곗거리가 있었지요!"

"이번에도 적당한 핑계를 만들던가!"

"더구나 그 병력을 모았다고 끝인 건 아닙니다. 그들의 움직임을 견제하려면 우리도 병력을 모아서 가까이 접근시켜야 합니다. 그래야 무슨 짓을 하더라도 즉시 대응할 수 있으니까요. 하지만 삼천의 무사를 그들에게 접근시키면 그건 곧 범인이 우리라고 주장하는 것밖에 안 됩니다!"

제갈고학은 자신의 판단을 뒤집기 싫은 고집 때문에 강하게 주장을 펼쳤다. 제갈고학의 수준에서 생각하기에 어차피 모 아니면 도인 일이다. 정말로 자신의 생각이 맞는다면 병력을 모아 맞받아치는 건 위험할 수 있다.

그리고 취걸개는 그것에 반박할 논리를 찾을 수 없었다.

제갈고학이 쐐기를 박았다.

"놈들의 목표는 마교가 틀림없습니다. 생각해 보면 쉽게 결론이 나는 일입니다. 움직이면 그들이 오해할 수 있습니다. 차라리 우리 짓이 아니라는 것을 알리기 위해서 가만있는 것이 낫습니다. 그놈들도 설마 우리와 전면전을 원하지는 않을 테니까요."

아무도 그 의견에 반박하지 못했다. 반박하려면 사황성의 목표를 알아야 하는데 그에 대한 자료를 갖고 있지 못했다.

무림맹주 독고진천도 할 수 없이 받아들였다.

"군사의 말이 옳은 것 같으니 그렇게 합시다. 하지만 만일을 대비해서 무사들을 즉시 소집 가능하도록 경계령 정도는 걸어둡시다. 군사, 어떻소?"

제갈고학이 그것마저 싫다고 할 수는 없다. 어차피 그도 만에 하나의 가능성은 대비하고 싶다.

"현명하신 판단이십니다. 하지만 경계령의 수위가 높으면 역효과가 날 수 있으니 간단한 것으로 하는 것이 좋겠습니다."

"그럼 그렇게 결론을 내립시다."

第七章

무림맹주 검성 독고진천은 일단 회의 결론은 그렇게 내렸지만 그것만으로 안심하고 노는 짓은 하지 않았다.

'그 녀석이 주장한 일이라면 나름대로 이유가 있겠지. 마교의 간자들을 잡아낸 놈이니까.'

그는 자기가 휴식을 취하는 작은 숲으로 갔다. 그러면서 숲을 지키는 매복조의 조장에게 지시를 내렸다.

"유성이를 알 게다. 그 녀석을 좀 데려오너라. 가급적이면 조용히."

주유성은 처음으로 숲 속으로 들어왔다. 바깥에서 돗자리

펴고 논 적은 많아도 안에까지 온 것은 처음이다.

"이야, 숲에 진이 설치돼 있네요?"

안내를 하던 매복조 조장이 자부심을 가지고 말했다.

"역시 구명대협은 훌륭한 진법가이십니다. 이 숲 자체가 진법에 의해서 만들어져 있습니다. 무림맹주님을 보호하기 위해서지요."

"숲을 통째로? 우와. 돈 많이 들었겠다."

"상당한 비용을 투입했다고 들었습니다."

"근데 이 정도 진으로 침입자가 막아져요? 그 할아버지를 상대할 사람이라면 이 정도 진에 현혹되지는 않을 텐데. 현혹될 정도의 하수는 들어와 봤자 위협이 되지 못하잖아요. 이거 완전히 돈지랄이네."

주유성의 냉정한 평가에 조장은 할 말이 없어졌다.

"그, 그것이."

"하여간 어디서 서류만 가지고 탁상공론으로 결정했나 보네요. 조경공사를 하려면 현실도 좀 생각하고 하지."

투덜대던 주유성의 앞에 환한 공간이 나타났다. 숲의 한가운데는 넓은 공터였다. 그곳에는 정자와 작은 집 한 채가 있었다. 조그마한 텃밭도 하나 있었지만 거기에는 잡초만 무성했다.

조장이 숲으로 돌아가며 말했다.

"이 앞은 맹주님의 공간. 저는 들어갈 수 없습니다. 그럼."

독고진천은 정자에 앉아 있었다. 주유성이 독고진천에게 다가가며 말했다.

"우와, 밭은 잡초를 키우고, 저 집은 청소는 고사하고 거미줄이 가득이네. 할아버지, 쓰지도 않을 밭이나 집은 왜 만들었어요?"

독고진천이 웃으며 대답했다.

"내가 여기서 잠을 자는 것도 아닌데 집이 왜 필요하며, 먹을 것을 키워 먹어야 하는 것도 아닌데 밭이 왜 필요하겠냐?"

"비 오면요? 집에 안 들어가세요?"

"비가 오시는데 청승맞게 여기를 왜 와?"

"이것도 돈지랄이네. 하여간 저는 왜 부르셨어요?"

"네 이야기는 취걸개 장로로부터 전해 들었다. 사황성이 이번 일을 우리 짓으로 생각한다고?"

"그럴 가능성이 충분하다 못해서 넘치니까 대비를 하라는 거죠. 마교에 바보만 있을 리는 없잖아요."

"그런데 그 대비를 하기가 마땅치 않구나. 우리 무림맹은 이번 사황성의 움직임에 공식적인 대응을 하지 않기로 했다. 우리가 잘못 움직이면 사황성이 정말로 우리를 의심할 수 있다는 것이 내부적인 결론이다."

"에? 아니, 그럼 다른 대책을 세워야지 손 놓고 있겠다는 거예요?"

"손 놓고 있으면 안 되지. 그래서 내가 직접 손을 좀 쓰기로 했다."

주유성은 안도의 한숨을 쉬었다.

"휴우. 잘 생각하셨어요. 철저히 해야 할 거예요."

"그렇게 말해주니 고맙구나. 수고를 아끼지 않겠다니 내 마음이 다 뿌듯하구나."

"네? 수고를 아끼지 않다니요? 누가요?"

"너지 누구겠냐?"

주유성이 펄쩍 뛰었다.

"무림맹의 일을 무림맹이 해야지, 왜 상인인 제가 수고를 해요?"

필요할 때는 단골로 팔아먹는 것이 상인이라는 소리다. 하지만 무림맹주에게는 씨도 먹히지 않았다.

독고진천은 회심의 미소를 지었다.

"너에게까지 공개되지 않은 기밀 정보들을 가지고 분석한 결론에 의하면, 우리 무림맹이 직접 움직이면 사황성을 자극한다고 결론이 났다."

"그 이야기는 했잖아요."

"우리 무림맹의 인물들이 움직여도 마찬가지다."

"그, 그렇다고 나를……."

"마침 무림맹에 소속되지 않았으면서 무공이 뛰어나고 지략이 높은 사람이 몇이 있지. 그들의 나이가 모두 젊고 세상 경험이 없으니 이참에 중원의 경치를 구경하고 싶지 않겠냐?"

주유성이 독고진천을 손가락으로 가리키며 외쳤다.

"비열해요!"

"네 녀석은 서현에 처박혀 있던 게으름뱅이지. 외가가 당가라고는 하지만 공식적으로 너는 상인 집안의 아들이다. 그리고 마침 검각, 독곡, 남해검문에서 한 명씩의 후기지수들이 와 있구나. 북해빙궁은 고맙게도 두 명이나 와 있지. 무공이 약한 녀석은 하나도 없어. 그들은 모두 우리 무림맹과는 친분을 유지하고 있을 뿐 직접적인 소속 관계가 아니다."

"다들 무공이 세면 나 하나쯤 빠져도 되잖아요."

"그런데 그중에 머리를 제일 잘 쓰는 놈은 너지. 흐흐흐. 넌 빠져나갈 수 없다."

주유성의 얼굴이 노래졌다.

"도대체 뭘 시키려고요?"

"별것 아니다. 사황성이 소집한 부대를 쫓아다니면서 그들에 대한 정보를 수집하기. 목표를 알아내면 즉시 보고하기. 정보 수집은 다른 녀석들이 할 수 있지만 그것을 모아 목표를 짐작해 내려면 너처럼 머리 좋은 놈이 반드시 끼어 있어야 해."

"그럼 무공이 강할 필요가 뭐예요? 머리 좋은 사람만 있으면 되잖아요?"

"위험하니까. 일이 잘못돼서 사황성의 공격을 받게 되면 강한 무공이 있어야 빠져나올 수 있으니까."

"무림맹에도 무슨 비밀 첩보 부대나 정보 조직 그런 거 있을 거 아녜요? 그 사람들은 뭐 하고 봉급받는대요?"

"말했잖느냐? 우리가 직접 움직이다간 곤란하다고."

"그거야 당연한 첩보 수집 활동 같은데요?"

독고진천은 주유성이 잘 안 넘어온다는 생각이 들었다. 그래서 일부러 한숨을 쉬었다.

"휴우. 우리 무림맹에 사황성의 첩자가 없을 거라고 생각하는 건 아니겠지. 혹여 내부자를 풀었는데 그 소식이 사황성으로 넘어가면 곤란해진다. 그래서 내가 직접 너에게 이야기하는 거고."

"구더기 무서워서 장 못 담그나요?"

독고진천이 정색을 했다.

"만약 일이 잘못돼서 마교와 싸우러 가던 사황성이 칼을 우리에게 돌리면 정말 많은 사람이 죽게 될 거야. 잘못해서 사황성과 우리가 전면전이라도 벌이면 얼마나 많은 사람이 죽을까? 차마 상상하기도 끔찍하구나."

지금까지 한 말은 태반이 공갈이고 거짓말이다. 첩보 부대는 원래 그런 일 하라고 있는 것이다. 주유성이 투입되든 말든 무림맹의 첩보 부대는 사황성의 부대 이동을 감시하러 움직이게 되어 있다. 사안이 중요하니 여러 부대를 동원하기로 되어 있다.

잠룡전설 211

하지만 주유성은 무림 돌아가는 세부 구조를 모른다. 그걸 알 만큼 무림 경험도 없고 무림 이야기를 듣지도 않았다. 주워들은 몇 마디를 가지고 짐작해 보면 이상함이 잔뜩 느껴진다. 하지만 무림의 생리를 정확히 모르니 자기 고집만 피울 수는 없다. 더구나 사람들이 많이 죽을 거라는 협박을 들으니 마음이 약해졌다.

주유성이 대답을 못하고 있자 독고진천이 속으로 쾌재를 부르며 말했다.

"다시 말하지만 너와 다른 아이들을 선택한 이유는 하나다. 너희들은 무림맹과 공식적으로 전혀 관계가 없지. 가장 안전해. 너무 많은 사람들의 목숨이 걸려 있는 일이라 경솔히 일을 처리할 수 없다. 부탁한다."

주유성의 얼굴에 경련이 일었다. 하기 싫어 죽을 일이다. 하지만 그는 애꿎은 사람 목숨에 약하다.

"아, 알았어요."

마침내 주유성이 항복했다.

"고맙구나. 네 신세는 잊지 않으마. 대가로 내 무공이라도 전수하마. 삼음용조수가 어떠냐?"

"필요없거든요?"

주유성이 어깨를 축 늘어뜨리고 숲을 나섰다. 주유성이 완전히 사라진 것을 확인한 검성 독고진천이 소리 내서 웃었다.

"으하하하! 요 녀석, 아수라환상대진의 사건을 듣고 너를 부려먹을 방법을 찾았다고 생각했는데 아주 제대로 먹히는구나. 이제 넌 내 손 안에 있다. 이렇게 무림맹의 일을 하다가 아주 내 제자라도 되려무나. 으흐흐흐."

독고진천은 유쾌했다. 주유성과 조금 더 가까워진 것 같아 즐거웠다.

일행은 무림맹주의 직접 섭외에 의해서 꾸며졌다. 주유성은 시건방진 구석이 있어 바락바락 대들었지만 다른 사람들은 검성이 부탁하는데 감히 거절하지 못했다.

검옥월은 일행을 주유성이 이끈다는 소리를 듣고 임무를 즉시 받아들였다.

"부탁이라니요. 중원무림의 평화를 위해서 제 미력한 힘이나마 도움이 된다면 영광입니다."

그녀의 진심으로 기뻐하는 얼굴에 검성은 마음이 흡족했다.

"고맙군. 이화월백검이 제자를 제대로 키웠어."

검옥월은 작게 미소를 지었다.

'오히려 제가 고맙습니다.'

북해빙궁의 냉소천과 냉소미 남매도 즉시 허락했다.

"검성께서 하신 부탁을 거절함은 예의가 아닙니다."

냉소천은 부탁을 들어주는 것임을 명확히 했다. 혹시나 써먹을 기회가 있을까 해서다.

그는 주유성의 도움을 필요로 한다. 정확히 말하면 북해빙궁이 주유성을 필요로 한다. 하지만 주유성이 그냥 가자고 해서 갈 놈은 절대로 아님도 잘 안다.

할 수 없이 어떻게든 자기 동생과 깊은 관계로 만든 후 꼬드겨서 데려가기로 북해에서부터 합의했다. 하지만 일이 잘 되지 않아서 그의 속이 다 탔다.

그런 때에 이런 기회는 돈을 주고라도 사들일 만한 것이다.

남만 독곡의 독원동은 얼굴이 시커메졌다.

"주유성과 함께 가야 한다고요?"

무림맹에서는 곁을 맴돌아도 후환이 별로 없다. 하지만 함께 다니라는 소리를 듣자 본능적으로 두려웠다.

그 표정에서 거절의 눈치를 챈 검성이 먼저 슬쩍 찔렀다.

"무림맹주인 내가 부탁인데 싫다는 건가? 할 수 없지."

독원동은 그 은근한 협박에 갈등했다. 검성이 기회를 놓치지 않고 급소를 찔렀다.

"하긴. 독곡 정도 되면 무림맹주 따위는 우습게볼 만도 하지. 이거 내가 공연히 검성이라는 무림명을 가지고 있는 게 아닐까 하는 걱정이 드는군. 나 같은 실력도 없는 늙은이에게는 과분해. 이참에 독곡에 연락해서 사과라도 해야겠어."

그게 진심일 리가 없다는 것은 독원동도 잘 안다. 독곡은 중원무림의 분위기에 예민하게 반응한다. 더구나 독원동은 독공을 잃어 이제 독곡에서 눈칫밥 먹는 상태다. 검성이 독곡에 사과는 고사하고 불평 한마디만 넣어도 독원동은 박살이 난다.

"그럴 리가 있습니까? 저는 하도 기뻐서 미처 말을 못했던 겁니다. 가겠습니다. 당연히 가야지요. 검성께서 하신 말씀인데 지옥의 불구덩이라도 못 들어가겠습니까?"

마지막 대상자는 파무준이다. 파무준 역시 독원동처럼 얼굴이 질렸다. 그러나 독원동의 표정이 공포에 가깝다면 파무준은 싫은 것의 소리를 들은 표정이다.

"주유성 그자와 함께 말입니까?"

"왜? 싫어?"

파무준은 싫다. 주유성과 함께 가기 싫다.

그런데 눈앞의 사람은 검성이다. 검왕도 아니고 검성이다. 남해검문처럼 검을 다루는 문파에서 최고로 우러르는 사람이고 극복의 최종 목표로 삼는 사람이다.

당연히 검성이 남해검문에 끼치는 영향력은 상당하다. 파무준이 뒷감당할 수 있는 수준이 아니다.

"아닙니다. 가야지요. 가시라면 가야지요."

주유성 일행은 총 여섯 명으로 구성되었다. 그리고 검성의 독단에 의해서 주유성이 일행의 조장이 되었다.

그들은 말을 타고 움직였다. 원래 주유성의 성격이라면 말

등에 반쯤 누워 천천히 타박거리며 가야 한다. 하지만 아차 하면 수많은 사람이 죽어나갈 일이라 그러지 못했다.

주유성은 가는 내내 투덜댔다.

"힘들어. 목말라. 배고파."

그는 입을 쓰는 데는 조금도 게으르지 않았다.

* * *

혈마가 이천여 명의 무사들을 모아놓고 일장연설을 했다. 그 내용은 복수를 확실히 하라는 것이었다.

물론 목표가 어디인지까지 밝히지는 않았다. 그런 것은 수뇌부의 몇 명만 아는 일이다.

그리고 마지막으로 그가 선언했다.

"이제 너희들을 응징 부대라고 명명한다."

혈마는 응징 부대의 대장으로 혈혼수라 종소두를 삼았다. 응징 부대를 만들기 위해서 동원한 사십 개의 전투 부대 중 가장 강한 부대의 대장이 종소두다. 그의 수라삼천도법은 무림의 절기로 알려져 있다. 그가 사황성에 투신하기 전에 그의 수라삼천도법에 죽은 무림인의 수는 다 세기도 힘들다.

사황성 응징 부대에는 종소두 말고도 무림명을 가진 유명 고수들이 잔뜩 포진해 있었다. 일단 사십 개의 전투 부대 대장

전원이 무림명이 있었고, 그 외에도 수많은 고수들이 득실거렸다. 대장들을 포함한 고수 숫자를 다 세면 이백여 명이었다.

나머지는 대부분 일류와 이류고수였다. 삼류무사는 통틀어도 한 줌밖에 되지 않았다. 그야말로 정예 중의 정예 부대였다.

혈마가 이동하기 시작하는 응징 부대를 보며 뿌듯한 표정을 지었다.

"총관, 보고만 있어도 든든하지?"

"오랜 세월 성주님께서 사황성의 힘을 키워온 결과입니다."

"나보다 자네가 수고했지. 그리고 저 강력한 부대가 단지 우리가 모은 힘의 일부라는 생각을 하면 난 행복하다네."

"각 사파의 무사들까지 모두 동원한다면 우리를 상대할 수 있는 자는 없습니다. 설사 황제라도 우리를 무시하지는 못합니다."

"크흐흐. 그래. 그리고 이건 그 시작이야. 무림맹 놈들. 감히 우리를 건드려? 뼈저리게 후회하게 해주지."

"철저히 부숴야 감히 도발하지 못합니다. 그놈들은 마교와 싸우다가 같이 망해야지요. 우리가 아니라."

"걱정 마. 종소두한테 무림맹에서 보낸 부대를 만나면 아예 몰살시켜 버리라고 해뒀어."

* * *

 이천여 명의 사황성 무사로 구성된 응징 부대가 움직였다는 소식이 무림 전체에 빠르게 퍼졌다.
 천마는 그 소리를 듣고 즐겁게 웃었다.
 "크하하하! 모든 것은 마뇌 자네의 생각대로군."
 "모든 것은 교주님 덕분입니다."
 "멋지게 뒤통수를 쳤어. 사황성 놈들. 감히 우리와 무림맹을 싸움 붙이려고 해? 건방지고 또 건방지군."
 "교주님의 무림제패가 머지않았습니다."
 "그래. 마뇌 자네의 공이 커. 이번 일이 잘 처리되면 내 크게 포상하지."
 "영광 또 영광입니다."

* * *

 응징 부대를 보내고 며칠이 지나자 혈마의 안색이 상당히 나빠졌다.
 "왜 무림맹 놈들이 대응하지 않는 거지? 비각주, 뭔가 알아낸 것은 없냐?"
 정보의 수집은 원래 사황성 비각의 임무다. 그러나 비각이라고 해서 무림맹 수뇌에까지 손을 뻗치고 있는 것은 아니다.

"무림맹은 현재 경계 상태에 들어가 있습니다. 그러나 그 경계 등급이 그리 높지는 않습니다."

"그러니까 왜 그러냐고. 우리 응징 부대가 자기들을 치러 가면 당연히 대응 부대가 나와야 하잖아."

총관이 조심스럽게 말을 꺼냈다.

"성주님, 아무래도 무림맹은 잡아떼려는 것 같습니다."

"잡아떼?"

"우리는 응징 부대의 목표가 어디인지 밝히지 않았습니다. 그런데 무림맹이 들고일어나면 자기네가 범인임을 인정하는 것과 다름이 없습니다."

"그놈들이 범인인데 인정 안 하면 어쩌겠다는 거야? 설사 범인이 아니더라도 이게 가만있으면 해결되는 일인가?"

"끝까지 모르쇠로 나가겠다는 것이 틀림없습니다. 어쩌면 정말로 범인이 아닐지도 모릅니다."

"총관, 내가 말했잖아. 무림맹은 범인이어야 해."

총관도 그건 안다.

'우리는 외통수에 걸려 있으니까.'

"그럼 어쩌실 생각이신지요? 그 전력으로 무림맹을 직접 치는 건 계란으로 바위 치기입니다."

혈마가 잠시 생각하더니 눈을 빛내며 말했다.

"무림맹이 대응 부대를 내놓지 않아도 상관없어. 인원수 많은 적당한 정파를 친다."

총관의 안색이 변했다.

"성주님, 만약 구파일방이나 오대세가 중 하나에 공개적으로 쳐들어가면 전면전을 감수해야 합니다."

"총관, 나는 바보가 아니다. 숫자만 많고 손쉬운 문파를 골라야지. 우리가 원하는 것은 응징이다. 우리를 건드리면 그 이상의 응징을 한다는 것을 우리가 끌어들인 수많은 문파들에게 보여주는 것이 목적이다. 바보짓은 하지 않아."

* * *

사황성 응징 부대는 야영을 하고 있었다.

그들은 임무를 가지고 움직이고 있다. 멀쩡한 도시나 마을에 들어가 약탈을 하다가 일이 꼬이면 임무를 제대로 수행할 수 없다. 그러나 사파의 무사들이 이만큼이나 모였는데 사고를 치지 않는다고 생각할 수는 없다.

하지만 일반인을 상대로 일을 너무 크게 벌이면 황제의 군대를 상대해야 한다. 그들의 힘이 강력하고 수가 많지만 황제의 군대는 그 끝이 얼마인지 알 수 없을 만큼 많다.

그래서 종소두는 야영을 택했다. 그래도 술과 고기를 쌓아놓고 부어라 마셔라 하며 편하게 야영했다. 그러면서도 경계 무사를 잔뜩 깔아두는 것을 잊지 않았다.

그들이 한참 멀리 보이는 곳에 주유성 일행이 숨어 있었다. 요리를 조리해 먹으려면 불을 피워야 하고 그러면 들킬 위험이 그만큼 증가한다. 그래서 그들은 벌써 며칠째 마른 음식을 씹었다.

주유성은 함부로 몸을 굴려 때가 꼬질꼬질하게 끼어 있고 옷은 더러웠다. 다른 사람들은 상황이 좀 나았지만 주유성은 빠른 속도로 거지로 변해가고 있었다.

주유성이 불평했다.

"아무리 내 혀가 궁극의 경지에 도달했다고는 하지만 매일 말린 고기와 말린 과일만 먹다니. 아, 맛있는 음식이 먹고 싶다."

검옥월에게는 이런 음식이 익숙하다. 오히려 폐관 수련을 할 때 먹은 것에 비하면 이건 진수성찬이다.

그녀는 주유성의 바로 옆에 앉아서 말했다.

"주 공자, 임무가 끝나면 제대로 먹기로 해요."

그때, 정찰을 나갔던 냉소천이 돌아왔다.

"놈들이 움직인다."

늘어져 있던 주유성이 발딱 일어섰다.

"이 시간에?"

"그렇다. 순식간에 정리를 끝내고 이동을 시작했다."

사람들은 주유성을 쳐다보았다. 정보 분석 및 판단이 주유성의 임무다. 그것이 주유성을 조장으로 삼은 명분이기도 하다. 그리고 주유성은 답을 알고 있다.

"아이고, 큰일났네. 이놈들이 목표를 찾았나 보다."

"주 공자, 목표라니요?"

"생각해 봐요. 야영지까지 차려놓고 밤에 갑자기 이동이라니요. 그건 어딘가 습격할 곳을 찾았다는 소리지요. 그리고 밤에 움직이기 시작하면 목표가 아침이 되기 전에 도착할 만한 거리에 있다는 뜻이잖아요."

사람들의 얼굴이 굳었다. 주유성은 독고진천에게서 받아 온 무림문파 세력 배치 지도를 꺼내서 펼쳤다.

"어디 보자. 이 근처에 무슨 문파들이 있나. 여긴가? 문도 수가 백 명? 너무 작아. 한입거리를 처리하려고 저 짓을 할 리가 없지. 그럼 여긴가? 아냐. 여긴 거리가 너무 멀어. 그럼… 으악! 큰일났다!"

"왜요? 어디인데요?"

"여기요. 오협련. 문도 수 이천. 누구 오협련이 어디인지 알아요?"

독곡은 중원무림에 관심이 많다. 그곳에서 온 독원동이 즉시 대답했다.

"예. 정파 다섯 곳이 연합하여 만든 문파입니다. 다섯 명이 공동으로 문주를 맡고 있는 특이한 곳입니다."

독원동이 뭔가 알자 주유성의 어투가 즉시 반말로 바뀌었다.

"여기 강하냐?"

"연합하기 전 원래 문파들도 그리 강한 곳이 아니었습니다. 적당히 힘을 쓰는 문파들이 하나로 합쳐 새로운 강자가 된 지 십 년 정도 된 곳입니다. 전통있는 명문대파에 비하면 한 수 처지는 곳입니다."

주유성이 지도를 탁 짚었다.

"여기예요. 그동안 본 저놈들의 이동 속도라면 여기에 동 트기 전에 도착할 수 있어요. 이 새끼들. 다 같이 힘 모아 살아보겠다는 문파를 골라서 밟으려고 하네."

파무준이 반발했다.

"그 생각이 잘못됐다면? 이 근처에 마교의 비밀 분타라도 하나 있으면 어쩌려고? 우리는 함부로 대응할 수 없다."

"닥쳐."

"그러지."

파무준은 즉시 찌그러들었다. 주유성에게 수작을 걸었다가 얻어맞은 기억이 아직도 생생하다.

주유성이 사람들을 돌아보며 명령했다.

"일단 즉시 전서구 날려요. 무림맹에 소식을 전해야지요."

검옥월이 즉시 대답했다.

"하지만 주 공자, 무림맹이 지금 알아서는 늦어요. 습격은 동이 트기 전에 이뤄질 거라면서요?"

"그게 문제예요. 시간을 끌어야지요. 우리가 가서 그 다섯 문파 사람들을 도망치게 해야 해요."

"그들이 우리 말을 믿을까요?"

"안 믿으면 다 죽어요. 저놈들. 자신있으니까 공격하러 가는 거예요."

전서구를 날린 직후에 그들은 말을 타고 달렸다.

응징 부대보다 유리한 점은 있었다. 응징 부대는 대부분 걸어다녔다. 경공으로 미리 공력을 소모하면 싸움을 제대로 할 수 없다. 그래서 그들의 이동 속도는 빠른 걸음 정도였다.

반면에 주유성 일행은 말을 타고 달렸다. 마음이 초조하니 말을 더 열심히 달렸다.

그들이 마침내 오협련의 정문에 도착하자 말들은 입에서 거품을 물고 있었다. 조금만 더 달렸으면 모든 말이 쓰러져 죽었을지도 모르는 상태였다.

오협련은 거대문파다. 그 지역에 있던 다섯 개의 중견 규모 문파가 힘 좀 써보겠다고 합쳐져서 만든 곳이다. 그러다 보니 정문이 특히나 으리으리했다. 그리고 그 정문에는 두 명의 무사가 눈을 부릅뜨고 지키고 있었다.

"누군지 신분을 밝히시오!"

무사로서는 마땅히 해야 하는 행동이다. 더구나 그들이 보는 상대는 다섯 명 모두 새파랗게 젊다. 오랫동안 응징 부대를 감시하느라 꼴도 말이 아니다. 특히 게으른 주유성은 개방이라고 해도 좋을 정도로 더러웠다. 도저히 허리부터 굽힐 상대로 보이지 않았다.

주유성이 앞으로 나서며 급히 말했다.

"비상사태입니다. 문주님들을 지금 당장 봐야겠어요."

무사가 배짱을 튕겼다.

"문주님은 아무나 뵐 수 있는 분이 아니오. 적당한 신분을 밝히지 못한다면 아침에 오시오. 그때 근무자에게 이야기하면 소식을 넣어줄 것이오. 운이 좋으면 만나겠지."

파무준이 튀어나왔다.

"네 이놈들! 우리는 무림맹에서 나왔다. 어서 문을 열지 못하겠느냐?"

두 무사는 찔끔했다. 무림맹에서 보낸 손님이라면 문전박대하기 곤란하다.

"죄송합니다."

고개부터 꾸벅 숙였다. 파무준의 얼굴에 어떠냐는 기색이 만연했다.

무사 하나가 곧바로 고개를 들고 질문했다.

"그럼 무림맹에서 오셨다는 근거를 제시할 수 있으신지요? 예를 들면 신분패라던가 하는."

파무준은 당황했다. 그런 것이 있을 리가 없다. 그들은 공식적으로 무림맹과 상관없이 움직이는 조직이다. 만약 사황성에 붙잡혀도 무림맹은 부인하기로 되어 있었다.

파무준이 화를 냈다.

"관을 봐야 눈물을 흘릴 놈들이구나. 단칼에 죽고 싶으냐?"

그 정도 협박에 엎드린다면 이런 큰 문파의 문을 지킬 수 없다. 더구나 지금은 정파들에게 경계령이 내려져 있는 상태다. 젊은 놈 몇이 와서 무림맹에서 왔다고 설쳐 대도 그대로 믿어줄 수는 없다.

파무준의 협박에 두 무사가 바짝 긴장하며 한 걸음 물러섰다.

주유성이 파무준을 말렸다.

"넌 빠져."

"그러지."

날뛰던 파무준이 즉시 물러섰다.

무사 두 명은 이제 주유성 일행을 경계심 어린 눈초리로 쳐다보고 있었다. 주유성의 상태는 특히 심해서 정말 거지꼴이나 다름없었다.

주유성이 다가가며 말했다.

"우리는 무림맹에서 왔어요. 그건 틀림없어요."

"신분을 증명할 수 없으면 아침에 오시오."

"아침이면 늦어요. 지금 좀 봐야겠어요."

무사 중 한 명이 손을 품속으로 재빨리 집어넣었다.

주유성이 벼락같이 들이닥쳤다. 막 꺼내 드는 호각을 잡아

챘다. 두 손을 뻗어 무사들의 어깨를 잡더니 휙 끌어당겼다. 두 무사가 버티지 못하고 앞으로 자빠졌다.
"미안해요."
짧게 사과하며 대문을 힘차게 열었다.

오협련이 바지저고리는 아니다. 이천여 명의 문도가 있고 경계령도 내려져 있다. 곳곳에 매복자들이 숨어 있다. 비상대기 무사들도 여럿 있다. 그들이 주유성 일행을 발견하고 후다닥 튀어나왔다.
덩치가 건장한 중년인 하나가 걸어나오며 소리쳤다.
"어떤 놈들이 감히 오협련에 와서 행패냐!"
주유성 일행 여섯 명은 커다란 마당에 들어섰다.
냉소미가 불만 어린 목소리로 말했다.
"이렇게 밀어닥칠 거면 문을 지키는 사람들을 자빠뜨린 보람도 없네."
주유성도 생각이 있어서 한 짓이다.
"그래도 여기 들어와서 저 사람들과 대화를 할 수 있게 됐잖아. 호각 불게 놔뒀으면 바깥에서 이 일을 치러야 해. 그럼 사람들에게 소문나. 지금은 그래도 되는 때가 아니야."
주유성이 포권을 했다.
"우리는 무림맹에서 왔습니다. 시급한 사건이 생겨 문주님들을 뵙고 싶습니다."

중년인은 삼환벽력도 팽고의였다. 패도적인 도법을 쓰는 자로 하북팽가와 연이 닿아 있었다.

그리고 그가 오늘 밤 오협련의 야간 당직 책임자였다.

"야밤에 쳐들어와서는 무림맹이라고? 증명은 할 수 있나?"

"못하는데요."

팽고의가 소리를 질렀다.

"네 이놈들! 감히 우리를 놀려? 뭣들 하느냐? 저놈들을 당장 잡아라!"

무사들이 즉시 병장기를 뽑고 몰려들었다.

주유성이 재빨리 동료들에게 말했다.

"칼 쓰지 마요. 다치게 하지 마요. 적당히 물리쳐요. 독원동. 독 쓰면 죽을 줄 알아. 파무준. 내가 그 칼 잡은 손모가지 분질러 버리지 않도록 조심해라."

주유성이 앞으로 몸을 날리며 외쳤다.

"사람 말 좀 믿어요!"

주유성의 앞을 무사들이 우르르 막아섰다. 검과 창, 도와 주먹, 화살 등이 요란하게 날아왔다.

주유성의 몸이 빠르게 흔들거렸다. 검을 피하면 창이 기다린다. 창을 피해 몸을 비틀면 도가 공간을 가른다. 몸을 뒤로 바짝 뉘면서도 발은 전진한다. 낮아진 머리를 향해 주먹이 날아온다. 그 상태에서 몸을 빙글 회전시키며 뒤튼다. 그가 있는 곳으로 화살이 날아온다. 화살이 도착할 때 그 공간은 이미 비어 있다.

주유성이 계속 앞으로 전진했다. 사람들이 벽처럼 늘어서며 병장기를 휘둘렀다. 그의 몸은 이리저리 심하게 흔들리며 그 사이를 빠져나갔다.

팽고의는 바짝 긴장하며 외쳤다.

"대단한 고수구나!"

다른 다섯 명은 다가오는 사람들을 다치지 않게 밀어내느라 여념이 없다. 그들의 실력이 높고 상대는 일반 무사들이라 어렵지 않았다. 그래서 그들은 힐끗거리며 주유성의 동작을 훔쳐봤다.

검옥월은 이미 주유성이 보통 실력이 아님을 안다.

"역시 주 공자는 다르네요."

독원동은 주유성이 미래의 독성이 될 거라고 생각한다.

"역시 형님은 대단하시네."

파무준은 주유성과 검을 겨뤄 완벽하게 깨진 경험이 있다.

"무서운 놈."

냉소천은 주유성의 실력이 만만치 않음을 비무대회 때 보고 깨달았다.

"생각보다 대단하군."

냉소미만 주유성의 실력을 처음 봤다.

"어머나. 오빠, 멋쟁이. 달려!"

팽고의는 주유성이 창칼의 파도를 빠져나오며 자신을 향해 다가오자 검을 들며 소리쳤다.

"오호대, 놈을 쳐라. 죽여도 상관없다!"

오호대는 오협련의 다섯 문파에서 한 명씩 뽑아 편성한 고수들로 이루어져 있다. 오협련에는 오호대나 오룡대, 오랑대 등등의 정예 부대가 있고 오늘 밤 대기조가 오호대였다. 고르고 골라 뽑은 인재들이라 상당한 고수들이었다.

팽고의의 옆에서 긴장한 눈으로 보고 있던 다섯 명의 고수가 즉시 몸을 날렸다. 그들의 손에는 다양한 무기가 들려 있었다.

제일 먼저 오호 중 궁호가 주유성에게 활을 겨눴다. 그는 활 하나에 세 대의 화살을 동시에 걸어놓고 날렸다. 날카로운 소리와 함께 화살을 날리고는 즉시 세 발의 화살을 새로 뽑아 들었다. 엄청난 속사였다.

주유성이 손을 휘휘 흔들었다. 날아온 세 대의 화살이 즉시 그의 손에 빨려들었다. 그걸로 상대를 찌를 수는 없으니 곧바로 땅에 던져 버렸다.

오호대의 다른 네 명이 주유성에게 달려들었다.

제일 먼저 창이 날아왔다. 창날 끝에 시퍼런 기가 감돌았다. 사람 몸쯤은 몇 개라도 동시에 뚫어버릴 수 있는 관통력을 가진 창기였다. 그 끝이 주유성의 심장을 노렸다.

주유성이 허리를 흔들었다. 창날이 간발의 차이로 몸을 스쳐 겨드랑이 사이로 지나갔다. 주유성은 팔을 몸통에 꽉 붙여 겨드랑이로 창대를 잡았다.

창호가 경악성을 질렀다.

"헛!"

창이 마치 바위에라도 박힌 것처럼 꼼짝도 하지 않았다.

창을 잡기 위해서 주유성의 걸음도 정지했다. 그런 그를 노리고 도호가 달려들었다. 그의 도가 도기를 뿌리며 수평으로 그어졌다. 주유성의 몸통을 위아래로 두 토막 낼 것 같은 기세였다.

주유성이 손바닥을 아래로 내려쳤다. 날아들던 도의 옆면을 후려쳤다.

도호가 충격에 비명을 질렀다.

"크악!"

도를 따라 강력한 충격이 타고 넘어왔다. 정신을 차리고 보니 그의 도는 땅에 처박혀 있었다. 주유성이 발로 도를 밟았다. 도호는 눌리지 않기 위해서 내공을 끌어올려 도를 들어올리려고 했다.

그러나 도는 꼼짝도 하지 않았다.

주유성의 겨드랑이는 창에, 그리고 한 발은 도에 고정되어 있다. 그 틈을 보고 검호가 달려들었다. 검이 요란한 잔상을 만들며 날카롭게 날아왔다.

주유성이 발로 밟고 있던 도를 툭 걷어찼다. 도호가 위로 들어올리려고 힘을 쏟고 있는 상황이다. 도는 빠르게 솟구쳤다.

주유성이 손을 뻗어 그 도의 뒤쪽을 수평으로 탁 쳤다. 도가 옆으로 튕겨 나갔다.

도와 검이 정통으로 충돌했다.

"커윽!"

그 두 개의 무기는 순간적으로 서로 날을 밀며 경쟁하는 상태가 되었다.

주유성은 들리는 신음 소리를 무시하고 발을 높이 들어 도와 검이 닿은 열십 자의 중심 부분을 콱 밟았다.

도와 검이 즉시 바닥으로 처박혔다. 흙바닥에 깊숙이 꽂혔고 그 위를 주유성이 발로 밟고 있었다.

기회를 보던 권호가 달려들었다. 그는 자신의 두 주먹을 믿었다. 그의 주먹에는 바위라도 때려 부술 힘이 있었다. 움직임이 많이 제한된 주유성을 노리고 주먹을 날렸다. 검호와 도호도 조금 전처럼 주유성이 발을 떼면 그 즉시 반격하려고 기회를 잔뜩 보고 있었다.

주유성이 빈손을 뻗어 권호의 주먹을 잡았다.

권호는 자기 주먹이 솜뭉치에라도 빨려드는 듯한 느낌이 들었다.

"어?"

주유성의 손은 권호의 주먹을 타고 넘더니 완맥을 잡았다. 권호가 작은 신음 소리를 냈다.

"억!"

어느새 완맥을 제대로 제압당했다. 자기보다 고수에게 완맥을 잡히면 팔이라도 잘라 버리기 전에는 빠져나오기 어렵다.

오호대 중 네 명이 주유성에게 붙잡혔다. 모두 자기 무기를 빼앗기지 않기 위해서 꼼짝도 하지 못했다.

마지막 남은 궁호가 세 발의 화살을 걸고 시위를 당겼다.

주유성이 궁호를 보고 땅에 버려둔 세 대의 화살에 눈짓을 했다.

궁호는 시위를 한껏 당기고 있었다. 하지만 발사할 수 없었다. 조금 전에 얼마나 손쉽게 화살이 잡혔는지 눈으로 봤는데 같은 수를 쓸 수는 없었다. 주유성이 날아가는 화살에 조금만 수작을 부리면 동료들을 맞힐 위험도 있다.

싸움은 이미 중단되었다. 백여 명이 넘는 무사들이 주유성을 보며 움직임을 멈췄다.

나머지 일행도 주유성의 무공이 자기들이 생각하던 것보다 더 뛰어나자 말을 못하고 있었다.

주유성이 오호대를 제압한 상태에서 팽고의를 돌아보고 말했다.

"문주님들 좀 뵙죠?"

팽고의가 자기 도를 신중히 뽑아 꽉 움켜쥔 채 말했다.

"나를 꺾어라. 그러면 네가 싫어도 그분들을 보게 될 것이다."

주유성이 깡총 뛰었다.

'깡총' 이라고밖에 표현할 수 없는 동작이었다.

도검을 밟고 있던 발의 기운을 상당히 풀었다. 도와 검이 즉시 위로 솟아올랐다. 그걸 밟고 있던 주유성의 몸도 마찬가지로 솟아올랐다. 거기에 더해서 몸을 가볍게 하고 발을 슬쩍 튕겼다.

창은 바짝 당겨지고 있었다. 공중에 뜬 주유성의 몸도 앞으로 당겨졌다. 완맥을 쥐고 있던 손은 이미 풀어버린 후다.

주유성의 몸이 가만있던 상태에서 위로 솟아올랐다. 마땅히 준비 동작 없이 솟아올랐고 앞으로 포물선을 그리면서 날아갔다.

팽고의는 바짝 긴장했다.

'이만큼을 뛰어오르는데 준비 동작이 없었다.'

자기보고 하라고 하면 어림도 없는 일이다. 하지만 그는 폭급하기로 이름난 팽가의 도를 받았다. 기죽지 않고 내력을 끌어올렸다.

주유성이 그를 향해 날아왔다. 공중을 유영하듯 나풀거리는 모습이었다.

'공중에서는 움직임에 제한이 크지. 그 자만심에 대한 대

가를 치르게 하겠다.'

팽고의의 입에서 한줄기 기합이 터져 나왔다.

"타핫!"

그의 도가 떨어지는 주유성을 노리고 거칠게 공간을 갈랐다. 실력 차이를 절감하고 있으니 손속에 사정을 두거나 하는 것은 없었다. 최선을 다한 공격이었다.

날아오던 주유성의 몸이 공중에서 회까닥 뒤집혔다. 그의 뒤집힌 등을 타고 팽고의의 도가 스쳐 지나갔다.

팽고의의 눈에 경악이 비쳤다.

'공중에서 몸을 움직여?'

엄밀히 말하면 무게 중심을 이동시켜 자세를 바꾼 것뿐이다. 능공허도나 허공답보 같은 절정의 경공술까지는 아니다. 하지만 적절한 순간에 움직인 자세는 팽고의를 놀라게 하기에는 충분했다.

주유성이 팽고의의 앞에 툭 떨어졌다. 팽고의의 눈앞에 바짝 다가서며 말했다.

"계속할 거예요?"

팽고의가 뒤로 후다닥 물러섰다. 그리고 도를 들어 주유성을 겨누며 소리쳤다.

"정체가 뭐냐!"

"무림맹에서 왔다니까요."

팽고의의 도끝은 가늘게 떨리고 있었다.

"증거를 대지 못하는 자의 말을 믿으라는 말이냐!"

그때, 팽고의의 뒤에서 말소리가 들려왔다.

"고의야, 물러서라."

다섯 명의 남자가 걸어왔다. 그들의 뒤를 따라 수백 명의 무사들이 몰려나오고 있었다.

팽고의가 즉시 몸을 돌려 포권하며 말했다.

"문주님들을 뵙습니다."

오협련을 구성하고 있는 다섯 문파의 문주들이 주유성에게 다가왔다. 어느 정도 거리를 둔 상태에서 그중 하나가 말을 걸었다.

"소협이 무림맹에서 왔다? 하지만 우리가 믿을 만한 근거는 없다는 거지?"

주유성은 난처했다. 정말로 무림맹 소속임을 증명할 것은 없다. 그들의 신분은 확실하다다. 그러나 모두 세외 문파 출신이고 주유성은 상가 출신이다. 무림맹과 직접적인 관계는 없다. 원래부터 관계없는 사람만 골라서 모았으니 당연한 일이다.

"이거. 미치겠네. 무림비무대회 본 사람들 있을 거잖아요. 저 아가씨가 올해 비무대회 우승자인 검각의 검옥월 소저거든요?"

그것만 해도 손님으로서는 충분한 신분이다. 하지만 그뿐이다. 어떠한 강제력도 없다.

문주 하나가 불편한 얼굴로 말했다.

"귀한 분이 오셨군. 예의를 차려 왔다면 좋은 거처를 마련해 줬겠지. 하지만 우리도 그리 좋은 대접을 받은 것 같지는 않군."

다른 문주도 맞장구를 쳤다.

"뭐, 그래도 특별히 다친 녀석은 없어 보이니 다행이외다. 남의 집에 와서 칼을 함부로 놀렸다면 아무리 비무대회 우승자라도 좋은 대접을 할 수는 없으니까."

주유성은 정말로 난처해졌다.

그때, 다섯 문주의 뒤에 있던 사람들 중 하나가 문주에게 다가가서 귓속말로 소곤거렸다. 그뿐이 아니라 다른 무사들 중 일부가 주유성을 보며 쑥덕거렸다.

다섯 문주의 얼굴이 일순 크게 변했다. 귓속말을 들은 문주가 주유성을 가리키며 외쳤다.

"그대가 정말 구명대협 주유성이시오?"

주유성의 얼굴이 핼쑥해졌다.

'그게 왜 여기서 나와?'

그는 그렇게 불리는 것이 정말 싫다. 낯이 뜨겁기도 하고, 관심의 대상이 되는 것도 싫다. 하지만 지금 그걸 부정해서는 안 된다. 어쨌든 돌파구가 열렸다.

"맞아요. 제가 주유성이에요."

사람들의 웅성거림이 커졌다. 이제는 모두에게 들릴 만큼이다.

"정말 구명대협이었어."

"세상에. 완전히 거지꼴이어서 못 알아봤는데."

"우리 이거 실수한 거 아냐?"

문주들이 기쁜 얼굴로 다가오며 포권을 했다.

"하하하! 이거 구명대협을 직접 뵙게 되다니. 영광입니다."

"우리 아이들 중에도 지난번 그 진법에서 구명대협의 신세를 진 녀석들이 제법 있습니다. 감사합니다."

"그냥 처음부터 신분을 밝히셨으면 이런 번거로운 일은 없었을 텐데요."

주유성은 자신이 이런 대접을 받을 줄은 몰랐다.

"환, 환대를 해주셔서 감사합니다."

"무슨 말씀을. 어서 들어갑시다. 뭣들 하느냐. 구명대협께서 동료 분들과 오셨다. 접객당을 비우고 자리를 마련해라. 일단 오시지요. 우선 차라도 한잔합시다."

조용한 이야기는 주유성도 기대하는 바다.

"차 좀 빨리 마시죠? 급한 일이 있어서."

第八章

주유성 일행은 다섯 문주와 함께 고급품으로 장식된 방에 앉았다. 방에 들어서자마자 주유성은 문을 닫았다.

"사황성이 이곳을 노리고 있어요."

다섯 문주의 얼굴이 확 굳었다.

"사황성이 왜 우리를 노린다는 말입니까?"

"사황성의 응징 부대가 이쪽으로 방향을 돌렸어요. 우리는 그들을 감시하다가 그 사실을 발견하고 먼저 이쪽으로 왔어요."

"그놈들이?"

다섯 문주의 얼굴은 각양각색으로 바뀌었다. 어떤 사람은 안절부절못했고, 다른 사람은 공포에 젖었다. 그리고 어떤 사람은 분노했다.

"우리가 뭘 잘못해서 그놈들이 여기를 노린다는 말입니까?"

"사파가 언제 그런 것을 따졌나요? 희생양을 필요로 하는 것 같아요. 아무래도 복수를 천명하는 부대니까요."

다섯 문주가 이를 갈았다.

"으드득! 사황성 놈들! 잊지 않겠다!"

"놈들의 전력은 무사 이천 명. 그것도 정예 부대로 추측되고 있어요. 직접 붙으면 상당히 위험해요. 그러니 일단 자리를 피하시는 게 나아요."

주유성의 말에 문주들의 눈이 번쩍였다.

"어림도 없는 소리. 같은 이천 명이면 해볼 만하군요."

"그럼요. 우리는 결코 약하지 않습니다. 더구나 여기는 우리 본거지. 본거지를 내주고 도망가면 어떻게 얼굴을 들고 다니겠습니까?"

"결전입니다. 그놈들을 깨부수고 우리 오협련의 힘을 보여 주겠습니다."

주유성은 어이가 없었다.

"사황성에 강력한 정보 기관이 있는 거 다들 아시잖아요. 그놈들이 여기를 노렸다는 말은 해볼 만하다고 판단했기 때문이거든요. 그런 놈들을 상대로는 설사 이겨도 피해가 너무 커져서 이긴 게 아닙지요. 더구나 질 확률이 너무 높아요."

"주 대협, 대협의 말은 고맙습니다. 하지만 우리는 그럴 수 없습니다. 우리는 오협련입니다."

"아, 진짜 미치겠네. 도대체 이유가 뭔데요? 잠시 소나기를 피하자고 하는 것이 그렇게 어려워요?"

다섯 문주는 서로를 쳐다보았다. 눈빛을 교환하더니 다시 입을 열었다.

"주 대협, 우리는 오협련입니다. 우리의 유래는 알고 계시지요?"

"십 년 전에 다섯 곳의 문파가 하나로 힘을 합쳤다고만 들었어요."

"그렇습니다. 그렇게 한 이유는 우리의 힘을 인정받고 싶었기 때문입니다. 거대 유명 문파에게 눌리는 것을 더 이상 견딜 수 없어 힘을 합쳤습니다. 대문파에 꿀리지 않는 강한 존재가 되는 것. 그것이 우리가 힘을 합친 이유입니다."

주유성은 그들의 입장이 어떤 것인지 깨달았다.

'그게 오협련의 존재 이유라서?'

"그래서 물러설 수 없는 거예요?"

다섯 문주가 돌아가면서 이야기를 했다.

"그렇습니다. 우리가 사황성 자체도 아니고 겨우 그들이 보낸 전투 부대 하나가 무서워서 도망가면 어떻게 되겠습니까? 그건 우리의 존재 이유를 정면으로 부정하는 일입니다."

"맞습니다. 우리가 하나로 합쳐지는 과정이 순탄하기만 했던 것은 아닙니다. 피도 많이 흘렸고 고생도 많이 했습니다. 겨우 하나돼서 안정되고 있는 단계입니다."

"그런 때에 도망을 가면, 우리는 더 이상 하나의 힘을 발휘할 근거를 잃어버리게 됩니다. 아직도 옛날을 그리워하는 문도들이 많습니다. 좋은 빌미를 제공하게 됩니다."

"아마, 우리는 결국 피를 더 흘리고 나서 다섯 조각이 날 겁니다. 옛날과 같아져서 힘없는 다섯 중소문파가 될 겁니다. 그리고 거대문파에게 설움이라는 설움은 다 당하면서 살겠지요. 한번 찢어지면 다시 합칠 수는 없습니다."

주유성은 이들의 입장을 이해했다. 그 자신은 후퇴해야 함을 알고 있지만 이들은 그럴 수 없음을 알았다.

"휴우. 그렇다고 해서 그냥 싸우다가 죽겠다고요? 이길 자신 있어요?"

"주 대협, 우리는 최선을 다해서 싸울 겁니다. 우리가 열과 성을 다해서 싸운다면 승리할 수 있습니다."

"미치겠네. 그럼 상대는 대충 싸우고요? 사황성의 응징 부대 무사들은 대충해도 이길 테니까 한 팔 묶어놓고 싸우러 온대요?"

"우리는 지금의 화합을 포기할 수 없습니다."

주유성은 말로 해서는 될 것이 없다는 사실을 깨달았다. 그렇다고 오협련의 이천 명을 힘으로 제압할 수도 없었다.

"정말 그놈들과 싸워야겠어요?"

"승리한다면 우리가 얻을 수 있는 것은 그만큼 큽니다. 누구도 우리 오협련을 우습게보지 못합니다."

주유성은 이들의 고집을 깨달았다. 그는 마침내 후퇴를 종용하는 것을 포기했다. 그렇다고 버리고 갈 수도 없다.

"쳇! 알았어요. 도와줄게요."

다섯 문주의 얼굴이 환해졌다.

"구명대협의 진법 능력이 탁월함은 이미 알고 있습니다. 내일 아침까지 사황성의 개들을 가둘 진법을 새로 설치하신다는 말입니까?"

그들이 주유성에게 기대하는 것이 바로 그것이다. 이미 그가 해제한 진법이 아수라환상대진의 변종으로 추측된다는 소문이 무림 유명인사들 사이에 조심스럽게 퍼지고 있었다. 이천 명의 문도를 거느린 오협련도 그 소식을 들어 알고 있다.

눈앞에 있는 존재는 아수라환상대진이거나, 아니면 그 유사한 진을 하루도 걸리지 않아서 완전히 해체해 버렸다고 알려진 주유성이다. 주유성의 진법가로서의 명성은 이미 그의 학문적 명성 못지않게 높아진 상태였다.

주유성이 손까지 저어가며 부인했다.

"에이. 어떻게 그런 대규모 진을 그렇게 빨리 치겠어요? 말도 안 돼요."

다섯 문주의 얼굴에 당황이 스쳤다.

"구명대협의 능력으로도 불가능하다는 말입니까?"

"그럼 정면 대결뿐이군요."

"정말 각오를 다져야겠습니다."

실망하는 문주들에게 주유성이 한마디 던졌다.

"새로 설치하는 건 불가능해요. 하지만 기존에 있던 것을 변형하면 그럭저럭 쓸 만한 걸 만들 수 있겠어요. 물론 오협련의 적극적인 도움이 있어야 하지만요."

문주들이 다시 반색을 했다.

"어떤 것이든 말씀만 하십시오."

"여기 건물들, 그리고 배치된 석탑이나 그런 것들. 그냥 세워둔 거 아니죠?"

"역시 구명대협. 그렇습니다. 우리 오협련이 하나로 합쳐지면서 이곳을 지었습니다. 건물을 지을 때부터 최고의 진법가를 투입해서 배치를 결정했습니다. 외부에서 쳐들어오면 혼란을 느끼게 하는 것이 목적입니다."

"그런데 별로 효과없죠?"

"맞습니다. 이곳이 완성되고 나서 보니 아무런 혼란 효과가 없었습니다."

"그 진법가한테 돈은 줬어요?"

"그 사기꾼은 매질을 해서 쫓아냈습니다."

주유성이 눈살을 찌푸렸다.

"나중에 그 사람 찾아서 사과하고 약속한 돈에 피해보상비까지 넉넉하게 얹어서 주세요."

문주들은 어이가 없었다.

"주 대협, 그자는 사기꾼입니다. 혼란 효과가 전혀 없단 말입니다. 주 대협이 굳이 주라고 하시면 줘야겠지만 왜 줘야 하는지 이유라도 알고 싶습니다."

'혹시 같은 진법가라고 밥그릇 챙겨주는 거냐?'

"혼란 효과가 없으니 그 진법가에게 변명할 기회도 주지 않았죠? 다짜고짜 두들겨 패서 쫓아냈죠?"

문주들이 깜짝 놀랐다.

"헛! 그걸 어떻게 아셨습니까?"

"왜 그랬어요?"

"아니, 그게, 이런 진법이 효과가 있느냐 없느냐로 우리들 사이에 사소한 언쟁이 있었습니다. 그래서 그 결과를 직접 보고 결론을 내리기로 했는데, 효과가 없자 내기에서 진 문주가 흥분해서 그만 그렇게 됐습니다."

"사과 많이 하세요. 여러분은 정말 잘못했어요. 여기 진법은 제대로 만들어졌어요."

"하지만 효과가 없습니다."

"진을 발동시키는 부분을 만들지 않았으니까 효과가 없지요. 그것조차 확인하지 않고 쫓아내다니. 무슨 정파가 그래요?"

주유성의 말에 다섯 문주는 대답을 하지 못했다.

진법가는 흔하지 않다. 정확히 말하면 진법가는 흔하지만 이런 정도 대규모 진을 설치할 수 있는 사람은 흔하지 않다. 설치는 고사하고 알아보는 진법가도 별로 없다.

 "그럼 이게 제대로 만들어진 진법이란 말입니까?"

 "물론이지요. 진을 발동시키면 적에게 혼란을 줘서 시간을 벌 수 있어요. 그 정도면 몸을 피하고 전열을 가다듬기에는 충분하지 않아요?"

 "그야 그렇지요. 원래 목적이 그런 것이니까요."

 "제가 우리 스승님에게서 배운 바로는, 진법가가 무림인에게 진을 만들어줄 때는 대금을 받기 전까지는 뭔가 숨겨둬야 한다고 했어요. 무림인은 돈 떼먹는 사람이 많으니 조심하라고 하셨지요. 그래서 잔금을 받으려고 마지막 부분만 남겨둔 사람을 먼저 두들겨 패기부터 해요? 그 사람은 열받아서 마무리를 해주지 않은 거예요. 그러니 그 사람에게 대금과 위로금을 줘요. 대금은 얼마나 약속했어요?"

 "금 열 냥이었습니다만."

 주유성이 값어치를 선언했다.

 "금 백 냥을 줘요."

 그는 무조건 열 배를 때렸다. 어차피 자기 돈도 아니다. 그리고 억울한 일을 당한 사람에 대한 보상이니 많이 줘야 한다고만 생각했다.

 오협련 정도의 문파라면 금 백 냥을 마련하는 것은 어렵지 않다. 하지만 웃으면서 처리할 만큼 작은 돈도 아니다.

"주 대협, 겨우 진법가에게 금 백 냥은 너무 많습니다."

"싫으면 사황성 놈들이랑 그냥 싸워보시던가."

매정한 그 한마디에 오협련의 문주들은 할 말을 잃었다.

"하, 하지만 겨우 시간을 버는 정도는 지금 상황에서 별 도움이 되지 않잖습니까?"

주유성은 이야기가 자기 의도대로 흐른다고 생각하고 저도 모르게 씽긋 웃었다.

"진을 완성해 줄게요. 손 좀 봐서 더 강력한 놈으로. 덫도 설치하고. 대신에 일회용이에요. 전각도 다 잃을 거고요. 하지만 싸움에는 꽤 큰 도움이 될 거예요."

다섯 문주가 즉시 동의했다.

"좋습니다. 그렇게 하겠습니다. 구명대협께서 손봐주시는 진법이라면 그 위력을 믿어도 되겠지요."

"황금 백 냥이 작은 돈은 아니지만 틀림없이 지불하겠습니다."

주유성이 한마디 덧붙였다.

"사과도 더해서요. 그 사람, 아마 마음에 꽤 상처를 입었을 거예요."

다섯 문주에게는 금 백 냥을 쓰는 것보다 일개 진법가에게 사과를 하는 것이 더 손해 되는 일이다. 자존심 상하는 짓은 하기 싫다.

"돈을 더 쓰면 안 되겠습니까?"

"사과. 아니면 내 도움은 기대하지 마세요."

다섯 문주가 서로 잠시 소곤거리며 의견을 교환했다. 어차피 선택의 여지가 없다. 칼자루를 쥔 것은 주유성이다.

"알았습니다. 구명대협의 말대로 하겠습니다. 진법가를 찾고, 황금 백 냥을 지불하고, 우리 다섯 문주의 이름으로 사과를 하겠습니다."

주유성이 만족한 웃음을 지었다.

"좋아요. 밤은 짧아요. 그놈들이 오기 전에 서둘러야 해요. 즉시 사람들을 모아주세요."

주유성은 사람들을 마구 부렸다. 널널하게 쉬면서 할 시간은 없었다.

"그래요. 그 전각은 그 기둥을 완전히 때려 부숴요. 바깥에는 표나지 않게 잘 처리해요. 그래서 나온 잔해를 빨리 처리해요."

잔해는 빠르게 바깥으로 내보내졌다. 무공이 강한 사람들이 들고 뛰니 무사 하나가 일반 일꾼 열 명 몫의 짐을 날랐다.

"흔적 안 남게 깨끗이 치워요."

주유성이 지적해 주는 부분들을 부수고, 또 기둥 조각을 다른 곳에 박는 작업에만 무공을 익힌 무인 오백 명이 달려들었다. 도끼나 망치가 모자랐다. 사람들은 자기가 가진 무기를 휘둘러 대면서 정신없이 건물들의 정해진 부분을 부쉈다. 목숨이 걸린 일이기에 잠시도 노는 사람은 없었다.

그것 하나만이 아니다. 주유성은 오협련 내를 뛰어다니며 계속 일을 지시했다. 그는 곳곳에 한 변이 십 장, 다른 변은 삼 장 정도 되도록 직사각형을 그렸다.

"여기, 이 선 안쪽의 땅을 파요. 깊이는 일 장. 바닥에 뾰족한 것 좀 더 구해서 잔뜩 박아요."

그 작업에 다시 천여 명의 무사가 달려들었다. 삽과 곡괭이가 모자라 칼로 땅을 팠다. 흙을 바깥으로 퍼 나를 도구가 모자라 주방의 솥까지 모조리 끌어냈다.

주유성은 수많은 전각 중에서도 커다란 것 하나에 특별히 신경을 썼다.

"그 전각은 안쪽을 파낸 흙과 폐자재로 채워요. 창이나 문은 철판이라도 덧대서 바깥에서 열려고 해도 열리지 않게 만들어요. 완전히 막지는 마요. 움직일 공간은 있어야 해요."

그 외에도 계속해서 여러 가지 지시를 했다. 그의 말에 따라 이천 명의 무공을 익힌 무사들이 정신없이 땅을 파고 건물의 요소요소를 부쉈으며 여러 개의 돌덩이들의 위치를 조정했다.

그렇게 세 시진쯤 지났다.

주유성이 작업의 결과를 보며 말했다.

"대충 끝났네요."

다섯 명의 문주가 반색을 했다. 주유성은 무공이 강력한 그들을 작업에서 빼놓지 않았다. 흙투성이인 그들이 주유성을 보며 질문했다.

"주 대협, 그럼 이제 우리는 더 할 일이 없습니까?"

"덫은 됐어요. 이제 미끼도 놓고, 사냥꾼도 준비해야지요."

그들이 대화를 하는 와중에 정문 쪽이 시끄러워졌다. 사람들의 시선이 그곳으로 향했다.

다섯 명의 사람들이 오협련에 들어섰다. 그들을 경계를 맡은 무사들이 포위한 채 데려오고 있었다. 예고 없는 불청객의 방문에 바짝 긴장한 오협련의 나머지 무사들이 그들을 포위했다.

주유성과 다른 일행, 그리고 다섯 문주까지 급히 그들에게 다가갔다.

문주 하나가 호통을 쳤다.

"어디서 온 놈들인데 이런 때에 행패냐?"

행패 부린 것은 없지만 상황이 상황이다.

"우리는 무림맹에서 왔습니다."

사람들의 얼굴이 굳었다. 이미 주유성 일행이 무림맹에서 왔다는 핑계를 대고 이 대공사를 벌였다. 그런데 새로운 사람들이 나타났다.

다른 문주가 고함을 질렀다.

"네 이놈들! 이미 무림맹에서 구명대협과 그 일행 분들을

보냈다. 네놈들은 분명히 사황성의 주구가 틀림없으렷다? 뭣들 하느냐? 저놈들을 잡아라!'

사람들은 잠잘 밤에 불려 나와 애꿎은 육체노동을 실컷 했다. 그 결과물은 자기들이 머물던 건물들을 때려 부수고 땅을 파는 작업이다. 잔뜩 열받아 있던 무사들이 살기까지 드러내며 방문객들을 포위했다.

방문객들은 당황했다. 그들은 현재 상황이 어떤지는 명확히 안다. 하지만 이런 반응이 나올 줄은 몰랐다. 더구나 그들에겐 주유성 일행처럼 일단 힘으로 누르고 대화를 시도할 무공도 없다.

상황이 나빠지자 감시조의 조장이 급히 말했다.

"우리는 무림맹의 정보각 소속입니다. 이번 사황성의 응징부대를 감시하는 임무를 맡았습니다. 구명대협 일행과는 별도로 투입됐습니다."

주유성이 즉시 반응했다.

"우리 말고 무림맹의 사람들이 왔다고? 이봐요, 무림맹주님도 그 사실을 알아요?"

"물론입니다. 맹주님께는 구명대협 일행에게 들키지 말라고 몇 번이나 다짐을 받았습니다. 구명대협의 일이 중요하니 가까이 가지도 말라고 하셨습니다."

주유성이 주먹을 꽉 쥐었다.

'이익! 속았다!'

그는 이제야 무림맹주의 꿍꿍이를 알 수 있었다.

'내가 노는 꼴이 보기 싫어서 보냈다 그거지? 맹주 할아버지. 두고 보자.'

속으로는 분노하지만 지금 상황에서 그걸 드러낼 수는 없다. 여기서 속았다는 말을 떠들면 신뢰를 잃는다. 오협련의 사람들이 의심을 하고 비협조적으로 나올 수 있다. 주유성은 그런 상황에서 사황성의 공격을 막아낼 자신이 없다.

"그럼 신분을 증명할 건 있어요?"

조장이 급히 신분패를 꺼내서 주유성에게 건넸다.

주유성이 그걸 알아볼 리가 없다. 하지만 그 옆에 있던 문주들은 그 패를 잘 안다.

"확실히 무림맹에서 중요 지위를 맡고 있음을 증명하는 패로군. 이건 문양이나 들어간 재질이 특이해서 위조는 어려워. 그렇다고 불가능한 것은 아니지. 사황성쯤 되면 이게 아니라 옥새라도 위조할 수 있을 터."

문주들은 아직도 의심의 눈초리를 거두지 않았다.

하지만 주유성은 이제 이들이 무림맹에서 왔음을 의심하지 않았다. 맹주가 자신에게 그렇게 말했다고 한다는 건 사황성에서 예측하기 쉬운 건 아니다. 거기에 신분패까지 가지고 있다면 일단 믿기에 충분하다.

"그런데 계속 숨어 있지 않고 왜 나타났어요? 무슨 급한 일이 생겼나요?"

"사황성 응징 부대의 움직임이 빨라졌습니다. 이대로 가면 한 시진 후에는 이곳에 도착하리라 예상됩니다. 어차피 더 이상 구명대협께 정체를 숨기는 것은 의미가 없는 일. 상황을 이야기하고 도움드릴 것을 찾기 위해서 정체를 드러냈습니다."

주유성은 그의 말을 듣고 새로운 사실을 눈치 챘다.

"감시하는 사람들 또 있죠?"

"제가 대답할 수 있는 일이 아닙니다."

주유성이 조용히 분노했다.

'으윽. 이 할아버지. 난 완전히 덤이었네? 정말 죽었어.'

"알았어요. 한 시진이면 충분해요. 슬슬 진을 발동시킬 때가 됐거든요."

* * *

사황성 응징 부대의 숫자는 이천여 명이다. 그 정도면 어지간한 대문파는 단숨에 쓸어버릴 수 있다.

응징 부대 대장 혈혼수라 종소두가 오협련의 건물을 멀찌감치 떨어진 곳에서 보면서 말했다.

"목표물의 움직임은?"

"모두 잠에 빠진 듯 별다른 움직임은 보이지 않고 있습니다."

"경계 상태는?"

"정문에 무사 두 명이 서 있습니다. 그 외에 번을 도는 자는 보이지 않습니다. 하지만 오협련의 규모를 생각할 때, 아무래도 매복이 있으리라 추측됩니다. 가까이 접근해서 조사하다가는 타초경사의 우를 범할 수 있어, 먼 곳에서 둘러보기만 한 때문에 확인은 하지 못했습니다."

"내부 방어 상태는?"

"성에서 보내준 자료에 의하면 경계할 만한 함정 기관은 없다고 합니다."

혈혼수라가 입술을 혀로 핥으며 웃었다.

"크흐흐. 그럼 적이 대비할 시간을 주지 않고 단숨에 치는 방법을 쓴다. 매복이든 뭐든 수로 밀어버리면 그만이야."

"그렇습니다. 어차피 우리의 힘이 압도적입니다."

"오협련에 있는 여자 중에 하나가 미모가 제법이라지?"

"무공은 그저 그렇지만 악기와 그림의 재주가 뛰어나고 미모가 탁월해서 이 근방에서는 금화쌍절이라고 불린다 합니다."

"다른 것들은 다 죽이되 그년은 살려서 데려와라. 내 전리품으로 삼아야겠다. 행여 손대는 놈이 있으면 내가 직접 그놈의 목을 치겠다."

"이미 좋은 것은 모두 대장님께 바치라고 단단히 일러두었습니다."

"좋다. 방어 체계가 제대로 발동하기 전에 일거에 무찌른다. 전 부대 정렬!"

그의 명령에 따라 이천 명의 무인들이 각 부대별로 재빨리 자리를 잡았다. 모두 무공이 뛰어난 자들이라 그 시각은 순간이었다.

혈혼수라가 검을 빼 들고 고함을 질렀다.

"으하하! 우리의 먹이가 눈앞에서 자고 있다! 단숨에 박살을 내버려라! 나를 따르라!"

"와아!"

혈혼수라가 먼저 몸을 날렸다. 그의 뒤를 따라 이천여 명의 사황성 무사들이 우르르 따라붙었다. 모두 경공을 펼쳐서 달렸다. 마치 거대한 파도가 덤벼들 듯 사람의 무리가 밀려들었다.

오협련 정문에서 무사로 위장하고 서 있던 주유성이 그 모습을 보고 소리쳤다.

"적이다!"

다급하게 외치며 허둥지둥 정문을 열었다. 그리고는 재빨리 안으로 들어가 버렸다.

주유성과 함께 서 있던 검옥월은 그 우스꽝스러운 모습을 보고 웃지도 못하고 뒤를 따라 들어갔다. 어떻게든 주유성처럼 자연스럽게 도망치려고 했지만 잘 되지 않았다.

검옥월의 어색한 모습은 혈혼수라의 눈에 당황한 것으로 밖에 보이지 않았다.

"으하하하! 이미 늦었다! 문을 막는다고 막아질 우리더냐! 담을 타고 뛰어넘엇!"

혈혼수라의 고함 소리에 사황성 무사들이 일제히 몸을 날렸다. 담장 따위는 그들의 앞에서 숨 한번 쉴 만큼의 시간을 벌어주는 것이 고작이었다.

혈혼수라는 달리는 속도를 늦추지 않고 도를 들어 크게 휘둘렀다. 그의 도를 따라 오협련의 정문이 걸려들더니 요란한 소리와 함께 터져 나갔다. 혈혼수라는 그 부서지는 나뭇조각들을 몸으로 튕겨내며 오협련의 내부로 뛰어들어 갔다.

"다 죽여라! 크하하하!"

혈혼수라는 신이 나서 소리를 질렀다.

'이게 얼마 만에 통쾌하게 살인을 하는 것이냐? 그동안 너무 찔끔대서 짜증이 났는데.'

혈혼수라가 눈을 번뜩거리며 목표물을 찾았다.

하지만 보이는 적은 없었다. 그의 부하들이 뛰어다니면서 적을 찾았지만 아무도 보이지 않았다.

"매복 정도는 튀어나와야 할 텐데?"

그가 의문을 가질 때, 앞쪽의 전각 하나의 문이 빼꼼히 열리더니 젊은 사람이 머리를 내밀었다. 주유성이었다.

주유성은 즉시 안쪽을 돌아보며 소리를 질렀다.

"으악! 잔뜩 왔어요! 다들 숨어요!"

그리고는 재빨리 속으로 들어가 문을 닫아버렸다.

혈혼수라가 눈을 반짝거리며 소리쳤다.

"일단 저 전각을 쳐!"

그는 적이 어떤 대비를 하고 있든 걱정하지 않았다. 힘의 차이가 크면 자잘한 계략 정도는 짓밟아 버릴 수 있다고 자신했다.

사황성 응징 부대의 무사 수백 명이 주유성이 들어간 전각을 향해 몸을 날렸다. 문짝에 칼질을 해서 박살을 냈고, 전각의 창도 때려 부쉈다. 하지만 이 전각은 이상할 정도로 단단했다. 기운이 남는 사람은 전각의 벽을 직접 부수기 시작했다. 이층으로 올라가는 사람도 있었다.

나머지 응징 부대 무사들도 전각 쪽으로 서서히 다가갔다. 보물을 찾아 헤매는 일부를 제외하고는 대부분이 한곳으로 모여들었다.

그리고 진이 발동됐다.

이 건물들을 지을 때 고려됐던 진의 목적은 적에게 잠시 혼란을 주는 것이다. 주유성이 손을 댄 상태에서 그 혼란이 좀 더 커졌다. 사람들은 주변의 시야가 함부로 변하고, 또 거리 감각과 방향 감각이 심하게 흐트러지는 것을 느꼈다.

혈혼수라가 소리를 질렀다.

"함정이다! 모두 빠져나와!"

그는 바짝 긴장했다.

'내가 현기증이 다 느껴질 정도다. 일반 무사들은 버틸 수 없다.'

그의 생각을 증명이라도 하듯이 무사들이 비틀거리기 시작했다.

갑자기 땅 한 부분이 움푹 꺼졌다.

감각이 제대로 통제되지 않는 상태의 사람들이다. 모두 무공을 익혔지만 함정이 무너질 때 빠져나가는 데는 실패했다. 그 위를 헤매던 무사들이 우르르 속으로 빠져들었다. 함정 속은 뾰족한 것들이 잔뜩 들어 있었다. 살이 찢긴 사황성 무사들이 비명을 질렀다.

"으아악!"

그 모습은 모두에게 명확히 보였다. 혈혼수라는 엄청나게 놀랐다.

'헉! 최고의 절진은 절벽의 환상이 나타나고 그것에 빠진 사람은 정말로 죽는다더니. 그저 이야깃거리라고만 생각했는데 내 눈에 정말로 빠져 죽는 놈들이 보이는구나.'

그건 사실 주유성이 파놓은 함정일 뿐이다. 다만 함정의 규모를 크게 만들어놨으며, 그가 가진 기관 지식을 이용해서 진법이 발동된 후에야 무너지도록 만든 것이 다를 뿐이다. 그러나 사람들은 원래 진법에 대해서 잘 모른다.

대단한 고수인 혈혼수라가 놀랄 정도다. 다른 사람들은 아예 공포에 빠졌다.

"으, 으아! 살려줘!"

사람들이 우르르 몰려다니며 비명을 질렀다. 그들이 움직일수록 무너지는 함정의 숫자가 늘어났다.

어디선가 큰 목소리가 들렸다.

"사방에 있는 전각으로 피하자! 전각 속에 있으면 바닥이 무너지지는 않을 거야!"

주유성의 목소리였다.

하지만 사람들은 누가 외쳤는지 따질 정신 같은 것은 없었다. 이미 잔뜩 겁먹은 상태다. 그리고 주유성의 말은 그럴듯했다.

무사들의 한 무더기가 전각으로 몰려들어 갔다. 처음 건물은 단단히 막혀 있었지만 다른 곳은 쉽게 문이 열렸다.

일단 건물 하나에 들어서자 그들은 안도의 한숨을 쉬었다. 어지러움은 오히려 더 심해졌지만 바닥이 무너질 것 같지는 않았다.

그걸 본 다른 사람들도 가까운 건물들을 찾아서 몰려들었다. 이천여 명의 사람들 중 천여 명이 건물 내부로 들어갔다. 오백여 명은 함정에 빠져서 허우적거렸고 오백여 명은 어떻게 해야 할지 몰라서 이리저리 돌아다녔다.

건물에 들어간 사람들은 뭔가 이상함을 느꼈다. 사황성의 악인 하나가 바닥에 떨어진 보자기를 발견하고 주웠다. 보자기 아래에 나무 잘린 자국이 보였다.

"뭔가 이상한데? 여기는 기둥을 잘라 버린 것 같잖아?"

의심은 빨랐지만 파멸이 더 빨랐다.

주유성이 진법에 손을 썼다. 그러자 처음의 단 하나를 제외한 전각들이 일제히 무너졌다. 기둥의 상당수가 이미 잘려 나가 위태위태하게 서 있던 전각들은 정해진 순간이 오자 조금도 망설임없이 무너졌다.

머리 위에서 집이 깔아뭉개는데 온전할 수 있는 사람은 많지 않다.

"으아악!"

대부분의 사람들이 비명을 지르며 깔렸다. 일부 고수들은 재빨리 빠져나오는 데 성공했다. 그러나 그건 어디까지나 일부의 일이다. 진법의 영향을 받는 사람들은 어지러워했고 그들은 무너지는 건물에서 채 빠져나오지 못하고 깔려 버렸다.

전각들이 모조리 무너져 버리자 이제 멀쩡히 서 있는 것은 오백여 명의 무사들뿐이다.

전각들은 함정으로 사용되었지만 그 자체가 진을 구성하는 주축이다. 전각들이 모두 무너지자 혼란을 일으키던 효과 역시 사라졌다.

혈혼수라가 이를 갈았다.

"으드득! 비겁한 놈들!"

천여 명이 건물에 깔려 죽거나 신음하고 있었다. 오백여 명은 곳곳에 파인 커다란 구덩이에 떨어졌다. 구덩이 안에는 날카로운 것들이 많아 대부분 중상을 입거나 죽었다.

살아남은 사황성의 악인들이 한군데로 모였다. 이제 남은 숫자는 오백여 명이었다.

혈혼수라가 부하들을 재빨리 훑었다.

"그래도 각 부대장들은 모두 빠져나왔구나."

사황성의 전투 부대 부대장을 맡으려면 보통 실력으로 되지는 않는다. 그들은 이 상황에서도 목숨을 부지하는 데 성공했다.

하지만 그뿐이다. 나머지는 그렇지 않다. 고수들 중 상당수는 진법에 속아 함정을 피하지 못했다.

혈혼수라가 대충 가늠해 보니 부하들은 고수가 백 명이 채 못 되고, 무사들 역시 사백여 명이 고작이었다.

혈혼수라가 하늘을 올려다보며 고함을 질렀다.

"이 비겁한 놈들아. 무인이라고 하는 것들이 어찌 이런 비열한 수를 쓰는 것이냐? 무공으로 상대할 자신이 없더냐!"

하나 남아 있는 전각의 꼭대기에서 사람 그림자가 나타났다. 주유성이었다. 주유성이 다리를 꼬고 앉아 비웃으며 말했다.

"네까짓 것들 상대로는 무공이 아까워."

혈혼수라가 살기를 뿌리며 주유성을 노려보았다.

"오호라. 너는 정문에 서 있던 바로 그놈이구나. 네가 이

짓의 원흉이냐?"

"응. 내가 그랬어. 잘했지?"

그 얄미운 대답에 혈혼수라의 분노가 폭발했다.

"저놈을 잡아와서 내 앞에 무릎을 꿇려라!"

혈혼수라뿐만이 아니라 상당수의 무사들도 눈이 돌아가 있었다. 그들 중 고수 수십 명이 일제히 전각을 타고 올라갔다. 삼층 전각의 지붕에 주유성이 있었지만 그 높이는 고수들에게 장애가 되지 않았다. 고수들은 처마를 밟고 벽을 타며 마치 다람쥐가 나무를 오르듯 빠르게 올라갔다.

그들이 삼층을 지날 때 갑자기 병장기들이 창문 안쪽에서 튀어나왔다.

"크악!"

"아아악!"

주유성만 노려보던 고수들이 제대로 대응하지 못하고 창칼에 맞아 떨어졌다.

고수들의 실력이 만만한 것은 아니다. 그들이 아무리 주유성만을 노려보며 달렸다고 해도 어지간한 창칼로 위협을 줄 수는 없다.

그러나 매복해 있던 것은 오협련의 일반 무사가 아니라 고수들이다. 그것도 오호대, 오룡대, 오랑대, 오사대 등등을 포함한 오협련 최고 수준의 고수 사십 명이다. 고수들에 의한 기습 공격의 위력은 엄청났다. 그 공격에 전각을 타고 오르던 사황성의 고수들 대부분이 제대로 얻어맞고 떨어졌다.

세 명의 고수가 그 기습을 피해서 전각의 꼭대기까지 올라섰다. 그들은 주유성을 포위했다. 눈에 핏발이 돌았다.

"이 새끼! 죽인다!"

주유성은 젊다. 이제 겨우 스무 살이다. 세 명의 고수들은 자기들이 주유성을 잡아 죽일 수 있다고 믿어 의심치 않았다.

주유성이 일어서며 바닥을 탁 걷어찼다. 그 즉시 삼층 전각의 지붕이 와르르 무너졌다.

삼층에 있던 오협련의 고수들은 이미 전각 바깥으로 빠져나온 후다. 바닥이 무너지자 세 명의 고수들은 발 디딜 곳이 없어졌다. 그래도 명색이 고수라서 무너지는 기왓장을 박차며 몸을 위로 훌쩍 띄웠다.

주유성은 여전히 서 있다. 그가 서 있는 곳 아래는 굵은 기둥이 박혀 있어 지붕이 무너지더라도 상관없었다. 그가 팔을 들더니 아래로 휙 내렸다.

삼층 전각에서 튀어나왔던 사십 명의 무인들 중에 여덟 명은 활의 고수다. 다섯 개의 문파 중 하나가 궁술을 전문적으로 익히는 곳이니 당연한 일이다. 그 여덟 명은 이미 활시위를 준비해 놓은 상태다. 모든 것은 처음부터 계획된 일이니 반응이 늦을 리가 없다.

삼격시라고 하는 수법은 오협련이 자랑하는 궁술이다. 한 명이 한 번에 세 대의 화살을 날리는 수법으로 이걸 펼칠 수 있다면 이미 궁술의 고수라고 할 수 있다.

삼격시에 의해서 스물네 발의 화살이 세 명의 고수에게 동시에 날아갔다. 그들이 공중에 몸을 띄운 직후에 벌어진 일이다.

공중에서 몸을 움직이는 것은 제약이 많다. 땅을 디디고 있을 때는 화살을 보고 발을 놀려 피하는 것이 가능하다. 하지만 공중에서는 어렵다.

세 명의 고수는 즉시 몸을 뒤틀고 팔다리를 휘저어 화살을 피하고 막았다. 여기까지 올라온 고수들이라 어떻게 한 번의 위기를 벗어나는 데 성공했다.

그러나 그것이 그들의 한계였다. 그들이 화살에 정신이 팔린 사이에 다른 고수들이 즉시 뛰어올라 오며 병장기를 휘둘렀다.

"크아악!"

한 명은 창에 가슴이 뚫렸다. 한 명은 검에 목이 잘렸다. 한 명은 도에 허리가 잘렸다.

세 명이 뿌려대는 피가 전각 아래로 튀었다. 아래에서 그걸 보고 있던 사황성의 무사들은 저도 모르게 몸이 으스스 떨렸다.

전각의 꼭대기 뾰족한 기둥 끝에 주유성이 당당하게 서 있었다. 바람이 주유성의 머리카락을 흔들었다.

그 아래로 사십 명의 고수가 밑을 내려다보고 있었고 그중에 여덟은 활을 겨누고 있었다.

주유성이 아래를 내려다보며 말했다.

"그만 항복하지? 그럼 사황성의 얼굴을 봐서 살려줄지도 모르잖아?"

꽤나 설득력있는 말이다. 하지만 혈혼수라는 그렇게 생각하지 않았다.

'이제 남은 고수는 오십 명. 무사는 사백 명. 사기는 바닥. 하지만 순순히 당할 필요는 없지.'

"우리의 힘을 우습게보지 마라!"

"우스워."

주유성이 다시 손을 흔들었다.

담장 바깥에서 함성이 들렸다. 오협련의 무사들이 담장을 일제히 넘어왔다. 그 수가 이천여 명이었다.

사황성의 이목을 피하기 위해서 제법 멀찍이 숨어 있던 그들이 이제 막 도착한 것이다. 주유성은 위에서 그들이 오는 것을 보고 있다가 마치 자신의 신호에 의해서 넘어온 것처럼 사기를 쳤다.

하지만 효과 만점이었다.

지금까지 주유성의 손짓 발짓 하나에 상황이 획획 변했다. 뭔가 변할 때마다 좋은 꼴은 보지 못했다. 모든 재앙에는 주유성이 있었다. 사황성의 악인들은 이제 주유성이 사신처럼 보였다.

혈혼수라는 재빨리 머리를 굴렸다.

'한 점을 뚫으면 얼마든지 피할 수 있다. 여기서 더 싸워봐야 승리는 요원한 일. 그냥 달아나자.'

그 머리 굴리는 소리가 주유성에게까지 들렸다.

주유성이 혈혼수라를 보고 말했다.

"도망가려고? 설마 진법의 발동이 끝났다고 생각하는 거야? 남은 것이 없을까?"

당연히 없다.

진법의 효과는 침입자들에게 혼란을 주고, 또 함정이나 건물 무너짐 등의 기관이 발동할 시간을 결정해 주는 역할이 전부였다. 그나마도 무너졌으니 이제 남은 것은 전혀 없다.

하지만 혈혼수라는 그 사실을 모른다. 그의 부하들도 모른다.

혈혼수라의 얼굴이 창백해졌다. 그의 곁에 뭉쳐 있는 사황성 무사들의 얼굴에도 공포가 가득 찼다.

"설마 남은 것이 있다는 말이냐?"

"당연하지. 의심스러우면 시험해 보던가. 그 값은 너네 전부의 목숨이야. 한 놈도 살아서 도망가게 놔두지는 않을 거야."

주유성이 마음껏 공갈을 쳤다.

'순순히 당해주면 고맙고, 아니라도 상관없지 뭐. 이대로 도망가면 다시 쳐들어오진 못할 테니까.'

그래도 잡고 싶다.

'이만한 인질이 있으면 협상으로 이 사태를 무마할 수 있잖아. 무림맹이 한 짓이 아니라고 설득할 시간도 생기고.'

그것이 그의 꿍꿍이다. 꽤 여러 명이 죽었지만 함정에 빠진 자나 건물에 깔린 자들 중에 살아남은 사람이 더 많다. 잘만 하면 모조리 포로로 만들 수 있다.

혈혼수라가 이를 갈았다.

"으드득! 비겁한 놈! 정파라 자처하는 놈들이 이렇게 비겁하다니!"

비겁은 사황성의 전매특허다. 주유성은 혈혼수라를 비웃으며 말했다.

"상대가 더러운 수를 쓰면 우리는 더 독한 수를 쓸 수 있어. 우리가 깨끗하게 싸우는 건 상대가 정의로울 때뿐이야."

혈혼수라는 눈을 감았다. 도망가자니 정말로 다 죽을 것 같다. 다른 놈들은 몰라도 자신은 죽고 싶지 않다. 하지만 이대로 무너져서는 명예에 상처를 입는다. 더구나 혈마에게 처벌받을 수 있다. 그는 명분이 필요했다.

"조건이 있다. 네놈, 건방진 네놈이 나와 겨뤄보자. 나를 이긴다면 우리는 항복하겠다. 만약 내가 이긴다면 우리를 그대로 보내달라."

'설마 네놈이 내 상대를 하겠다고 나오지는 않겠지. 그럼 너를 실컷 비웃어주고 적당한 놈을 다시 상대로 지명하겠다.

한 놈이 상대라면 이곳의 문주들과 싸운다고 하더라도 지지 않아. 그런 모욕을 당했으면 네놈들도 거부 못하겠지. 만에 하나 내가 지더라도 이만한 협상을 했으면 혈마 그놈도 어떻게 넘어갈 거야.'

혈혼수라는 이것이 적어도 자기 자신은 살아남을 수 있는 최고의 방법이라고 확신했다.

주유성이 신음 소리를 냈다.

"끄응."

'하기 싫다. 귀찮아지는데. 적당히 해야 하는데. 어떻게 하지?'

"어떤 걸 쓰더라도 상관없지? 비겁한 수라고 뭐라 하기 없기야?"

혈혼수라로서는 더 반가운 소리다.

"으하하! 네놈이 상대하려고? 좋다. 서로 가진 재주를 전부 다 부려보기로 하자."

'네놈이 뭘 쥐고 있든, 정파 놈 주제에 감히 비겁에서 이 혈혼수라님을 이길 수 있을 거라 생각했느냐? 바보 자식. 비참하게 죽여주마.'

혈혼수라는 그의 품속에 들어 있는 독을 생각했다.

주유성이 전각을 빠르게 타고 내려왔다.

혈혼수라는 그 모습을 보고 자신의 생각에 확신을 가졌다.

'무공은 그리 대단하지 않구나. 나를 상대할 정도의 무공

이 있다면 그 정도 높이는 그대로 뛰어내렸겠지.'

주유성이 터덜거리면서 혈혼수라 쪽으로 걸어왔다. 혈혼수라가 손을 저어 주변의 부하들을 뒤로 물렸다. 그러면서 품속의 독 주머니를 슬쩍 꺼내 소맷자락에 숨겼다.

'뭔가 나름대로 비겁한 비장의 수가 있으니 그런 무공 실력으로 나를 상대하겠다고 하는 거겠지? 비장의 수법으로 단숨에 끝장내 주마.'

혈혼수라의 손짓이 주유성의 눈을 피하지는 못했다. 독 주머니가 움직이면서 나는 작은 모래 소리가 주유성의 귀에 잡혔다.

주유성은 처음에는 혈혼수라를 때려잡을 생각이었다. 가능한 한 무공을 숨기고 할 생각이지만 그래도 혈혼수라보다 강하다는 것을 남들에게 드러내야만 한다.

하지만 혈혼수라의 수작을 발견하고 생각을 바꿨다.

'모래의 사각거리는 소리가 틀림없어. 요거 수작이 빤하네. 품에 숨기고 다니는 모래라면 당연히 독모래겠지?'

독모래를 제일 잘 쓰는 곳이 사천당가다. 당소소는 주유성에게 일반 모래로 그 수법 중 간단한 것을 가르쳤다. 주유성이 정신 차리고 배웠을 리는 만무하지만 독모래를 사용할 때 어떤 형태로 날아온다는 것 정도는 잘 안다.

주유성은 빈손이다. 검을 주로 배웠으되 게을러서 검을 들고 다닌 적이 없다. 혈혼수라는 그것도 모른다.

'권법을 익혔나? 혹시 은밀한 암기 같은 것으로 수작을 부리기 위해서? 오히려 더 잘됐다. 맨손으로 이걸 막아서는 살 수 없지.'

혈혼수라는 주유성이 가까이 다가오기를 기다렸다가 즉시 한 손을 뿌렸다. 그의 손끝에 작은 가죽주머니가 걸리고, 그 주둥이가 열리며 독모래가 확 뿌려졌다.

'그걸 막으면 중독. 하지만 독모래는 허초. 바보가 아니라면 피하겠지. 피하는 순간에 내 수라삼천도법이 네 목을 딸 것이다.'

혈혼수라가 눈을 빛내며 생각했다.

주유성이 공력을 끌어올렸다. 그의 양팔을 감싸는 옷이 팽팽해졌다. 그는 두 팔로 큰 원을 그렸다. 그의 손을 따라 바람이 빠르게 몰려들었다.

독모래가 그 속으로 빨려들었다.

구경을 하던 독원동은 독모래가 날아오는 순간 그것의 정체를 파악했다.

'감히 독성이 될 분에게 독을 쓰다니. 미친 새끼.'

그리고 주유성의 대응을 보고 침을 꿀꺽 삼켰다.

'예전에 객잔에서 내 독을 날려 버리던 수법이다. 그런데 이번엔 약하네?'

혈혼수라가 한 일은 모래를 뿌린 것이다. 그는 독을 쓰는 전문가가 아니다. 독모래를 장력에 싣고 날리는 법은 모른다. 다만 독모래가 무섭다는 것, 그리고 거기에 닿으면 중독을 피하기 어렵다는 것만 안다. 적이 독모래를 피하면 그때 뒤통수를 치기 위한 수법이다.

그리고 특별한 초식 없이 단순히 날아오는 모래는 주유성이 일으킨 가벼운 손바람을 뚫지 못했다. 오히려 모래가 손바람에 말려들었다.

주유성이 원을 그리던 두 손을 확 떨쳤다.

"가라!"

이번에는 혈혼수라가 기겁을 했다. 그가 가진 것은 오래전에 당문의 무사를 쳐 죽이고 빼앗은 물건이다. 당문의 독이 얼마나 무서운지 잘 안다.

그는 급히 몸을 날렸다. 독모래는 아주 넓은 공간으로 퍼져서 날아오고 있었기에 그는 죽어라고 몸을 날려야 했다.

독모래는 그 뒤쪽에 있던 사황성 무사들에게 넓게 살포되었다.

혈혼수라가 움직인 곳에 주유성이 먼저 가서 기다리고 있었다. 혈혼수라는 크게 놀라며 도를 들었다. 그러나 기다리던 주유성이 더 빨랐다.

주유성의 주먹이 혈혼수라의 얼굴을 노리고 날아갔다.

혈혼수라는 독모래를 피하느라 하체가 무너진 상태다. 위낙 절묘한 순간에 날아온 주먹을 막거나 피하기는 어려웠다. 급히 고개라도 돌려 피해보려고 했다.

주유성의 주먹이 혈혼수라의 턱을 정확히 가격했다.

"컥!"

혈혼수라가 짧은 비명을 질렀다. 그의 머리가 완전히 돌아가 버렸다.

곧바로 주유성의 주먹이 연달아 혈혼수라의 몸에 작렬했다. 혈혼수라는 처음 타격이 너무 강해 미처 대응하지 못했다. 그리고 급소마다 찍어 들어오는 주먹에 깃든 내력이 보통을 넘었다. 그는 잠시 팔다리를 버둥거리며 버텼으나 곧바로 무너졌다.

뒤쪽의 사황성 무사들은 난리가 났다. 독모래가 워낙 넓게 살포되었다. 평소라면 달아났겠지만 지금은 포위된 상태인 데다가 독모래의 정체도 잘 몰랐다. 백여 명이 그 영향권에 들었다.

한 사람당 뒤집어쓴 독모래의 양은 얼마 되지 않았다. 그 정도로는 죽지 않는다. 일 대 일의 대결에서라면 참으며 싸울 만하다.

하지만 기죽은 무사들에게 고통을 주기에는 충분하고 남을 만큼의 독이다. 더구나 패배감에 젖어 있던 무사들은 자기들이 심하게 중독되었다고 믿어버렸다.

"으아악! 살려줘!"

"독이다! 독!"

사람들이 비명을 지르며 나뒹굴었다.

그리고 그 앞에서 혈혼수라가 맥없이 쓰러졌다.

사황성의 악인들은 혈혼수라가 사용한 독모래에 오히려 자기들이 중독되었다. 남아 있는 자들은 더 이상 저항할 힘을 잃었다. 그들의 눈에는 주유성이 정말로 무서운 놈으로 보였다.

"하, 항복합니다."

그들은 급히 병장기를 내려놓으며 말했다. 그들이 항복하는 대상은 오협련이 아니라 주유성이었다.

단지 포위한 것이 전부인 오협련의 무사들이 함성을 질렀다.

"와아!"

"우리가 이겼다!"

오협련의 다섯 문주들이 진심으로 감탄하며 말했다.

"역시 구명대협. 보통이 아니군."

"모든 것이 그의 말대로 됐으니까요."

"무공도 저만하면 나이에 비해서 무척 대단하지요. 비록 혈혼수라가 자충수에 빠져서 균형을 잃은 덕이 컸지만 어쨌든 단숨에 제압했으니까요."

"하지만 자충수가 컸어요. 혈혼수라답지 않은 바보짓이었으니까요. 더구나 구명대협의 공격이 워낙 절묘한 순간에 일어났어요. 저래서야 혈혼수라가 자기 실력의 일 할이나 발휘 했겠어요?"

"자충수에 빠뜨리는 것 자체도 능력입니다. 무공이 부족하면 다른 것을 이용할 수도 있는 법. 더구나 상대의 수법을 이용했잖습니까?"

"그렇지요. 하늘도 구명대협 편인가 봅니다. 아니, 우리 편인가요? 하하하!"

第九章

사황성의 응징 부대는 궤멸했다. 사망이 오백여 명. 부상이 천여 명. 그리고 비교적 멀쩡한 사람이 오백여 명이었다. 응징 부대는 이천 명이 움직여 첫 전투에서 오백이 사망하고 천오백이 포로로 잡히는 대패를 했다. 달아난 자는 하나도 없다. 결국 완벽하게 전멸당했다.

그리고 그 일의 중심에는 주유성이 있었다. 주유성에 대해서 무림에 빠르게 소문이 퍼져 나갔다.

오협련에는 다섯 명의 문주가 있다. 오협련 자체가 다섯 문파가 합쳐져서 만들어졌다. 그리고 아직 내부까지 완전히 하나로 합쳐지기에는 시간이 모자랐다.

그 다섯 명이 눈에 넣어도 아프지 않게 생각하는 여자가 하나 있었다. 오협련 중 궁문 문주의 손녀인 궁청연이다.

궁문의 문주는 손녀를 금이야 옥이야 키우고, 나머지 네 문파의 문주는 그녀를 내심 손자며느리로 점찍어두고 있다.

주유성 일행은 오협련을 멸문의 위기에서 구했다. 더구나 오협련을 도와 사황성이 작정하고 보낸 대규모 전투 부대를 무찌르도록 만들었다. 문파의 존속을 위해 명성을 갈구하고 있던 오협련으로서는 주유성이 문파 최대의 은인이다.

그러니 주유성 일행에 대한 대우가 보통이 아니다. 그런데 오협련 내에는 멀쩡한 전각이 하나뿐이고 그것마저 속엔 쓰레기 더미에 반쯤 부서진 상태라 마땅히 거처하게 할 여건이 되지 않는다. 그리고 이후의 일 처리에 대해서 주유성에게 의지하는 바가 제법 크기 때문에 사람들은 그를 가까이 두고 싶어했다.

현재 오협련 내의 무사들은 공터 곳곳에 천막을 치고 지냈다. 전각들을 새로 짓기 위해서 업자들을 수배하고 있지만 시간이 필요했다.

주유성 일행은 입장이 좀 나았다. 그가 있는 곳은 오협련에서 멀지 않은 곳에 있는 커다란 객잔이었다. 오협련은 이곳을 포함한 몇 곳의 객잔을 통째로 임대했다. 주방도 부서졌기 때문에 밥을 먹거나 씻을 공간으로 이용했다.

이곳에서 주유성 일행은 최고의 대우를 받았다. 가장 좋은 방들을 할당받았고 어떠한 음식이나 술이라도 말만 하면 무료로 제공되었다.

모든 비용은 오협련이 지불하기로 했다. 오협련은 그 자체도 부자이다. 또 포로를 잡았으니 이번 피해에 대한 피해보상을 요구할 수 있는 처지다. 주유성 일행이 쓰는 돈 정도는 통계에도 잡히지 않는다.

주유성은 공짜 좋은 줄 안다. 원래는 몰랐는데 세상 좀 돌아다녀 본 후로 공짜가 얼마나 좋은지 잘 알게 됐다. 그래서 이렇게 공짜 밥이 있으면 배가 터질 때까지 먹어댔다.

지금도 남산만 한 배를 두들기며 세월을 즐겼다.

검옥월은 스스로를 절제할 줄 알았다. 절대로 배가 맹꽁이 배가 될 때까지 먹어대는 일은 하지 않았다. 그러나 척박한 것만 먹고 자란 그녀는 맛있는 음식을 먹을 때마다 행복감에 몸서리를 친다. 조금씩 맛을 보며 그 맛을 음미한 지 벌써 한참이다.

나머지 사람들은 대충 배를 채우고 나서 빈둥거리고 있었다. 이런 객잔에 갇혀서 귀한 중원 유람을 때우는 것을 별로 즐겨 하지 않는 냉소미가 주유성을 졸랐다.

"오빠, 일이 다 끝났으면 그만 무림맹으로 돌아가야 하지 않아?"

"가고 싶으면 가라."

주유성은 무림맹 소속이 아니다. 무림맹주에게 사기당했다는 생각에 뿔도 좀 났다. 덕분에 오협련을 무사히 구해내기는 했지만 그로 인해 명성이 올라가는 일을 당했다. 사람들의 관심이 귀찮은 주유성이다. 명성이 올라가는 만큼 인생이 피곤해진다.

주유성의 매정한 말에 냉소미가 볼을 부풀렸다. 옆에서 검옥월은 고소하게 생각했다.

그들이 그렇게 시간을 때우며 게으름에 물들어갈 때, 오협련 문주들의 손자, 손녀 몇 명이 찾아왔다.

남자 넷에 여자 하나로 모두 다섯 명이었다. 오협련의 문주들이 주유성 같은 인재와 인맥을 쌓으라며 보낸 사람들이다.

그 한 명의 여자가 대단한 미모를 가지고 있었다. 주유성 일행은 남녀를 가리지 않고 깊은 관심을 보였다.

남자들은 그녀의 미모에 감탄했고 여자들은 경계했다.

다만 주유성만이 그런 것에 관심이 없었다.

궁청연은 입술이 도톰하고 눈이 초생달 모양을 그리며 뺨이 통통하다. 속눈썹은 짙고 눈썹도 가늘고 곱다. 특히 하얀 피부는 깜순이 검옥월의 부러움을 샀다.

궁청연이 주유성 앞에 오더니 가볍게 다리를 굽히며 인사했다.

"구명대협 주유성 공자님을 뵙습니다."

"누구세요?"

"소녀 궁청연이라고 합니다."

이들 일행이 구파일방이나 오대세가, 아니면 무림의 유력 문파 사람이라면 궁청연에 대해서 들어봤을 수도 있다.

그러나 주유성 일행은 모조리 세외문파 아니면 활동을 별로 하지 않는 신비문파 사람이다. 그리고 주유성은 게으름뱅이다.

"아, 공 소저시군요. 그런데 무슨 일이세요?"

"공이 아니라 궁청연입니다."

주유성이 사람 좋게 웃으며 머리를 긁었다.

"아, 죄송합니다. 궁 소저. 그런데 무슨 일이세요?"

궁청연은 자신의 미모에 자신이 있다. 예쁘다는 소리를 평생 듣고 자랐다. 그런데 이 일행에는 북해빙궁 최고의 미녀라는 냉소미가 끼어 있다. 자기가 보기에도 냉소미가 자기보다 못해 보이지 않는다.

더구나 주유성의 얼굴이 문제다.

'세상에. 남자가 뭐 이리 곱게 생겼어?'

군침이 꼴깍 넘어갔다. 그걸 느끼고 얼굴이 조금 달아올랐다.

따라온 다른 남자들 중에 하나가 궁청연을 대신해서 말을 꺼냈다.

"우리는 오협련 다섯 문주님들의 손자, 손녀입니다. 궁소저는 궁문 출신이고 저는 검문 출신의 곽선규라고 합니다."

그러니 알아서 자리라도 내달라는 뜻이다. 하지만 주유성은 못 알아들었다.

"아, 그러시구나. 그런데 무슨 일이세요?"

궁청연이 안색을 회복하고 말했다.

"구명대협께서 심심해하지 않으시도록 동무나 해드리라고 하셔서 왔어요. 아, 이제 구명대협이 아니시지요."

궁청연의 말에 불길한 느낌을 받은 주유성의 안색이 살짝 변했다.

"구명대협이 아니면요?"

"지금은 쌍절서생이라는 소문이 퍼지고 있어요. 벌써 꽤 알려졌을걸요?"

"싸… 쌍절서생요?"

궁청연이 예쁘게 웃으며 말했다.

"예. 진법과 학문이 아주 높다고 해서 쌍절서생이에요."

그런 소문이 벌써 퍼질 리가 없다.

"혹시 오협련에서 소문을 냈어요?"

"호호. 우리가 소문을 내다니요. 우리는 그저 있는 그대로 발표만 했어요."

주유성은 어이가 없었다.

'설마 신세갚음이라고 생각하는 거야? 아니면 오협련이 사황성을 무찔렀다는 걸 동네방네 소문내고 싶어서? 쳇!'

주유성도 어차피 소문날 일임은 안다.

'그나마 거기까지만 소문나서 다행이네.'

궁청연은 지난 싸움 때는 안전한 곳으로 피해 있느라 주유성을 살필 틈이 없었다. 설사 봤다 하더라도 그때의 주유성은 거지새끼 꼴이라 멋있어 보이지도 않았다.

하지만 지금은 잘 씻고 잘 먹었다. 생기가 도는 얼굴을 보니 자연히 관심이 끌렸다.

'잠깐만 데리고 놀아볼까?'

그녀는 본격적으로 주유성 곁에 자리를 잡았다.

그녀 뒤에 서 있던 네 명의 젊은이들이 눈썹을 꿈틀거렸다. 그들은 이미 서로서로를 궁청연을 노리는 경쟁자로 보고 있었다. 거기에 더해서 강력한 경쟁자가 하나 더 생기는 것은 바라지 않았다.

*   *   *

사황성의 분위기는 싸늘해져 있었다. 특히 혈마는 그 분노를 참지 못해서 길길이 날뛰었다.

"어떻게? 어떻게 내 응징 부대가 겨우 오협련한테 깨질 수가 있어? 그것도 그렇게 완패를 당해? 전멸? 전머얼?"

다들 꿀 먹은 벙어리였다. 아무도 변명하지 못했다.

혈마가 장로들을 노려보다가 비각주를 걸고 넘어졌다.

"비각주! 너 이 새끼! 오협련 정도는 약체라서 가볍게 무찌를 수 있다며?"

비각주가 재빨리 바닥에 머리를 박았다.

"죄송합니다. 조력자가 그런 능력을 가졌을 줄 미처 몰랐습니다."

"이 새끼가!"

혈마가 바람처럼 달려가 비각주를 걷어찼다.

"커억!"

"조력자? 조력자가 있을 것도 미리 알아내라고 너희 비각이 있는 거 아냐? 그게 아니면 왜 너희들이 필요해? 이 기회에 비각 너희들 박살을 내버릴까?"

혈마의 고함 소리에 비각주가 아픈 배도 만지지 못하고 재빨리 다시 엎드렸다.

"하지만 조력자가 누구인지는 알아냈습니다. 비각이 전혀 도움이 되지 않는 건 아닙니다."

'잘못하면 비각이 날아간다. 어떻게 올라온 자린데.'

혈마가 살기를 풀풀 날렸다.

"누군데? 누가 그랬는데? 어떤 고수가 나타났어?"

"쌍절서생입니다."

"쌍놈서생? 그게 누구야?"

"지난번 무림맹 진법대회 우승자입니다. 학문과 진법에 대한 수준이 높아 쌍절서생이라 불리고 있습니다."

"그놈은 다른 놈이잖아. 허풍대협이라며!"

"그자는 우리 아수라환상대진을 해체했을 때는 구명대협이라고도 불렀습니다. 이번에 호칭이 또 변했습니다. 주유성이 바로 허풍대협이며 구명대협이고 쌍절서생입니다."

"또 주유성이야? 그놈이 그렇게 대단한 놈이야?"

"무공은 그냥 괜찮은 정도입니다. 그런데 진법 실력이 제법입니다. 이번에도 진법을 이용한 함정을 깔았습니다. 알아본 바에 의하면 응징 부대가 그것에 정통으로 걸려들어서 망했다고 합니다."

"으드득! 그놈이 사사건건 내 일을 방해한다는 말이지? 그거 없애 버리겠다! 집안을 박살 내고 뿌리를 뽑아버리겠어!"

총관이 그런 혈마를 급히 말렸다.

"성주님, 잠시 진정하셔야 합니다."

"진정? 너 같으면 진정하겠냐?"

"성주님, 그놈의 어미가 사천나찰입니다."

"사천나찰? 독왕의 딸?"

"그렇습니다. 그 사천나찰입니다. 현재 사천당가는 무림맹의 행사에 적극적이지 않습니다. 그런데 우리가 사천나찰을 없애면 독왕의 행동은 불을 보듯 뻔합니다. 무림맹의 힘이 강해지는 일입니다."

"겨우 그 정도로……."

"그리고 그의 아비는 금검입니다. 금검은 황금을 검 대신 휘두르는 자입니다. 만약 공격했다가 그를 놓치면 무림맹에 막대한 자금이 흘러들어 갈 수 있습니다."

"으드득! 감수하겠다!"

"감수하시면 안 됩니다. 무림제패가 코앞입니다. 그런 건 무림을 제패한 다음에 처리하셔도 충분합니다."

혈마가 머리가 나쁘다면 사황성주 자리를 이렇게 오래 굳히고 있을 수 없다. 그는 이익 계산을 빠르게 끝냈다.

"그렇다고 참을 수만은 없다."

"결국 걸리는 문제는 쌍놈서생 주유성 하나뿐입니다. 그자만 제거해 버리면 사천나찰이나 금검은 우리 일에 방해되지 않습니다."

"좋다. 그럼 당장 그놈을 없애 버려!"

"아직 안 됩니다."

혈마가 짜증을 냈다.

"또 뭐가 안 돼?"

"현재 우리 응징 부대 중 생존자 천오백여 명이 포로로 잡혀 있습니다. 오협련은 그들을 우리에게 돌려보내 준다며 협상을 제의했습니다."

"으음. 그놈들? 그냥 죽게 놔두면 사기에 문제가 생기겠지?"

이미 죽어버렸다면 모르되 포로를 찾아올 방법이 있어도 버려두면 분명히 문제가 된다. 소속 무사들의 사기가 바닥을 치게 만드는 일이다.

"물론입니다. 그리고 데려오면 중상자들은 몰라도 그 외에는 즉시 전력이 될 수 있습니다."

"하긴. 무공을 폐해서 돌려보내면 우리를 모욕하는 일이니까."

"그렇습니다. 오협련 정도의 힘으로 그런 모험은 하지 않습니다. 그러니 적당한 피해보상을 해주고 데려와야 합니다."

혈마는 어느새 냉정을 찾아가고 있었다.

"피해보상까지? 할 수 없지. 공격한 것은 우리지. 명분에서 밀려."

"그런 일을 해야 하는 이때에 주유성이 암살되면 곤란합니다. 그렇게 되면 협상은 물 건너갑니다. 그리고 차후에 이런 일이 다시 있을 때 우리가 손해를 보게 됩니다."

"알았다. 그럼 모든 일이 잠잠해졌을 때 처리하자."

"오래 걸리지 않을 겁니다. 아직은 슬슬 건드리는 단계입니다. 하지만 본격적인 싸움이 시작되면 암살을 망설일 이유가 없으니까요. 그때쯤이면 그의 집안도 남들이 눈치 못 채도록 조용히 처리할 수 있을 겁니다."

혈마가 이를 갈았다.

"쌍놈서생 주유성. 그 목숨을 잠시만 놔두겠다."

*   *   *

무림맹 수뇌부에서도 난리가 났다.

청허자가 안도의 한숨을 쉬며 말했다.

"휴우. 정말 큰일날 뻔했습니다. 그놈들의 목표가 결국 마교가 아니라 우리 정파였다니."

취걸개도 즉시 동의했다.

"그러게 말이야. 그래도 유성이 그 녀석이 끼어들어서 일을 무마했으니 정말 다행이지. 아니, 맹주는 언제 그 녀석을 거기 투입해 놨습니까? 그것도 다른 세외문파 아이들 몇을 끼워서. 정말 대단하시구려."

독고진천은 여유만만한 미소를 짓고 말했다.

"내 혹시나 하는 마음에 손을 써둔 것이 다행히 제대로 먹혔구려. 껄껄껄!"

'맹주는 역시 신비감이 있어야지. 오늘 맹주로서의 위신을 제대로 세우고 그 녀석도 실컷 부려먹었으니 그야말로 꿩 먹고 알 먹는 격이구나.'

독고진천은 기분이 좋았다.

하지만 제갈고학은 사정이 달랐다.

적명자는 주유성이 공을 세운 것이 불만이지만 그래도 오협련이라는 거대 정파가 살아남았으니 그럭저럭 기분이 나쁘지는 않았다. 적어도 이번 일로 자신이 창피할 일은 많지 않다.

하지만 제갈고학은 이번 일로 그의 판단이 완전히 틀렸다는 것을 증명당했다. 그리고 자신이 잘못 짚은 것에 대해 맹주는 주유성이라는 적절한 수를 썼다.

'이래서야 내가 군사를 하는 이유가 없지. 맹주 이자는 항상 실실 웃을 줄만 아는 허수아비인 줄 알았더니 심계가 장난이 아니군. 경계해야겠어.'

제갈고학이 불편한 심기를 감추고 말했다.

"이번에 주유성 그자가 큰 공을 세웠다고 하니 불러들여 상이라도 줘야 합니다."

철전 한 쪼가리도 주기 싫지만 이것이 군사로서 마땅히 내놓아야 하는 의견이다.

독고진천이 멋도 모르고 유쾌하게 웃으며 말했다.

"허허허! 그럽시다. 공을 세웠으면 마땅히 보상이 있어야지."

* * *

궁청연은 맹세코 주유성을 잠시만 가지고 놀 생각이었다.

그녀의 장기는 금기서화(琴棋書畵) 중 금(琴)과 화(畵)다. 이 일대에서 그녀의 금 타는 솜씨는 일절이라고 불린다.

궁청연은 먼저 주유성의 마음을 쥐기로 했다.

'북해빙궁의 저 여자는 칼이나 휘두를 줄 알겠지. 어디 음이 뭔지 알려고? 깜순이는 어차피 내 경쟁 상대가 아니고.'

그녀는 객잔에 이야기해서 금을 하나 가져오게 했다.

'학문이 높다니 귀도 어느 정도 뚫려 있겠지. 자, 주 공자. 내 음을 듣고 나한테 반해보아요.'

그녀는 자신있었다. 금을 잡고 가볍게 조율했다. 조율하는 소리마저 맑았다.

"소녀가 한 곡 연주해서 공자님께 감사의 마음을 전하고 싶어요."

주유성도 금 듣는 것을 좋아한다. 당연히 쌍수를 들고 환영했다.

"와아! 저도 이거 좋아해요."

궁청연은 그 말을 듣고 회심의 미소를 지으며 금을 타기 시작했다.

그녀의 음악은 확실히 아름다웠다. 객잔 사람들이 모두 그 음악을 듣느라 목소리를 줄이고 귀를 기울였다.

검옥월이나 냉소미는 궁청연을 잔뜩 경계하고 있었다. 음악 소리가 좋기는 했지만 그걸 있는 그대로 받아들일 마음의 여유는 없었다. 하지만 다른 의미에서 복잡한 생각이 들었다.

검옥월은 금을 탈 줄 모른다. 치열하게 무공만 익혔으니 금은 들어본 횟수도 많지 않다. 그래서 금을 잘 타는 궁청연이 한없이 부러웠다.

'난 너무 검만 익혀온 것은 아닐까?'

살며시 후회가 들었다. 부러운 눈길로 궁청연을 쳐다보았다.

냉소미는 금을 탈 줄 안다. 하지만 탈 줄만 안다. 그래도 궁청연의 실력이 얼마나 대단한 것인지 정도는 구분할 수 있다.

'이년은 강적이다. 어떻게든 오빠를 끌고 북해로 가야 하는데 이러면 곤란하지.'

냉소미는 궁청연을 째려보았다.

궁청연은 그녀들의 눈빛을 힐끗 보며 만족했다.

'가소로운 것들. 나의 승리다.'

그녀는 자신의 금에 주유성이 반응을 보일 것이라 믿어 의심치 않았다.

그녀가 연주를 끝내고 금을 내려놓으며 고운 목소리로 말했다.

"부족한 실력입니다."

'언제 니들이 이런 실력을 들어보기나 했겠니?'

겸손을 잔뜩 깐 말이다.

주유성이 위로한답시고 말했다.

"괜찮아요. 언젠간 실력이 늘겠죠."

주유성은 사천의 명성 높은 악사 전기금에게서 금을 배웠다. 궁청연의 금 솜씨가 대단하다고는 하지만 이 근방에서 날리는 수준이다. 사천 땅을 날리던 전기금보다는 실력이 떨어진다. 다만 그 미모를 가지고 금을 연주하면 사람들이 훨씬 더 좋은 소리로 인식할 뿐이다.

궁청연은 의외의 대답에 내심 발끈했다.

"그렇게 말하시는 걸 보니 주 공자도 금을 좀 타시는 건 아닐까 하는 생각이 드네요. 한 곡 듣고 싶어요."

'줄은 튕길 줄이나 알고 그런 소리를 하는 거니?'

그녀는 말해놓고 화들짝 놀랐다.

'어머나. 난 이 성질머리가 문제야. 꼬시려고 했는데 이게 무슨 망발이람.'

혹시 주유성이 기분 나빠하지 않는지 눈치를 슬쩍 살폈다.

주가장의 잔치에는 금을 타는 사람은 부르지 않는다. 주유성이 대신하기 때문이다. 주유성은 게을러빠졌지만 집안의 잔치에 금을 연주하라는 당소소의 엄명을 거스르지는 못했다. 물론 당소소가 시키는 일을 할 때는 돈 한 푼 생기지 않는다. 그래도 안 하면 독 섞인 밥을 먹어야 하니 거절할 수도 없다.

어차피 금에 내공만 싣지 않으면 된다. 주가장의 주 공자가 금을 아주 잘 탄다는 소문이 서현 인근에 꽤 퍼졌지만 그건 학문이 뛰어나다는 말에 묻혀서 더 먼 곳까지 가지는 못했다. 그저 '학문이 뛰어난 게으름뱅이 주유성 공자는 금도 잘 탄다' 정도로 알려졌을 뿐이다.

주유성은 금을 자진해서 타는 법은 없다. 하지만 얻어먹은 것도 있고, 노래도 한 곡 얻어들었다. 자기도 한 곡쯤 연주해 줄 마음이 들었다.

"그 금 이리 주세요."

그는 궁청연이 미처 거절하기도 전에 금을 냉큼 받아 들었다. 자세도 제대로 잡지 않고 음식을 먹던 탁자에 대충 턱 걸쳤다.

궁청연은 물론이고 다른 사람들도 금을 그렇게 놓고 타는 것이 아님은 잘 안다.

궁청연이 그 모습을 보고 생각했다.

'탈 줄도 모르면서 자존심은 있어가지고. 그래도 귀여운 짓을 하고 있네?'

주유성이 금을 놓고 손가락으로 줄을 하나 튕겼다. 금에서 퍼져 나오는 맑은 소리가 객잔에 울렸다.

객잔 전체의 그릇 딸그락거리던 소리가 멈췄다. 정적이 흘렀다.

궁청연의 얼굴이 굳었다.

주유성의 손이 금 위로 스르륵 미끄러져 다니기 시작했다. 금이 맑은 소리를 연달아 울렸다.

주유성은 지금 배가 부르다. 좋은 연주까지 들었다. 당장 할 일도 없어서 게으름을 맘껏 피울 수 있다. 그래서 기분이 대단히 좋았다.

금의 연주에 내공을 싣지는 않았다. 그런 짓은 어렸을 때 전기금에게 금을 배울 때 이외에는 하지 않았다. 하지만 그동안 곧잘 연주해 온 가락이 있다. 그의 연주에 즐거운 마음이 슬쩍 담겨 객잔 전체에 퍼졌다.

아무도 꼼짝하는 사람이 없었다. 다들 음악을 듣는 데 빠져들었다.

연주는 길지 않았다. 애초에 긴 것을 할 놈이 아니다.

연주가 끝나고 나자 제일 먼저 궁청연이 한숨을 쉬었다.

"하아."

그녀의 한숨은 한껏 빠져 있던 음악에서 강제로 깨어나며 느끼는 아쉬움이었다. 그리고 활짝 웃었다.

"쌍절서생이 아니라 삼절서생이라고 해야겠어요. 금을 이렇게 잘 타시다니요. 우리는 통하는 데가 있나 봐요."

"에이. 그냥 어릴 때 잠깐 배운 거예요."

궁청연은 그 말을 그대로 믿을 만큼 순수하지 못하다.

'상다리가 부러지게 음식을 차려놓고 차린 게 없지만 많이 먹으라고 하는 거와 똑같은 말이네.'

"네. 그래도 대단하세요."

궁청연은 주유성이라는 인간에 대해서 욕심이 잔뜩 동했다.

'그리고 보면 무공도 제법 강하다고 했지? 내 옆의 이 넷보다는 더 강하다고 들었는데. 얼굴, 무공, 진법, 금 실력까지

다 낫잖아. 집도 부자라고? 그냥 확 내 남편으로 만들어 버려?'

그녀가 열심히 머리를 굴렸다.

검옥월은 금의 소리에서 겨우 깨어났다. 그리고 깜짝 놀랐다.

'주 공자가 이런 금 실력이라니. 그렇다면 혹시 무림맹 비무대회 때 들렸던 통소 소리도?'

그녀는 주유성이 용봉각 지붕에서 통소를 불 때, 그 슬픈 곡조에 눈물까지 뚝뚝 흘리며 울었다. 조금만 노래가 길어졌으면 통곡을 할 뻔했었다. 하지만 자신을 무시하는 사람이 통소를 불었을 거라 생각하고 확인하지는 못했다.

이제 주유성의 금 실력을 듣고 깨달았다.

'옆방의 문 여닫는 소리는 주 공자가 통소를 불고 돌아올 때 난 소리였구나.'

그때 자신의 마음을 울리던 그 소리가 다시 들리는 것 같았다. 저도 모르게 눈물을 글썽거렸다.

'정말 신비한 사람.'

히죽 웃는 주유성을 보는 그녀의 가슴이 콩닥거렸다. 왜 심장이 뛰는지 검만 죽도록 수련한 그녀는 아직도 알지 못했다.

궁청연이 주유성을 보는 눈빛을 보고 네 명의 오협련 후기지수들은 눈에 불똥이 튀는 기분이었다.

'저 눈빛은 갖고 싶은 것이 생겼을 때의 그 눈빛이다.'

'청연이 이럴 수가.'

'이럴 수는 없다. 아무리 쌍절서생이 우리 은인이라고 해도 청연을 넘겨줄 수는 없어.'

그들이 주유성을 보는 눈빛이 곱지는 않았다.

깊은 밤에 오협련의 후기지수 네 명이 은밀한 곳에 모여 앉았다.

"우리는 강력한 적을 만났다."

"그래. 우리끼리 경쟁하느라 잘못하면 청연을 엉뚱한 놈에게 넘겨줄 수 있다."

"쫓아내야만 한다."

"하지만 그는 우리 오협련의 은인이다. 무공 또한 낮지 않아. 어지간한 방법으로는 보낼 수 없다."

"기회를 잡아야 한다. 그와 청연을 떼놓을 기회를."

"방법이 있다."

한 사람이 눈을 빛내며 말했다. 다른 세 명이 그를 돌아보며 기대에 차서 질문했다.

"어떤 묘책이지?"

"알아본 바에 의하면 그자는 엄청난 게으름뱅이라고 들었다."

"그렇지. 하루를 일하면 열흘을 쉬는 일포십한이라고까지 불렸다고 하니까."

"그걸 이용하자. 그러기 위해서는 각자의 할아버지를 설득해야 해. 조심해라. 할아버지들께서 우리 생각을 눈치 채지 못하도록."

주유성이 오협련의 돈으로 놀고먹은 지 며칠이 지났다. 어느 날 오협련의 다섯 문주가 동시에 주유성을 찾아왔다.
"허허. 이거 쌍절서생께서는 잘 계셨는지요?"
주유성이 반색을 했다. 이 사람들은 지금 그의 물주다.
"아이고. 어서들 오세요. 뭐 바쁘게 여기까지 방문하시고 그래요?"
'돈이나 주시면 되는데.'
"그저 잘 지내시나 해서 들렀습니다. 손님을 객잔에 모셔두니 마음이 편치 않군요."
"에이. 우리는 괜찮아요. 여기 얼마나 좋은데요?"
"그래도 사람 마음이 그렇지 않습니다. 그래서 어서 건물 건립을 시작하려고 합니다. 제일 먼저 주 공자 일행이 머물 곳부터 만들겠습니다."
주유성의 머리가 빠르게 돌아갔다.
'전각을 짓는 시간이 금방 끝날 리가 없지. 더구나 우리를 위해서 지었으면 실컷 이용해 주는 것이 예의. 고목나무처럼 뿌리를 박고 놀자. 아싸!'
"아이고. 우리야 고맙지요."

"그런데 전각을 짓는 위치나 방법에 문제가 좀 있습니다."
"예? 어떤 문제요?"
"이번의 일을 거울삼아, 적의 습격을 완벽히 막을 수 있는 그런 배치로 전각들을 세우고 싶습니다."

주유성은 이야기가 이상하게 흘러감을 깨달았다.

"혹시 진법을 고려해서 전각들을 배치하고 싶다는 말씀인가요?"

조심해서 말을 꺼내던 문주들의 얼굴이 환해졌다.

"그렇습니다. 그래서 주 대협께서 공사 총감독을 맡아주셨으면 합니다."

주유성으로서는 절대로 하고 싶지 않은 일이다.

'건물을 새로 다 지을 때까지 내가 감독하라고? 나보고 일하라고? 내가 전부 다 하라고?'

진법이라고 하는 것은 진법도해 하나 던져 주고 이대로 하라고 해서 되는 것이 아니다. 설치되는 내내 진법가가 직접 모든 것을 확인하고 잘못된 것은 직접 수정해야 한다. 더구나 그것이 건물 공사라면 세세한 것을 감독해야 한다.

아무리 많아도 부수는 것은 하룻밤에도 가능했다. 하지만 이천여 명이 쓸 전각은 어느 세월에 다 지을지 알 수 없다.

"싫어요."

주유성은 단숨에 거절했다. 절대로 하고 싶지 않다.

문주들의 얼굴이 어두워졌다.

"이런 말씀을 드리는 것이 예의가 아닌 줄은 알지만 대가는 충분히 드리겠습니다."

주유성이 돈을 벌기 위해서 일하는 놈이 아니다. 먹고살기는 충분하다. 요 근래의 여행에서 푼돈 버는 법까지 배웠으니 앞으로 굶어 죽을 염려는 없다. 지난번 무림맹에서 받은 황금 이십 냥도 대부분 남아 있다.

"돈 필요없어요! 안 해요!"

찬바람이 쌩쌩 도는 주유성을 보고 다섯 문주는 더 말도 붙이지 못했다.

주유성은 그들의 은인이다. 싫다고 하면 강제로 시킬 수 없다.

결국 그들은 더 이상 말도 붙이지 못하고 인사나 하고 물러섰다.

다섯 문주는 오협련으로 돌아가면서 걱정스레 말했다.

"이거 큰일이군. 우리가 큰 실례를 했소."

"그러게 말이오. 공연히 손자 녀석들 말에 혹해서 이게 무슨 짓인지."

"그래도 손자들한테서 주 대협의 도움을 받아 건물을 세우자는 말을 들었을 때는 다들 좋은 생각이다 싶었잖소?"

"생각이 짧았지요. 이거 원 눈앞의 이익에 어두워서 은인에게 그런 부탁을 하다니. 그것도 게으르다고 소문난 사람에게."

"생각해 보니 돈을 준다고 한 것도 큰 실례가 아니겠소? 오늘도 돈이 필요없다고 아주 냉랭하게 말하셨거늘."

"그렇지요. 하남십대상인의 아들이라고 했으니 돈에 부족함은 없을 터."

"우리를 구해준 것에 대한 감사의 뜻으로 준비한 황금은 그럼 어떻게 하지요?"

"절대로 주면 안 되지요. 순수한 뜻으로 우리를 구해주셨는데. 그걸 준다는 것은 곧 모욕을 하는 것과 다름이 없어요. 돈 문제는 초탈한 분 같으니."

"젊은 나이에 참 대단하지요? 우리 손자들과 비교가 되네요."

오협련 다섯 문주 중 궁문의 문주가 아깝다는 듯이 말했다.

"나이로 보나 뭐로 보나 우리 청연이랑 딱 어울릴 것 같은데."

다른 문주들도 청연을 친손녀처럼 귀여워한다. 자기 손자며느리가 되면 더 바랄 것이 없지만 경쟁자가 많아 그 가능성은 이 할 오 푼뿐이다.

"그렇지요. 청연이의 짝이 된다면 우리 오협련에도 큰 힘이 될 수 있을 터이니."

자기 손자며느리가 되지 않고 다른 문주의 손자에게 넘어간다면 그것처럼 배 아픈 것도 없다. 더구나 그렇게 되면 그

문파의 힘이 강해질 수 있다.

지금도 서로 간의 혼인이 없는 것은 아니지만 청연처럼 모든 문주의 귀여움을 받는 사람의 경우는 입장이 다르다. 문주들은 청연이 자기 남편을 밀어달라고 애교를 떨며 부탁하면 거절할 자신이 없다.

그렇게 놓칠 바에야 차라리 주유성처럼 대단한 사람의 짝이 되는 것이 문파에 더 이익이라는 생각이 서로의 머릿속에 스쳐 지나갔다.

"나는 찬성이오."

"나도."

"나도."

주유성은 고민에 빠졌다. 지금까지 놀기는 좋았지만 오협련이 슬슬 자신에게 일을 부탁하려는 기색이 문제다. 가만있다가는 정말로 공사 감독이 돼서 건물들을 다 지을 때까지 뛰어다녀야 할 판이다.

공사 감독이 된다면 놀고먹을 수 없다. 혼자 뭘 만들 때는 재빨리 끝내고 노는 것이 가능하다. 하지만 진법에 맞춰 짓는 건물이다. 대충하라고 하고 신경을 껐다가 잘못되면 진법의 오작동으로 대형 사고가 터질 수 있다.

'그렇다고 그런 소리 듣자마자 간다고 해버리면 모욕이 될지도 모르고. 이것 참 난처하네.'

고민에 빠진 주유성에게 다섯 명의 사람이 다가왔다.
"구명대협을 뵙습니다."
주유성이 반색을 했다.
"아, 정보각 아저씨들이네? 어서 오세요. 뭐 좀 먹을래요? 여기 맛있는 거 많은데."
죄가 있어도 무림맹주가 있지 이들에게는 유감이 없다. 더구나 지금 쓰는 건 자기 돈도 아니다.
정보각 정찰조의 조장이 공손히 말했다.
"괜찮습니다. 그보다 무림맹주님에게서 연락이 왔습니다. 속히 무림맹으로 돌아오시라고 합니다."
"에? 왜요?"
"기뻐해 주십시오. 맹주님께서 이번 일에 대해 들으시고 그에 대한 포상을 하신다고 합니다."
포상이라는 말에 귀가 솔깃해졌다.
"포상이라니. 얼마나요?"
조장은 검성에게 명령받은 대로 대답했다.
"잘은 모르지만 최소한 은자 백 냥 이상이라고 들었습니다."
주유성의 머리가 빠르게 굴러갔다.
'가만있자, 여기서 떠날 명분이 필요했는데 무림맹주 할아버지의 호출이라면 그것보다 좋은 게 없지. 더구나 포상이라니. 돈 좀 준다는 소리잖아? 지난번 돈에 이번 돈 합치면 그게

얼마야.'

생각해 보니 돈 나올 구멍이 또 있다.

'그러고 보면 여기 오협련도 고마움의 표시로 얼마쯤 주지 않을까? 그럼 고맙게 받아가야지. 다 합치면 십 년도 넘게 놀겠다. 우히히히.'

계산이 끝난 주유성이 밝은 얼굴로 일어서서 일행을 돌아보며 말했다.

"알았어요. 가요. 다들 괜찮죠?"

주유성의 일행은 어차피 주유성을 따라 놀고 있다.

검옥월과 냉소천, 냉소미는 목표가 주유성이다. 나머지 둘은 주유성의 밥이다. 주유성이 하고자 하는데 반대가 나올 리 없다.

오협련의 다섯 문주는 정말 아쉽다는 표정으로 주유성 일행을 배웅했다.

"주 대협, 잘 가십시오. 검성께서 직접 부르셨다니 잡을 수도 없고. 이것 참."

"그러게 말입니다. 마음 같아서는 한 일 년 대접해 드리고 싶은데. 무림맹주님의 말을 안 들을 수도 없고."

"어쩌겠습니까? 이게 다 주 대협이 무림을 위해서 큰일을 하시기 위함인데요."

다섯 문주는 순수하게 오해하고 있었다.

"아하하. 괜찮아요. 뭐 별것도 아닌데요."

주유성은 답례를 하며 다섯 문주의 손을 힐끗거렸다.

'아무리 봐도 돈 챙겨온 사람은 없어 보이네.'

있을 리가 없다. 원래는 상당한 양의 황금을 챙겨두었다. 그러나 그들은 주유성이 돈을 대가로 주는 것을 싫어한다고 오해하고 있었다.

"그럼 조심해서 가십시오."

다섯 문주는 공손히 배웅했다. 주유성은 떨어지지 않는 발걸음을 옮기며 혹시나 하는 마음에 몇 번을 돌아보았다. 이내 실망으로 고개를 푹 숙이며 걸어갔다.

'에휴. 짠돌이들 같으니라고. 돈도 많으면서 조금 챙겨주면 어때서.'

주유성이 못내 아쉬워하는 모습을 보며 다섯 문주가 서로 작게 소곤거렸다.

"아무래도 미련이 많은 것 같소이다."

"우리 문파에 뭔 미련이 있을까? 설마 돈을 원하는 것도 아닐 텐데."

"역시 청연이가 아닐까요?"

"그렇지요? 청연이 말고는 미련을 가질 일이 없지요."

"청연이가 요새 주 대협에게 꽤 친하게 굴었다고 하더군요."

"아무리 올곧게 자랐어도 피 끓는 젊은이인데 관심 보이는 청연이에게 맘이 동하지 않으면 그게 이상하지요."
"허허. 경사가 있겠군."

떡 줄 사람은 생각도 않는데 다들 김칫국부터 배부르게 마셨다.

    *   *   *

마교에도 사황성의 전투 부대가 박살난 일이 전해졌다.
천마의 안색이 좋지 않았다.
"생각보다 간단히 끝났다며? 마뇌의 계획대로라면 사황성과 무림맹이 제대로 붙어야 하는데 어째 지지부진해?"
마뇌가 공손히 대답했다.
"예상보다 성과가 적은 것은 사실입니다. 무림맹은 피해를 거의 입지 않았고 사황성도 예상만큼 손해를 보지 않았습니다."
말을 하는 마뇌의 손에는 땀이 슬쩍 맺혔다.
"그것 보라고, 마뇌. 자신만만했잖아. 내가 마뇌를 믿었는데. 쯧쯧."
마뇌가 긴장하며 생각했다.
'교주는 나를 신뢰해야 한다. 무슨 일을 요구해도 나를 믿

을 만큼 신뢰해야 한다.'

"하지만 지금은 말 그대로 폭풍 전야입니다."

"폭풍 전야?"

"무림맹이 이겼습니다. 사황성은 분타 열 곳이 날아갔고 그에 대한 복수도 못했습니다. 그런 사황성이 오히려 손해를 봤습니다. 당장은 패배가 창피한 일이고 주변의 눈이 있어 물러섰습니다. 하지만 오래 그렇지는 못합니다. 사황성은 수많은 사파의 대표. 절대로 죽어 있지 못합니다."

"그럼 당장 치고 나온다는 건가?"

"아닙니다. 사황성도 자기들이 무림맹과 먼저 전면전을 벌이면 교주님께 이익이 되는 일이라는 것을 잘 압니다. 참지 못할 정도가 되지 못하면 전면전은 없습니다."

"그럼 어떻게 하자는 건가?"

"참지 못하게 해야지요. 가만있으면 자멸한다는 위기감을 심어줘야지요."

"오호라. 계획은 있고?"

"시간이 조금 걸리지만 좋은 계획이 있습니다."

"설마 예전 계획들처럼 십 년, 이십 년씩 걸리는 건 아니지?"

"아닙니다. 지속적으로 공작을 하도록 하겠습니다. 머지않아 사황성은 더 이상 참지 못하고 들고일어날 겁니다. 그자들은 이미 잔뜩 달아올라 있습니다. 툭 건드리기만 해도 충분합니다."

천마가 만족한 얼굴로 말했다.

"그래, 그래. 내 마뇌 자네만 믿지."

마뇌는 안도의 한숨을 속으로 쉬었다. 그러나 그의 내심은 편하지 않다.

'당장은 넘어갔지만 큰일이군. 지금 백마대를 쓰는 건 효율이 떨어진다. 그러니 무림맹이나 사황성이 어서 빈틈을 보여야 할 텐데.'

* * *

주유성 일행은 무림맹으로 돌아왔다.

"공자님!"

열여섯 꽃다운 나이의 추월이 냉큼 달려들어 안겼다.

냉소천이 기침을 했다.

"크흠."

그 기색에 추월이 얼른 떨어져 나왔다.

"공자님, 무림맹주님이 찾으세요. 공자님이 오시면 곧바로 좀 보자고 하셨어요. 지금 집무실에 계세요."

주유성은 무림맹주에게 포상금을 두둑하게 받았다. 은자 백이십 냥을 재산에 추가하자 그의 입이 헤벌쭉 벌어졌다.

"맹주 할아버지, 이걸로 봐드릴게요."

검성은 그게 무슨 소리인지 안다.

'속여서 보낸 것을 이거로 때워주겠다? 이 녀석, 의외로 돈으로 무마가 쉬운 녀석이구나. 크흐흐. 그럼 앞으로 무림의 평화를 핑계 삼아 계속 부려먹고 돌아오면 돈으로 때우면 된다는 소리렷다? 잘 걸렸다. 요놈.'

검성의 생각도 모르고 주유성은 히히덕거렸다. 그리고 그 내막을 모르는 사람들은 눈살을 찌푸렸다.

적명자가 투덜거렸다.

"크흠. 어찌 돈에 저리 달가워하는지 모르겠군. 큰 인물이 되기에는 그른 놈이야."

주유성은 큰 인물 같은 건 관심도 없다. 그리고 그가 지금까지 남들이 잘 모르게 해온 일들 중 일부만 가지고도 이미 큰 인물 소리 듣고도 남는다.

무림맹주 검성 독고진천이 한마디 덧붙였다.

"그 상금으로 여섯 명이 나눠 가지도록 해라."

주유성의 얼굴이 순식간에 굳었다.

"일인당이 아니었어요?"

독고진천이 싱글벙글 웃었다.

"너도 짐작하겠지만 무림의 기류가 뭔가 평범하지 않다. 지금은 군자금을 확보해야 할 때라 너무 많은 포상금은 주지 못한다."

주유성의 얼굴에 경련이 일었다. 처음부터 이십 냥을 받았으면 모르되 백이십 냥을 받았다가 백 냥이 날아가게 생겼다.

그렇다고 이걸 혼자 먹겠다고 고집을 부릴 수도 없다. 상금인데 더 달라고 할 수도 없다.

"알았어요."

주유성은 눈물이 나올 것 같은 기분을 꾹 참으며 은자를 다른 사람들에게 나눠 줬다.

그 모습을 보며 독고진천은 만족한 웃음을 지었다.

'물고기가 배가 부르면 낚싯줄에 걸리지 않는 법이지. 넌 이미 낚였다. 우히히히.'

第十章

냉소천은 고민에 빠졌다. 그도 무림맹에 머물고 사황성과의 싸움을 겪으면서 느낀 것이 있다.

"아무래도 무림에 큰 싸움이 날 것 같다."

냉소미는 그런 일에 별 관심 없다.

"어차피 중원의 일이잖아. 우리랑은 상관없어."

"아니. 상관있다. 소미 너 때문이다."

냉소미가 발끈했다.

"오빠! 무림의 큰 싸움이 나랑 무슨 상관이야!"

"너는 주유성을 휘어잡지 못했다. 그건 고사하고 그의 마음조차 얻지 못했잖아."

"흥. 목석같은 오빠라서 그래. 관심있는 건 먹는 거랑 게으름 피우는 것뿐인 남자라고."

"하지만 그의 능력이 우리에게 꼭 필요함은 이번에 다시 한 번 증명됐다. 그 정도 진법을 단 몇 시진 만에 펼치는 능력을 봐라."

"이미 설치된 진법을 살짝 고친 거잖아."

"그게 더 중요하지. 빠른 시간 안에 진법을 파훼도 아니고 아주 수정을 해버렸다. 우리에게 반드시 필요한 능력이야. 더구나 그의 무공을 봐라. 혈혼수라가 단숨에 제압당했다."

"혈혼수라가 자기 수법을 뒤집어써서라고. 운이 좋았어. 누가 봐도 그래."

"그걸 감안해도 혈혼수라는 쉬운 상대가 아니다. 그 정도 무공을 가지고 있으면 이보다 더 우리에게 필요한 사람은 없다. 우리 궁의 숙원을 위해서 그는 반드시 필요해."

냉소미는 이미 마음이 상했다.

"알았어. 꼭 그 오빠를 꼬실 테니까 기다려."

냉소천이 걱정스러운 얼굴로 말했다.

"그럴 수 없다. 만약 무림맹과 사황성이 정면으로 충돌한다면 그를 빼낼 수 없다. 무림맹도 바보가 아니다. 그런 상황에서 그를 우리에게 넘겨주지는 않아. 그리고 그런 큰 싸움에서는 그가 어떻게 될지 알 수 없다."

냉소미가 짜증을 냈다.

"그럼 어떻게 하라는 거얏!"
"내가 검성과 담판을 지어보마."

독고진천은 차를 마시다가 멈칫했다.
"그러니까 냉 공자 말은 유성이를 빌려달라는 소리군?"
상대는 무림맹주이자 검성이다. 냉소천이 공손히 대답했다.
"그렇습니다."
"유성이가 내 손 안의 물건도 아닌데 어떻게 빌려주고 말고 할 수 있나?"
냉소천이 독고진천을 똑바로 쳐다보았다.
"지난번 일을 겪고 나서 맹주님에게는 그를 움직일 수단이 있다는 결론을 내렸습니다."
당당한 눈빛이다. 어떠한 위압에도 굴복하지 않을 굳건한 기상이 보였다.
독고진천이 슬쩍 웃더니 기세를 와락 일으켰다.
속이 가볍고 항상 웃고 다니는 독고진천이다. 하지만 그는 검성이다. 그가 기세를 일으키자 한 자루 거대한 검이 되었다.
검성의 기세를 상대하는 냉소천은 온몸으로 땀이 흐르는 것을 느꼈다. 자기도 의식하지 못하는 사이에 옷이 축축 젖어 들었다.

'이럴 수가. 이게 검성의 능력?'

그는 당장이라도 거대한 검에 두 조각이 날 것만 같았다. 꼼짝도 못함은 물론이고 몸이 조금씩 떨려왔다.

갑자기 검성의 기세가 씻은 듯이 사라졌다.

"허허허. 북해에 대단한 인재가 났군."

자기 기세에 쓰러지지 않고 버텼으니 대단한 인재라는 소리다. 그야말로 자화자찬의 최고봉이다.

하지만 냉소천은 감히 불경한 마음을 먹지 못했다.

'나 같은 건 일초지적도 되지 못한다. 천하제일 명검을 들어도 검성의 젓가락 하나에 온몸이 난자당할 거다. 우리 북해에는 이런 고수가 없다.'

하지만 냉소천은 금방 기운을 차렸다.

'그것을 얻으면 이야기가 달라진다. 반드시 얻겠다.'

언제 떨었냐는 듯이 즉시 눈을 빛냈다.

"만약 그를 빌려주신다면, 우리 북해빙궁도 적당한 것을 빌려 드리겠습니다."

자신이 결정할 권한을 넘는 이야기다. 하지만 돌아가서 설득할 자신이 있었다.

"뭘 빌려준다는 소리지?"

"저는 바보가 아닙니다. 사황성이 일단 물러섰지만 언제까지 그럴지는 알 수 없습니다. 차후에라도 그들이 정식으로 무림맹에게 도전해 올 가능성이 오 할 이상이라고 봅니다. 그런

날이 온다면 북해빙궁은 무림맹을 지지하겠습니다."
 독고진천의 얼굴에 미소가 어렸다.
 '검각이나 신녀문은 마교가 쳐들어와야 세상에 나오겠지. 세외 세력은 마교가 나와도 움직일지 자신이 없고. 더구나 사황성이 움직이면 콧방귀나 뀌겠지. 북해가 우리를 지지한다? 병력을 보내준다는 것만큼은 못 되도 확실히 도움이 되겠군.'
 세외 세력은 세외 세력일 뿐이다. 무림맹과 우호관계를 맺고 있지만 그뿐이다. 중원을 무림맹이 차지하는 것이 그들에게도 좋지만 사황성이 먹어도 안 될 건 없다. 그들은 그저 다시 정파가 사황성을 누를 때까지 중원에 안 들어오면 그만이다. 아니면 사황성과 관계를 좋게 가지는 방법도 쓸 수 있다.
 그런 북해빙궁이 무림맹을 지지한다면 그만큼 이익이다. 물적 지원이 될지, 인적 지원이 될지, 최악의 경우 그저 지지만 하고 앉아 있을지 모른다. 하지만 북해빙궁이 지지한다는 것은 전략적 가치가 있다. 사황성이 북해빙궁을 대비해서 병력을 따로 빼서 운용해야 하기 때문이다.
 "허허허. 그거 나쁘지 않은 소리군. 그럼 어디 게으름뱅이를 한번 부추겨 볼까?"

 주유성은 맹주의 휴식처인 숲으로 불려왔다.
 "할아버지, 왜 또 부르고 그래요?"

주유성이 불만 가득한 얼굴로 검성에게 다가갔다.

"좀 앉아보거라. 할 이야기가 있느니라."

"흥. 이젠 안 넘어가요. 지난번에 고생한 거, 내가 아니면 안 된다더니 정보각 사람들을 잔뜩 풀었잖아요. 무슨 일이 생겼더라도 할아버지는 분명히 대비가 돼 있을 거예요. 절대로 안 넘어가요."

검성이 조금 난처한 얼굴로 말했다.

"그러면 얼마나 좋겠냐만, 현실이 그러지 못하구나. 이번엔 정말 난처한 일이 생겼다."

"흥. 말이나 해보세요. 멋지게 반박해 줄 테니까."

"너도 지금 무림 돌아가는 분위기는 알지? 사황성의 움직임이 심상치 않구나."

"알아요. 하지만 무림맹은 강하잖아요. 나 하나쯤 있거나 말거나 차이가 없다고요."

"그래. 너 하나쯤은 있거나 말거나지. 맞다."

주유성은 자기가 한 말이지만 그대로 돌려받으니 행복하지는 않았다. 하지만 그는 그 정도는 흘려버리고도 남을 굵은 신경을 가졌다.

"그런데 왜 저를 귀찮게 하세요?"

"너는 별것 아닌데, 북해빙궁은 별것이거든."

"네? 북해빙궁요?"

의외의 말에 주유성은 당황했다. 뭔가 이야기가 불리해진다는 느낌이 본능적으로 들었다.

"그래, 북해빙궁. 그들의 도움이 있고 없고는 사황성과의 싸움에서 큰 영향을 끼치지. 최선의 경우 사황성의 발호를 막을 정도로. 최악의 경우라도 정사대전이 시작되면 우리의 승산을 크게 높여줄 수 있는 조력자지."

"그런데요? 북해빙궁이랑 저랑 무슨 상관이에요?"

"북해빙궁에서 이번에 우리를 지지하기로 했다. 만약 사황성과의 전쟁이 시작되면 북해빙궁은 우리를 지지한다고 선언할 거다. 그것이 가지는 전략적 가치는 알고 있지?"

주유성도 손자병법 정도는 읽어보았다. 그 내용까지도 상당히 깊게 이해하고 있다.

"그야 당연하지요. 사황성은 북해빙궁의 움직임을 대비하기 위해서 전력을 한 뭉텅이 떼놓아야 하죠. 그럼 그만큼의 전력은 없는 것과 마찬가지. 결국 북해빙궁이 싸움에 참여하지 않고 지지한다는 선언을 하는 것만으로도 사황성은 전력 감소가 일어나잖아요."

"그래. 그렇게 중요한 일이지."

"그런데 그게 저랑 무슨 상관이냐니까요?"

검성이 씩 웃었다.

"북해빙궁이 너를 빌려달라는구나. 네가 자기들을 위해서 일 한 가지만 해주면 우리를 지지하겠다고."

"에엑?"

주유성은 어이가 없었다.

"아니, 내가 북해에 아는 사람도 없는데 무슨 도움을 줘요?"

"그러게 말이다. 나도 모른다. 내가 원하는 건 북해빙궁이지 네가 아니니까."

주유성이 인상을 잔뜩 찌푸리며 말했다.

"만약 내가 거절하면요?"

독고진천이 일부러 심각한 표정으로 말했다.

"유성아, 잘 생각해 봐라. 북해빙궁의 지지가 없으면 더 많은 사람이 죽을 거다. 그들의 지지가 있으면, 운이 좋으면 사황성을 눌러놓는 효과가 있고, 운이 나빠도 죄없는 사람들을 더 많이 살아남게 할 수 있다."

독고진천은 이 인정에 근거한 공격이 먹혀들 것임을 의심하지 않았다. 주유성이 대안을 제시할 수 있으면 모를까 그러지 않는 한 틀림없이 승리를 자신했다.

그리고 주유성은 대안이 없다. 그가 북해빙궁에 대해서 아는 일이 없는데 대안이 나올 턱이 없다.

"너무해요."

"나도 속이 아프다."

검성은 웃음을 참느라고 배가 아프다.

"일단 내가 냉가 놈이랑 이야기 좀 해보고요."

냉소천에 대한 호칭은 어느새 냉가로 변했다.

냉소천은 검을 수련하고 있었다. 주유성은 수련이 끝나기를 기다리지 않았다. 다짜고짜 냉소천 앞에 떡하니 서서 말했다.

"원하는 게 뭐야?"

말도 곱지 않았다. 어차피 냉소천과는 첫 만남이 나쁘고 그의 자유방임주의적 북해빙궁식 연애관이 싫어 존댓말을 주고받는 사이는 아니다.

"우리 북해에 문제가 하나 있다. 그런데 그걸 해결할 능력을 가진 자가 없다."

"그런데 겨우 찾은 사람이 나냐?"

"너는 겨우라고 칭해질 만한 자가 아니다."

냉소천은 주유성의 일부만을 파악했다. 하지만 그것만으로도 주유성이 보통 사람이 아님을 깨닫고도 남았다.

주유성은 볼을 부풀리며 말했다.

"무슨 일인데 나를 착취해야 무림맹을 지지하겠다는 거냐? 무림맹이 중원무림에서 차지하는 위치가 그렇게 우습게 보이냐?"

이건 무림맹을 길거리의 말똥만도 못하게 보는 놈이 할 소리는 아니다. 냉소천이 설명했다.

"우리에게는 그만큼 절박한 일이다. 북해는 네 도움이 반드시 필요하다."

주유성은 자기가 어떤 도움이 될지 생각해 보았다.

"북해에서 책 읽어줄 사람이 필요해서 날 찾는 건 아니겠고. 진법이냐?"

자신은 아수라환상대진으로 추측된다는 진법까지 해체한 사람이다. 대단한 진법으로 문제를 겪고 있다면 자신이 필요할 법도 하다.

"나는 대답할 권한이 없다. 하지만 네가 북해에 오면 자연히 알게 된다."

주유성이 고개를 삐딱하게 꺾었다. 이 상황이 불만스럽다. 하지만 빠져나갈 구멍이 없다. 적어도 일신의 게으름으로 북해빙궁이라는 조력자를 무림맹에서 떼어놓을 생각은 없다.

"하지만 북해는 너무 먼데……."

"최고로 안락한 마차를 제공하겠다. 황금 한 덩이를 줘야 살 수 있을 만큼 비싼 마차다. 우리 궁의 자랑이지. 방에서 뒹구는 것과 마차에서 굴러다니는 것이 별 차이가 없을 거다."

거짓말이 아니다. 냉소미가 타고 온 북해빙궁의 귀빈용 마차가 준비되어 있다.

마차가 편안한 최고급품이라는 말에 주유성의 마음이 살짝 움직였다. 마차가 비싸다는 것도 마음에 들었다.

'마차 한 대가 황금 한 덩이? 북해가 돈이 그렇게 많다는 말이지?'

주유성이 입맛을 다시며 판돈을 걸었다.

잠룡전설 317

"공짜로?"

이야기가 잘 풀린다 싶은 냉소천의 얼굴이 밝아졌다.

"무림맹에 대한 지지를 선언한다고 했다. 북해빙궁은 말로 때우는 계집애들이 모인 곳이 아니다."

"아, 그거는 무림맹이 받을 거고. 나한테는 뭐가 떨어지냐고?"

냉소천이 당황했다. 이건 그가 예상한 답이 아니다.

"무림맹이 중원에서 차지하는 위치가……."

"시끄러. 대가는 뭐야?"

냉소천이 머리를 재빨리 굴렸다.

'혹시 이자가? 그렇군.'

그는 회심의 미소를 지으며 말했다.

"네가 소미를 얻도록 적극적인 지원을 하겠다. 소미는 내 말을 잘 듣지."

"닥쳐! 헛소리 말고 대가를 제시하라니까!"

냉소천은 또 당황했다.

'설마 이자가 북해의 비밀을 이미 알고 있다는 말인가? 안 된다. 그건 줄 수 없어.'

"욕심이 과하면 화를 부른다."

"웃기고 있네. 난 욕심 많아. 욕심이 많아서 이 기회에 한몫 잡아야겠어. 북해빙궁은 돈 많지? 황금으로 하자. 얼마나 낼 거야?"

주유성은 큰돈의 가치에 대해서 조금씩 깨달아가고 있었다. 황하에 홍수가 났을 때 보물을 푼 경험 때문이다. 그는 거기서 황금과 보물이 어떻게 거래되는지 확인했다.

'적어도 황금 한 근은 받아야지. 그 정도면 평생 놀고먹을 수 있을 거야.'

서현에 눌러앉는다면 그의 소비 습관을 생각해 볼 때 얼마든지 가능한 일이다.

황금이라는 말에 냉소천이 안도의 한숨을 쉬었다.

"황금이라면 충분히 줄 수 있다. 얼마나 원하느냐?"

주유성이 흥정을 걸었다.

"평생 놀고먹을 만큼."

주유성의 말은 자신의 소비 수준 기준으로 평생 놀고먹을 만큼이다. 북해빙궁의 수준에서는 그야말로 푼돈이다. 하지만 냉소천은 그렇게 생각하지 않았다.

'이놈은 하남십대상인의 아들이다. 그런 놈이 평생 놀고먹으려면 보통 액수로는 안 된다. 하지만 그렇게 해서라도 이자를 부릴 수만 있다면 그것으로 좋겠지. 더구나 황금만으로 끝난다면 오히려 이익이다.'

"좋다. 네 몸무게만큼의 황금을 주마. 황금 이십 관이면 어떠냐?"

주유성의 입이 서서히 벌어졌다. 그러다 턱 다물었다. 침을 꿀꺽 삼켰다.

"으하하하! 좋아, 좋아. 약속 지켜야 해. 거짓말이면 북해빙궁을 엎어버릴 거야. 으하하하. 황금 이십 관. 황금 이십 관. 이십 근도 아니고 이십 관. 으하하하."

이십 관이면 백오십 근이고 이천사백 냥이다. 그것도 은이 아니라 황금이다. 주유성이 너무 좋아서 웃음을 멈추지 못했다.

그걸 보고 냉소천이 단서를 붙였다.

"대신에 무림맹에 대한 우리 북해빙궁의 지지는 없던 것으로 하겠다."

'황금 이십 관을 주고 그 일을 해결하고 중원의 싸움에도 끼어들지 않는다면 우리가 이익이지. 만약 일이 실패한다면 어차피 이놈은 죽을 테니 황금은 지불할 일이 없고. 무림맹에 대한 지지도 할 일 없고. 어떻게 하든 우리에게 손해는 없다.'

주유성이 활짝 웃으며 대답했다.

"웃기고 자빠졌네. 지지를 안 해주면 내가 거기까지 왜 가? 북해빙궁의 무림맹 지지는 기본이지. 그리고 내 황금 이십 관. 이십 관에서 한 냥도 모자라면 안 돼. 넘는 건 상관없어. 우히히히."

주유성의 단호함에 냉소천은 더 할 말이 없었다.

'역시 돈만으로는 움직일 수 없는 자라는 소리군. 이만하면 소미의 남편감으로도 부족함이 없는데. 어쩐지 이상하게

가벼워 보인다. 진실을 알 수 없는 자야.'

냉소천은 황금만으로는 주유성을 북해까지 데려갈 수 없는 이유가 뼛속 깊이 박힌 게으름 때문임은 꿈에도 몰랐다.

북해로 가는 인원은 주유성과 냉소천, 냉소미, 그리고 마부 한 명까지 단 네 명이었다.

검옥월은 주유성을 따라가고 싶었다. 하지만 명분이 없었다. 핑곗거리도 없고 북해식 애정관을 가진 냉소천과는 사이도 좋지 않다. 냉소미와는 주유성을 놓고 경쟁 관계다.

그래서 그녀는 옷자락만 잘근잘근 씹었다.

이성을 좋아하는 문제에 대해서는 백지나 다름없는 주유성은 사정도 모르고 손만 흔들어주었다.

"선물 사 올게요."

마차에서 손을 흔들어주는 그를 보며 검옥월은 눈물이 날 것만 같았다. 하지만 어쩔 수 없이 손을 흔들어주었다.

"주 공자, 얼른 돌아오세요."

옆에서 추월도 열나게 손을 흔들었다.

"공자님, 내 선물도 사 와야 해요."

"알았으니까 기대하고 있어."

그들이 떠나는 모습을 한쪽에서 천영영이 날카로운 눈빛으로 노려보았다.

'북해빙궁에서 저 허풍쟁이를 왜 필요로 하지? 가만있자,

내 전서구를 어디다 뒀더라?

갑자기 자기 비둘기를 굶겨 죽인 건 아닌가 하는 걱정이 들었다. 그러고 보니 신경 끄고 지낸 지 꽤 오래됐다.

'시녀 년이 알아서 먹이를 줬겠지. 죽였으면 가만두지 않겠어.'

그런 그녀의 곁으로 파무준과 독원동이 다가왔다.

파무준이 천영영에게 친근한 어투로 말을 걸었다.

"천 소저, 저자가 떠나는 것을 보고 계시군요?"

천영영이 예쁘게 웃었다.

"예. 무슨 일인지 궁금해서요."

'혹시 아는 것이 있으면 뱉어봐.'

파무준이 냉랭한 목소리로 말했다.

"저런 자에게 관심 가지지 마십시오. 귀하신 분께 부정 타는 일입니다."

'여러 여자가 저놈 주변에서 알짱거린단 말이야. 저놈은 발정난 개새끼 같은 놈일지도 모르지. 천 소저까지 물들면 큰일이다.'

파무준은 주유성을 미워한다. 하지만 감히 대들 용기는 없다. 그러기에는 너무 일방적으로 얻어맞았다.

그렇다고 완전히 떨어져서 지낼 수도 없다. 이미 남해검문은 그가 주유성을 자기 수족처럼 부리는 줄 알고 있다.

그래서 아주 환장할 지경인데 천영영이 주유성에게 관심

을 보이는 듯하자 속이 탔다.

천영영이 실망한 목소리로 말했다.

"저야 호기심에 그러는 거예요."

옆에서 점수라도 좀 따볼까 하는 독원동이 재빨리 말했다.

"제가 듣기로 이번 일은 북해빙궁에서 요청해서 그를 데려가는 거라더군요."

독원동은 주유성을 두려워한다. 틀림없이 미래에 독성이 될 인물이라고 생각한다. 그러기에 파무준처럼 '놈'이라고 부르는 짓을 하지 않는다. 옆에서 적당히 알랑대면 혹시나 독공을 다시 찾을 수 있지는 않을까 하는 기대까지 한다.

'독공을 거둔 놈이니 살릴 방법을 알지도.'

하지만 독을 다시 쓸 수 있게 돌려놓으라고 할 용기는 없다. 주유성에게 가까이 가기엔 무섭고 멀리 떨어지자니 아쉬운 입장이 그의 처지다.

독원동의 대답은 천영영도 이미 알아본 것이다.

그녀는 잔뜩 실망한 얼굴로 말했다.

"제가 듣던 것과 다름이 없네요."

미녀가 실망하자 파무준과 독원동은 가슴이 다 아렸다. 하지만 그들도 아는 것이 없다.

수작을 부려도 영양가있는 대답이 없자 천영영은 진짜로 실망했다.

'쳇. 쓸모없는 놈들. 이런 놈들보다는 주유성을 내 손아귀

에 넣었어야 제대로 부려먹는 건데.'

 마차를 모는 사람은 북해빙궁에서 온 무사다. 중년의 나이인 그 무사의 기를 느끼며 주유성이 냉소천에게 질문했다.
 "마차 모는 아저씨는 누구야?"
 냉소미가 냉큼 대답했다.
 "오빠, 저 정도는 우리 북해빙궁의 흔한 무사야. 겨우 마부나 하는 거 보면 알잖아."
 주유성은 무림의 판도를 모른다.
 조금 더 생각할 시간이 있다면 속지 않고 털어버릴 수 있다. 하다못해 냉소미의 실력과 비교해도 결론이 나오는 일이다. 하지만 냉소미가 함부로 말을 하는 것을 보고 순간적으로 혹시나 하는 생각이 들었다. 그러자 등에 식은땀이 흘렀다.
 '세상에. 저런 고수가 흔해? 중원하고는 완전히 다르잖아. 북해빙궁의 힘은 정말 엄청나구나.'
 그의 머릿속에서 빠르게 계산이 돌았다. 북해빙궁이 그 정도라면 같이 언급되는 남해검문이나 남만독곡도 우습게볼 수 없었다. 그리고 자신은 그곳의 잘나가는 사람 둘을 박살 냈다.
 '아이고. 뒷감당이 안 되는구나.'
 마부석에서 심기 불편한 기침 소리가 들렸다.
 "크흠."

냉소천이 재빨리 냉소미에게 꿀밤을 먹이며 말했다.

"저분은 우리 북해빙궁의 고수이시다. 청수빙장 고우관이라고 하면 중원무림에서도 알아준다. 고 대주의 빙장은 일절이라 중원무림의 고수 정도는 얻어맞은 즉시 피가 얼어서 죽지. 우리 빙궁에서 커다란 대 하나를 맡고 있는 대주이시다."

고우관이 기분 좋은 목소리로 마부석에서 말했다.

"허허. 공자님, 칭찬이 과하십니다. 그저 빙궁의 약한 무사일 뿐인걸요."

"소미가 철이 없어 말을 함부로 했으니 노여워하지 마시지요."

꿀밤을 먹은 냉소미가 울상이 되어서 말했다.

"히잉. 난 그냥 농담한 건데."

주유성이 식은땀을 닦으며 말했다.

"아하하. 농담이었구나. 놀랐다."

이제야 자기의 바보 같은 판단이 창피해졌다.

'그나저나 저 정도가 큰 대의 대주면 북해빙궁의 무공도 생각보다 대단한 건 아니네. 숫자는 얼마나 되려나.'

그 생각을 청수빙장 고우관이 들었다면 얼마나 잘났는지 당장 겨뤄보자고 길길이 뛰고도 남을 만한 소리였다.

북해는 북쪽에 있다. 멀고 춥다. 그들이 탄 마차는 최고의 지구력을 가진 비싼 말 네 마리가 끌었다. 예비 말 한 마리까지 마차 뒤에서 따라왔다.

그들의 이동 속도는 쾌속했다. 그래도 북해빙궁은 며칠 내에 도착할 만한 거리가 아니다.

이것은 냉소천이 노린 것이다. 냉소천은 냉소미와 주유성이 함께 있는 시간을 늘려주기 위해서 애썼다.

냉소천이 달리는 마차에서 빠져나가며 말했다.

"난 고 대주님의 말동무나 해드려야겠군."

일부러 자리를 피해준 것이다. 실내에는 냉소미와 주유성만 남았다.

주유성은 시간 때우기를 정말 잘한다. 그의 무공보다 몇 배는 더 뛰어난 재능은 게으름을 피우면서 시간을 때우는 것이다.

하지만 냉소미는 그렇지 않다. 그녀는 심심했다.

"오빠, 금(琴) 좀 연주해 줘."

마차에는 그녀가 주유성에게 맡길 욕심에 준비해 둔 금이 하나 실려 있었다.

"싫어."

주유성이 누워서 대답했다.

"그럼 재미있는 이야기 해줘. 오빠는 학문이 높으니까 재미있는 이야기 많이 알잖아?"

주유성은 학문이 깊다. 하지만 반쪽짜리다. 정확히 말하면 읽은 책에 대해서는 깊게 이해하고 있다. 그런데 읽은 책이 많지 않다. 그나마 이야기책은 별로 없다.

주유성은 입을 놀리는 것을 귀찮아하지 않는 인종이다. 입만 살았다고 하는 것이 더 본질에 가깝다. 하지만 냉소미에게 떠들어줄 이야기는 없다.

"싫어."

냉소미가 볼을 부풀렸다. 그녀는 북해빙궁주의 금지옥엽이다. 이런 대접은 받아본 적이 없다.

빙궁의 남녀 관계는 중원 기준으로 보면 난잡할 정도다. 결혼을 하지 않았다면 마음에 맞는 아무나와 잠자리를 가지는 것이 흔하다. 그리고 그 과정에서 아이가 생기는 경우도 많다.

북해빙궁의 왕은 궁주다. 당연히 젊었을 때는 물론이고 지금도 인기 만발이다. 수많은 여자들과 잠을 잤고 그 때문에 아이들도 많이 생겼다.

북해에는 아버지 없는 아이들이 많았다. 하지만 빙궁주는 자기 아이를 낳은 여자는 아내로 맞았다. 워낙 난잡하게 지내서 자기 아이인지 확신이 되지 않는 경우는 자라는 것을 보고 결정했다. 빙궁주를 닮으면 인정해 주고 닮지 않으면 인정하지 않았다.

그래서 빙궁주에게는 열세 명의 아내가 있었다.

냉소천과 냉소미는 친남매다. 그중 냉소미는 북해제일미다. 정확히 말하면 북해빙궁제일미이며 그 명성을 차지하는

데는 궁주의 딸이라는 것이 한몫했다.

여하튼 수십 명의 자기 딸들 중에 가장 예쁜 여자가 냉소미다. 그녀는 북해빙궁주의 귀여움을 잔뜩 받으며 자랐다.

냉소천의 경우는 다르다. 빙궁주의 수많은 아들들 중에 누군가가 다음 대 궁주가 되어야 한다. 하지만 경쟁자는 많다.

다음 대 궁주는 스물다섯 명이나 되는 아들 중에 가장 무공이 강하고 가장 공을 많이 세우고 가장 궁주의 마음을 얻은 자가 차지한다.

냉소천은 무공이 강하지만 아직 젊다. 궁주의 아들 중에는 이미 중년을 바라보는 자까지 있다. 그중에 냉소천보다 강한 자가 최소한 몇 명은 있다.

냉소천은 공을 많이 세웠지만 그보다 많이 세운 아들도 몇 명은 있다. 너무 젊어서 애초에 공을 세울 수 있는 기간 자체가 차이가 났다.

냉소천은 냉소미의 친오빠라는 사실 때문에 빙궁주의 마음도 꽤나 얻었다. 그러나 그보다 더 마음을 얻은 사람이 최소한 두 명은 있다.

그래도 꽤나 고르게 순위권에 든 덕분에 그는 다음 대 궁주 후보의 오위 안에 든다고 자신할 수 있었다. 하지만 그것으로는 부족하다. 궁주는 한 명이다.

만약 그가 주유성을 데려가서 빙궁주의 숙원을 해결할 수 있다면 다음 대 궁주 자리에 크게 한걸음 다가간다. 거의 수

위를 다툴 수 있다. 그래서 냉소천은 주유성이 필요하다. 주유성의 능력이 필요하다.

그리고 냉소미는 그런 오빠 때문에라도 주유성이 필요하다.

꼭 냉소천만이 이유의 전부는 아니다. 그녀는 주유성이 이천여 명의 사황성 무사들을 어떻게 무력화시켰는지 똑똑히 봤다. 그 과정에서 무공이 장난이 아닌 것도 봤다. 그 멋진 금 소리도 마음에 쏙 들었다. 얼굴은 말할 것도 없다. 북해빙궁을 다 뒤져 봐도 이만한 남자는 없다. 이미 꽤 마음이 동한 상태다.

그녀가 다시 주유성에게 슬쩍 달라붙어 애교를 떨었다.

"오빠, 그러지 말고 이야기해 주라. 응?"

주유성은 가만히 공상에 빠져 있는데 누가 건드리는 것이 달갑지만은 않다. 냉소미가 귀찮다.

"잠이나 자라. 자는 게 남는 거야."

냉소미가 발끈했다.

"이잇! 잠팅이!"

　　　　　＊　　　　＊　　　　＊

사황성 총관이 혈마에게 보고했다.

"성주님, 무림맹의 움직임이 심상치 않습니다."

"무슨 새로운 소식이 나왔느냐?"

"무림맹에 방문해 있던 빙궁주의 아들딸이 이번에 북해빙궁으로 복귀했습니다."

혈마가 눈을 빛냈다.

"단순히 그 사실만으로 이런 보고를 하는 것은 아니겠지?"

"물론입니다. 그 일행에 쌍절서생 주유성이 끼어들었습니다."

혈마가 인상을 와락 구겼다.

"주유성? 쌍놈서생 그 개자식? 잘됐구나. 북해에서 암살해 버리자. 북해에서 죽어버리면 증거도 남지 않잖아."

총관이 난처한 얼굴로 말했다.

"그는 북해빙궁의 손님으로 가고 있다고 판단됩니다. 더구나 출발한 지 시일이 제법 지났습니다. 지금 암살하려면 북해빙궁에서 해야 하는데 그럼 정체를 들키기 쉽습니다. 잘못 암살하다 우리가 의심을 사면 뒷감당이 어렵습니다."

혈마는 순순히 인정했다.

"하긴. 그건 그렇지. 좋아. 그럼 돌아올 때 치자. 갈 때는 곤란하다면 돌아올 때, 그러니까 북해를 벗어나고 나서 치면 괜찮겠지."

"무슨 일로 갔는지 알 수 없습니다. 그러니 언제 돌아올지 역시 알 수 없습니다."

혈마가 차갑게 웃었다.

"괜찮아. 그놈은 무림맹의 중요한 인재. 빙궁에 오래 있을 리는 없다. 당연히 금방 돌아올 거야. 그나저나 빙궁에 무슨 일로 갔는지는 알아냈나?"

총관이 고개를 숙였다.

"죄송합니다. 무림맹의 정보는 외부에서 얻는 것이 많습니다. 이번에 우리에게 정보를 판 곳은 주유성이 북해빙궁으로 가는 일행에 끼었다는 것만 알려줬을 뿐 그 이상은 공개하지 않고 있습니다."

"혹시 이번에도 그곳에서 정보를 샀냐?"

"예. 값은 비싸지만 무림맹의 고급 정보를 얻기에 그곳만 한 곳이 없습니다."

"그 돈독 오른 놈들이 이유를 팔지 않았다면 자기들도 모른다는 소리다. 직접 조사해라. 찾아보면 북해빙궁에서 무림맹으로 돌아오기 위해서 반드시 거치는 곳이 있을 거야. 그곳에 덫을 놓아라. 증거 남기지 말고 확실히 처리해."

"알겠습니다. 최고의 살수 단체에 의뢰하겠습니다."

* * *

마뇌가 교주에게 공손히 보고했다.

"교주님, 무림맹주가 사람을 북해빙궁으로 보냈습니다."

"응? 그자가 왜? 북해빙궁을 끌어들이려는 건가?"

"확실한 것은 알 수 없습니다. 그러나 쌍절서생 주유성이 북해빙궁으로 돌아가는 일행에 섞였습니다."

"그래? 주유성이라면 유명한 놈이잖아. 지난번 사황성을 막은 것도 그놈이라며?"

"그렇습니다. 그리고 그렇게 비중있는 자를 보냈으니 북해빙궁에 큰 제의를 할 것이 틀림없습니다."

"크흠. 곤란하군. 북해빙궁이 무림맹에 붙으면 안 좋지?"

"세력이 붙을수록 불리합니다. 무림맹이 너무 강해지면 사황성이 함부로 도발하지 않을 수 있습니다."

"그래, 대책은? 마뇌라면 대책도 가지고 왔을 거 아냐?"

마뇌는 골치가 아픔을 느꼈다. 물론 대책은 가지고 있다. 대책을 마련하기 위해서 참모들과 회의까지 거치고 가져온 정보다.

'내가 대책을 내놓지 못할 일이 생기면 교주는 뭐라고 할까?'

마뇌는 상념을 재빨리 지워 버리며 대답했다.

"쌍절서생이 암살당하는 것이 가장 좋습니다. 사절단으로 간 사람이 죽으면 북해빙궁과 무림맹 사이의 관계가 좋아질 수 없습니다. 더구나 죽은 인물이 쌍절서생처럼 좋은 명성을 얻어가는 사람인 경우 그 파장은 더 큽니다."

"암살이라. 다른 사람도 아니고 내가 암살 같은 치사한 짓을 해야 하겠나? 더구나 그가 암살되면 그의 배경 때문에 여러 가지 곤란한 문제가 생긴다고 들은 것 같은데?"

"그렇습니다. 하지만 그가 중원이 아니라 북해에서 암살당한다면 이야기가 달라집니다. 그렇게 하면 책임이 북해에 넘어가게 됩니다."

"호오. 그것도 그럴싸한데? 그럼 북해에서 그를 암살할 방안은 있고?"

"죄송합니다. 북해빙궁은 우리 교의 손이 충분히 닿지 않는 곳입니다. 더구나 암살자들을 보내도 북해의 추위에서 제대로 활동하기 어렵습니다."

북해빙궁의 추위는 그 자체로 하나의 방벽이다. 추위에 강한 음한기공을 익힌 자가 아니라면 제대로 힘을 쓰지 못한다.

"그러면 어쩌자는 겐가?"

마뇌가 슬쩍 웃었다.

"사황성을 이용해야지요."

第十一章

그들의 이동 속도는 빨랐다. 마차는 열심히 달렸고 휴식은 말들이 쉴 필요가 있을 때와 밤이 왔을 때뿐이다. 마차는 워낙 고급품이고 주유성은 내공이 높다. 특별히 피로를 느끼지 못하니 강행군을 불평하지 않았다.

주유성은 요새 들어 정말 잘 먹었다. 냉소천과 냉소미는 북해빙궁주의 아들딸이다. 돈에 부족함이 없고 주유성에게 아쉬운 것이 많아 최고의 요리만 시켰다. 그리고 그것은 주유성의 입으로 열심히 들어갔다.

실컷 먹고 배를 두드리던 주유성이 푸념을 했다.

"으아. 요새 너무 잘 먹었더니 뱃살이 다 잡히려고 하네."

그 이야기를 들은 다른 세 명은 어이가 없었다. 냉소천이 신기한 듯이 말했다.

"그렇게 먹고도 살이 찌지 않으니 이거 정말 희한한 체질이다."

주유성은 무공에 특화된 전설의 골격 비슷한 것을 타고났다. 그의 몸은 무공에 방해되는 지방을 필요량 이상으로는 쌓지 않는다. 지금도 배가 잡힌다는 헛소리를 하지만 일시적인 지방 축적일 뿐이다. 생활이 정상으로 바뀌면 꼭 필요한 만큼을 남기고 빠르게 사라진다.

"오빠는 정말 부러워. 나도 그렇게 실컷 먹고 날씬할 수 있으면 좋겠어."

주유성의 몸은 옷으로 가려져 있어서 그 모습이 대놓고 드러나지 않는다. 것으로 보기에 건장한 체형은 아니다.

하지만 그의 몸은 탄력이 대단히 좋고 크기가 작은 근육으로 이루어져 있다. 운동량에 상관없이 지금 상태에서 크게 다르지 않는 양의 근육이 자연스레 붙는다. 같은 체질을 타고났다면 여자의 몸도 마찬가지로 근육이 붙게 된다. 아름다움을 중시하는 냉소미가 부러워할 몸은 아니다.

주유성이 배를 쓰다듬다가 말했다.

"그런데 날이 슬슬 쌀쌀해지네. 꽤 많이 왔나 봐?"

주유성은 한서불침이다. 공력이 너무 높아 덥고 추운 것을 가리지 않는 원래의 한서불침과는 조금 다르다. 그는 춥고 더운 기운을 받아들여 공력으로 운기해 버린다. 어린 시절부터 그렇게 해왔다. 춥고 더운 것은 그의 내공을 늘려줄 뿐 고통이 되지 못한다.

냉소천이 웃었다.

"하하. 이 날씨가 겨우 쌀쌀하다니. 솔직히 말해서 꽤 추워졌다. 주 공자는 추운 것을 잘 참는군. 좋은 일이다."

"그러게. 오빠는 우리 북해랑 어울리나 봐."

그 말속에는 그녀의 욕심이 숨어 있다.

"내게는 어떤 곳이든 드러누울 수 있는 공간만 있으면 충분해. 더 이상 바라는 건 욕심이야."

일반인 기준으로 볼 때 바라는 건 많다. 주유성은 그 공간에서 일하지 않고 뒹굴어도 좋을 만큼의 시간과 돈, 기타 등등을 원한다.

"곧 중간 기착지에 도착하면 옷을 따뜻한 것으로 바꿔 입어라. 우린 그곳에서 말을 바꿔야 한다."

주유성이 즉시 대답했다.

"옷은 공짜지? 난 가난하니까 내 황금에서 제할 생각은 꿈도 꾸지 마."

빙궁은 정말 추운 지방에 있었다. 더운 지방에서부터 마차를 끌고 온 말은 빙궁이 운영하는 중간 기착지에 남겨두었다. 대신에 마차에는 추위에 잘 견디는 북쪽 말로 바꿔 달았다.

무림맹에서 출발한 지 한 달 후에 그들은 마침내 북해빙궁에 도착했다.

마차에서 내리면서 주유성이 한마디 했다.
"제법 쌀쌀하네."
곳곳에 얼음 덩어리가 굴러다니고 근처의 산꼭대기에는 만년설이 쌓여 있는 곳이 이곳이다.

이 동네는 추운 곳에서만 자라는 특별한 식물들을 재배할 뿐 일반적인 농사는 짓지 않는다.

그래도 북해빙궁의 사람들은 잘 먹고 잘산다. 몇 년 묵은 설삼 같은 특별한 식물들이 상당히 비싼 값에 팔리며, 물개 등의 사냥감도 적지 않고, 특히 물고기를 비롯한 해산물이 풍부하다.

그 외에 북해에서 나는 여러 가지 광물도 고가에 거래된다. 특히 만년한철은 발견되는 경우가 희귀하기는 해도 한 덩어리만 건져 내면 황금을 바리바리 싸들고 구입하러 오는 무림 문파들이 쌓이고 쌓였다. 다음 만년한철을 건졌을 때 구입하겠다고 예약한 문파만 해도 이미 십여 개다. 그중에는 황궁이나 사황성까지 있다.

그래서 북해빙궁은 부유하다. 농사짓는 것 이외의 산업이 발달한 덕분이다.

냉소미가 주유성을 재촉했다.

"오빠, 얼른 들어가자. 궁 안이 훨씬 따뜻해."

여기서 빙궁주는 왕과 비슷한 지위의 사람이다. 당연히 오랫동안 여행을 해서 조금 지저분해진 상태로 만날 수는 없다. 주유성은 사치를 잔뜩 부린 손님 접대 방으로 안내되었다.

그 방은 욕실이 딸려 있었다. 종만 치면 뜨거운 물이 가득 들어 있는 커다란 물통들이 배달되었다. 원래는 목욕 시중드는 젊은 아가씨들도 있었지만 냉소미가 사전에 차단했다. 그녀는 자기가 탐내는 남자를 젊은 아가씨들에게 시중들게 할 만큼 바보가 아니다. 빙궁의 여자들은 마음에 드는 남자가 있으면 유혹하는 것을 망설이지 않는다.

모든 것이 공짜라는 생각에 기분이 좋아진 주유성은 더운 물을 왕창 써서 목욕도 하고 새 옷도 챙겨 입으며 호사를 누렸다.

그리고 마침내 주유성이 기대해 마지않던 빙궁주와의 만찬 시간이 되었다.

주유성은 빙궁주에 대해서는 눈곱만큼도 기대하지 않았다. 이놈이 기대하는 것은 이런 화려한 곳의 주인이 작정을 하고 차린다는 만찬의 음식이었다.

빙궁주가 주유성을 보더니 환히 웃으며 말했다.
"중원의 젊은 영웅을 보게 되니 이거 반갑기 그지없군."

빙궁주는 진심으로 반가웠다.

'네가 내 숙원을 해결해 주겠구나. 부디 죽지 말고 성공해라.'

주유성도 환히 웃었다.

"저도 정말 반갑기 그지없습니다. 꿀꺽."

그의 앞에 차려져 있는 이름 모를 음식들이 반갑기 그지없다.

주유성은 내륙에 살았다. 민물고기나 말린 해물은 자주 먹었어도 이렇게 신선한 해산물로 만든 요리들은 처음 본다.

빙궁주가 음식을 차려놓고 주유성을 맞은 것은 냉소천의 권유 때문이다. 냉소천은 주유성이 먹을 것에 예민하니 좋은 음식을 접대하며 이야기하는 것이 좋을 거라고 제안했다.

빙궁주가 주유성을 자세히 살폈다.

'과연. 먹을 것을 좋아한다더니 곧 침이라도 줄줄 흘릴 듯한 기색이군. 쉬운 놈 같으니 다행이야. 배가 고프면 짜증만 나니 협상이 되지 않으렷다? 일단 배를 채워주자.'

그는 이미 주유성을 우습게보고 있었다. 그가 아는 무인들 중에 제대로 된 놈들은 먹을 것에 이렇게 예민한 반응을 보이지 않는다.

"자, 먼 길을 오시느라 배고팠을 텐데 식사부터 합시다."

그 말이 떨어지기가 무섭게 주유성의 손이 움직이기 시작했다. 음식들이 빠르게 그의 입으로 들어갔다.

"쩝쩝. 와, 이건 뭔데 이렇게 깔끔한 맛이 나요? 생선 날고기를 썬 건가요? 꿀꺽. 이건 정말 시원하네. 세상에. 이건 가재처럼 생겼는데 뭐 이렇게 크나요? 우와. 이건 생선이 내 몸통만 하네. 설마 이게 말로만 듣던 고래는 아니죠?"

주유성은 음식을 씹고 삼키면서 말을 하는 엄청난 신공을 보여주었다.

빙궁주의 아들딸들 중 지금 궁에 있던 아들 이십 명과 딸 열다섯 명은 모두 할 말을 잃었다. 다들 음식을 제대로 먹지 못했다.

여기서 주유성의 정체를 맛이라도 본 사람은 냉소천과 냉소미밖에 없다. 주유성의 진법 능력과 무공에 대해서 보고받은 것은 북해빙궁주뿐이다. 나머지는 그저 냉소천과 냉소미가 데려온 손님이라고 알고 있다.

대부분의 머릿속에는 한 가지 생각이 흘렀다.

'어디서 거지새끼를 한 마리 데려왔냐?'

주유성은 그 시선에 아랑곳없이 닥치는 대로 음식을 먹었다. 냉소미가 그 옆에 찰싹 달라붙어 음식 먹는 것을 도왔다.

"오빠, 이건 껍질을 먼저 잘라내고 속을 먹는 거야. 그냥 씹으면 어떻게 해? 아, 그건 그 옆의 양념에 찍어 먹어야 더 맛있어. 그리고 이것도 좀 먹어봐. 날아다니는 물고기의 알로 만든 건데 아주 맛있어."

"와아. 물고기가 하늘을 훨훨 날아?"

"그냥 잠깐 날아."
"입 안에서 알이 톡톡 터진다. 히히히."
그 모습을 여러 형제자매가 믿어지지 않는다는 듯이 보았다.
'저 자존심 높은 소미가 거지한테 달라붙어서 무슨 짓이냐.'
'내 눈이 다 의심스럽군.'
'소미 언니 실망이야.'
빙궁주는 그의 아들딸들과 주유성의 상견례가 별로 좋은 결과가 보이지 않는다는 것을 눈치 챘다. 최고의 대우를 하느라 잔뜩 불러 모았지만 그 깔보는 눈치는 바보가 아니면 알아볼 수 있다.
빙궁주는 급히 아들딸들을 쫓아냈다.
"너희들은 다 먹었으면 그만 나가보거라. 주 공자가 불편해하시겠다."
빙궁주의 축객령에 그들은 어이가 없었다.
'아직 맛도 못 봤는데?'
'거지 불편할까 봐 우리보고 나가라고? 아버님이 너무하시네.'
'흥. 이까짓 음식. 우리끼리 따로 잘 차려 먹어야겠다.'
그 많던 사람들이 순식간에 만찬장을 빠져나갔다. 남은 것은 빙궁주와 소천, 소미 남매. 그리고 중원과는 완전히 다른 형식의 요리 맛을 보느라 정신이 나간 주유성뿐이다.

주유성의 긴 식사가 마침내 끝났다. 그의 앞은 마치 전쟁이라도 벌어진 것 같았다. 그는 가능한 모든 요리를 먹어보려고 시도했다. 그러다가 정말 맛있으면 참지 못하고 잔뜩 먹어치웠다. 그 많은 요리에다가 전부 그 짓을 했다. 차려진 음식은 전부 난장판이 됐다.

그리고 거사를 치른 주유성은 배가 너무 불러서 꼼짝을 못했다.

"아이고. 나 죽어. 소미야. 나 죽어."

냉소미도 이미 질려서 구경만 한 지 오래다. 그녀는 주유성의 배를 통통 두드렸다.

"오빠, 돼지야?"

돼지도 그렇게 미련하게 먹지는 못한다.

"시끄러. 건드리지 마. 배 터져."

빙궁주는 어이가 없었다. 그는 주유성이 진법의 대가이며 무공도 꽤 하는 사람이라고 들었다. 그러니 당연히 그에 어울리는 체면과 예의를 가지고 있을 줄만 알았다. 하지만 현실은 전혀 달랐다.

"주 공자의 식사가 끝났다. 음식을 치워라."

그의 명령에 바깥에서 대기하고 있던 사람들이 우르르 몰려들어 음식들을 치웠다. 그 빠르기가 범상치 않았다.

"와아! 주방 아저씨들도 무공을 해요?"

냉소미가 자랑스럽게 말했다.

"응. 우리 빙궁에서는 무공 못하는 사람 없어."

냉소천이 보충 설명을 했다.

"냉기를 기본으로 하는 내공을 익히지 못하면 여기서 정상적으로 살 수 없다. 그래서 무공을 익히지 못하는 자는 애초에 받아들이지 않는다."

주유성이 배를 자극하지 않도록 조심조심 끄덕거렸다.

"와! 북해빙궁의 힘이 장난이 아니겠구나. 어쩐지 남해검문이나 그런 곳보다 더 유명하다 했어."

냉소천이 조금 기분이 좋아졌다.

"하하하. 남해검문과 우리 빙궁을 비교할 수는 없지. 거리가 멀어서 그렇지 남해검문이 북해에 있었다면 우리 눈치나 보고 살았을 거다."

"너 그 남해검문의 파무준한테 졌잖아?"

"크흠."

냉소천이 대답을 못했다. 무공을 숨겨두느라 그랬다고 말할 수는 없다. 주유성이 속을 한 번 더 긁었다.

"파무준이 들으면 길길이 날뛸 소리나 하네."

그러나 냉소천의 말처럼 남해검문은 하도 멀어서 설사 천리지청술을 문자 그대로 천 리 바깥까지 들을 정도로 익히고 있어도 그들의 대화를 들을 수 있는 사람은 없다.

북해빙궁주가 신중한 얼굴로 말했다.
"그런데 주 공자, 공자의 진법이 꽤 대단하다지?"
"대단은 무슨 대단요. 그냥 앞가림만 하는 거예요. 어릴 때 잠깐 배운 거예요."
북해빙궁만이 아니라 무림맹까지 뒤져 봐도 그 말을 믿을 사람은 없다.
"듣자 하니 무림 진법대회에서 우승했다고?"
냉소천이 즉시 덧붙였다.
"최근에 아수라환상대진 비슷한 진에 무림정파의 무사 만여 명이 갇혔던 적이 있다는 소문이 돌았습니다. 그 소문에 의하면 주 공자가 그 진을 파훼하고 그들을 구했다고 합니다. 그 시간이 하루도 채 걸리지 않았다고 들었습니다."
북해빙궁주가 크게 반가워했다.
"오오! 아수라환상대진 비슷한 진? 그럼 위력도 대단했을 텐데. 대단하군, 대단해."
예의상 하는 말이다. 그게 진짜 아수라환상대진인 걸 알았다면 벌떡 일어서서 난리를 쳤겠지만 그는 비슷한 것이라는 말마저도 제대로 믿지 않았다.
'감히 아수라환상대진과 비교하는 진이라니. 그래 봐야 소문이잖아. 무림의 소문은 과장되기 십지. 소천이 녀석. 주 공자를 꽤 띄워주려고 애쓰는군.'
"그뿐이 아닙니다. 저와 함께 있을 때 사황성의 이천여 명으로 구성된 전투 부대를 진법을 이용해서 함정에 빠뜨렸습니다. 그 덕분에 피해가 전혀 없이 그들을 모조리 잡았습니다."

빙궁주의 눈이 반짝였다. 잘 믿어지지도 않는 아수라환상대진 비슷한 진 이야기보다 훨씬 구미가 당기는 소리다.

"나도 그 소문은 전해 들었다. 소문만으로 믿을 수는 없지. 네가 직접 보았느냐?"

"직접 그 일을 도왔습니다."

주유성이 뽈록하게 튀어나온 배를 쓰다듬으며 말했다.

"별거 아녜요. 오협련의 건물들은 이미 진법을 기준으로 만들어져 있었거든요. 조금 고쳐서 발동만 시켰어요. 그자들을 잡은 건 주로 함정을 이용한 거구요."

"어허. 그래도 어찌 대단하지 않은가? 주 공자, 잘 왔네, 잘 왔어."

같은 일도 직접 보는 것과 소문으로 듣는 것의 가치는 완전히 다르다. 신뢰도에서 차이난다.

'소천이의 성품이 가볍지 않으니 본 것은 거짓일 리 없지. 이놈 역시 진짜 대단한 진법가구나.'

만족한 그가 다시 질문했다.

"무공도 대단하다며?"

"그냥 어디 가서 맞지 않을 만큼이에요."

이번에는 냉소미가 끼어들었다.

"사황성의 혈혼수라를 순식간에 무찔렀어요."

빙궁주가 벌떡 일어섰다.

"뭣이! 혈혼수라를?"

혈혼수라의 이름은 북해빙궁주가 알 만큼은 된다. 빙궁주의 상대가 될 리는 없지만 그래도 이름을 알 정도면 그만큼 강하다는 뜻이다.

북해빙궁에서도 중원에 정보를 수집하는 자들을 몇 명 두고 있다. 그 정보는 정기적으로 북해빙궁으로 전해진다.

그러나 소식이 전해지는 거리가 워낙 멀고 중원은 넓다. 대부분 소문을 수집한 정도고 그나마도 이번처럼 최신 사건은 간단한 요약문이나 받는 경우가 많다.

그래서 혈혼수라를 무찌른 이야기를 들은 빙궁주는 진심으로 놀랐다. 그의 상식으로 보면 주유성의 나이에 혈혼수라의 상대가 될 만한 청년고수는 거의 없다시피 하다.

주유성이 부른 배 때문에 손을 힘겹게 저으며 말했다.

"그놈이 먼저 독모래를 뿌렸는데, 우리 외할아버지가 명색이 독왕이거든요. 독모래 피하는 법 정도는 알아요. 그래서 그걸 도로 뿌렸더니 그놈이 당황하데요. 알고 보니 독모래 쓰는 법도 모르는 놈이더라고요. 그래서 독모래 피하느라 당황한 놈 쫓아가서 때린 거예요. 별거 아녜요."

혈혼수라를 무찌른 일은 별거 아닐 수가 없다. 하지만 빙궁주는 자기 상식이 통하는 방향으로 납득해 버렸다.

"아아, 자기가 방금 쓴 수법에 자기가 당하게 되면 크게 당황하는 게 정상이지. 운이 좋았군. 그래도 보통 실력이 아니야. 혈혼수라가 아무리 당황했다고 하더라도 그를 제압하기는 쉽지 않아. 무공이 대단하군. 대단해. 하하하."

빙궁주는 기분이 정말 좋았다. 일이 다 해결된 것처럼 기뻤다.

식후에 차가 들어왔다. 북해빙궁 특유의 차였다. 북해에서 자라는 귀한 식물로 만든 것으로 중원의 차와는 성격이 다르지만 그 향기는 꽤 깊었다.

좋은 향이 나자 주유성이 저도 모르게 손을 뻗었다. 찻잔을 잡으려고 힘겹게 버둥거리는 꼴을 보며 사람들은 다시 당황했다.

냉소미가 어이없다는 듯이 말했다.

"오빠, 더 들어갈 자리가 있어?"

"없어."

말은 그렇게 하면서 잔을 들어 한 모금 홀짝 마셨다.

"향 좋네. 아이고 배야. 배불러 죽겠다."

비명을 질러대며 또 한 모금 마셨다.

이제 사람들은 먹을 게 있으면 제 배 터지는 줄 모르고 먹어댄다는 붕어를 보는 기분에 싸였다.

빙궁주가 정신을 차리고 말했다.

"주 공자, 북해에는 무슨 일로 불렀는지 혹시 아는가?"

"몰라요. 진법 일이겠죠 뭐. 아, 황금 이십 관 이야기. 들었어요?"

빙궁주는 냉소천에게서 기본적인 보고는 들은 상태다.

"물론이네. 단 한 냥도 빠지지 않게 챙겨주지. 다만 성공했을 때의 이야기지."

"지지 선언도요."

"황금을 두 배로 줄 테니 그건 없던 것으로 하는 건 어떤가?"

"나 그냥 돌아갈게요."

빙궁주가 깜짝 놀라며 손을 저었다.

"아, 농담이라네. 걱정 말게. 일만 잘 해결되면 틀림없이 그렇게 하지."

주유성이 힘겹게 자세를 고쳐 앉으며 말했다.

"그럼 이제 이야기를 좀 해보세요. 다른 사람도 아니고 왜 하필 내가 필요한 건데요?"

빙궁주도 정색을 했다.

"이건 우리 북해의 비밀이네. 이 이야기를 들으면 자네는 반드시 그 일을 해야 하네. 거절할 수 없어."

주유성이 귀찮은 얼굴로 말했다.

"쳇. 실패하면 죽는 위험한 일인가 보네요?"

빙궁주의 안색이 변했다.

"그걸 어떻게 알았나?"

"나 바보 아니거든요? 저 같은 외인에게 비밀을 말해줘도 되는 건 그 비밀이 새나갈 일이 없거나 더 이상 가치가 없어졌을 때뿐이잖아요. 제가 그 일을 해결하면 남들이 알아도 되는 거고, 실패한다면 비밀은 살아 있지만 저는 그걸 누설할 수 없게 되는 거겠지요."

"그걸 눈치 챘군."

'이놈이 이제 와서 안 한다 그러면 어떻게 하지?'

빙궁주는 초조해졌다. 이야기도 듣지 않고 일을 안 한다고 해서 쳐 죽일 순 없다. 주유성을 죽인다고 해서 빙궁에 생기는 건 없다. 오히려 무림맹이나 당문에 대한 입장만 난처해진다.

그렇다고 강제로 시켜서 될 일도 아니다.

"이야기를 들어주겠나?"

"그럴려고 왔잖아요."

주유성도 꿍꿍이가 없는 건 아니다. 하다가 도저히 안 되겠으면 줄행랑을 칠 생각이다.

"우리 빙궁에는 옛날부터 전해져 오는 보물이 있네. 그리고 그 보물은 아주 안전한 곳에 있지."

"진법으로 지켜지고 있어요?"

"그렇지. 그래서 주 공자가 필요하지. 그곳은 완벽하다고 할 만한 진법에 의해서 보호받고 있지. 오직 빙궁의 후계자만 들어갈 수 있어."

"들어가는 법 까먹었어요?"

빙궁주가 하는 이야긴 기밀 중의 기밀이다. 그런데 그걸 한 발 앞서 이야기하는 소리를 자꾸 들으니 궁주는 놀라서 심장이 떨어질 지경이다.

"주 공자, 독심술이라도 익혔나?"

"뻔한 이야기 하니까 그러지요."

"그래. 삼백 년 전에, 거기 들어가는 방법이 소용없어졌네. 기존의 방법으로는 들어갈 수 없어. 하지만 거기 있는 건 우리에게 정말 중요한 것이지. 자네가 그걸 찾아줬으면 하네."

"그런데 다른 진법가들은 못 풀어요?"

"이미 여러 차례 시험해 봤지. 하지만 그곳은 수시로 진이 변하는 곳이야. 주변에 얼음이 흐르는 바다가 있다네. 그 영향으로 진이 계속 변해. 안전한 길은 정해져 있지만 오랜 세월이 흐르면서 그것이 무너졌어."

"그러게 좀 고쳐 가면서 쓰지. 진도 수명이 있다고요."

"진은 살아 있는데 길을 없어졌으니 원래의 방법으로는 들어갈 수가 없어. 그러니 이제 방법은 그곳에서 수시로 변하는 진을 그때그때 대응하며 뚫고 들어가는 것뿐이라고 결론을 내렸네."

"내가 진을 빨리 풀어서 데려온 거예요?"

"그렇지. 오랜 세월 검토한 바에 의하면 빠른 해독 능력이 가장 중요하지. 그 외에 그곳은 정말 춥고 위험이 많아. 무공이 약하다면 오래 버틸 수 없어. 결국 우리는 진을 단숨에 풀어낼 수 있는 빠른 솜씨의 진법가이며 동시에 무공이 고수인 사람을 찾았네. 자네도 알다시피 그런 사람은 거의 없지. 무공고수는 진법을 그리 깊이 파지 않고 진법 전문가는 공부만 하느라 무공이 약해."

"그런 사람들이 없지도 않아요. 그동안 그걸 뚫으려고 들어간 사람들도 있지요?"

"지난 세월 동안 여럿을 찾았지. 하지만 모두 돌아오지 못했네."

주유성이 불만스러운 얼굴로 말했다.

"쳇! 이거 손해 보는 장사 같은데요?"

빙궁주는 물론이고 냉소천의 얼굴까지 굳었다.

"이야기를 듣고도 하지 않을 수는 없다네. 듣지 않았다면 모를까 들은 지금은 반드시 해야 한다네."

주유성이 배를 두드렸다.

"알았어요, 알았어. 내가 해줄게요. 일단 좀 놀고요."

주유성은 걱정하지 않았다. 살아오면서 작정하고 해서 안 되는 일이 없었다. 이번에도 그럴 거라고 믿어 의심치 않았다.

주유성은 빙궁의 얼음 정원에서 뒹굴었다. 빙궁의 정원에는 여러 가지 조각들이 얼음으로 만들어져 있었다.

냉기는 그의 몸을 얼리기 위해서 죽어라고 침투했지만 주유성은 그것을 받아들여 심법을 운용하며 흡수했다. 흡수되는 기운은 얼마 없고 대부분 다시 배출되지만 추위를 막기에는 그것으로 충분했다.

얼음 정원에 자리 펴놓고 떼굴떼굴 구르며 노는 짓은 빙궁의 사람들도 하지 않는다. 빙궁주의 아들딸들이 지나가며 그것을 보고는 수군거렸다.

"독한 놈. 추위를 참으면서까지 게으름을 피우다니."

"내가 며칠 두고 봤지만 저 거지새끼는 할 줄 아는 건 밥 먹는 거와 뒹구는 것, 그리고 자는 것밖에 없어."

"아버님은 왜 저런 자를 손님으로 대접하는지 이해할 수 없군."

"나도 의문이야. 왜 겨우 저런 자를……."

주유성이 이리저리 몸을 굴리다 보니 신기한 얼음 조각들이 여럿 보였다. 그는 흥이 돋았다. 그래서 자기를 졸졸 쫓아다니는 냉소미에게 말했다.

"소미야, 칼 좀 빌려주라."

무인에게 있어서 칼은 함부로 빌려주는 물건이 아니다. 주가장의 무사들처럼 널널한 생각을 가진 사람들은 마구 빌려주는 물건이지만 여기는 북해빙궁이다.

예의없는 그 말에 냉소미가 발끈했다.

"기다려. 칼 가져올게."

그녀는 냉큼 달려가더니 곧바로 식칼을 하나 구해왔다.
"자, 칼."
그녀 딴에는 주유성이 놀아주지 않으니 투정을 부린 것이다. 보통 무인은 식칼을 잡지 않는다.
주유성은 무인으로서의 자각이 조금도 없다. 칼을 냉큼 받아 들며 말했다.
"좋아. 그럼 시작해 볼까?"
주유성은 칼에 목숨을 거는 검사가 아니다. 칼뿐이 아니라 어딘가에 목숨을 거는 것 자체를 하는 놈이 아니다. 지금 하고자 하는 일에는 그저 날이 있는 물건이 있으면 충분하다.
그가 커다란 얼음 덩어리 앞으로 갔다. 누군가가 얼음 조각을 하기 위해서 가져다 놓은 것이다.
"너 거기 그냥 서 있어."
주유성이 냉소미를 세워둔 채로 조각을 하기 시작했다.
주유성의 눈썰미는 눈썰미라고 하는 차원을 넘어서 있다. 거의 복제가 가능한 수준이다. 그가 냉소미를 보더니 식칼을 휘둘러 얼음을 마구 잘라냈다.
작은 식칼의 칼날 위로 검기가 아주 얇게 흘렀다. 그것만으로도 얼음을 두부 자르듯이 하기에 충분했다.
더구나 주유성은 손이 빠르다. 그의 손이 빠르게 움직이면서 얼음은 점점 사람의 형태를 갖췄다.
멋모르고 서 있던 냉소미의 눈이 점점 커졌다.

잠룡전설 353

'빠, 빠르다. 얼음 조각을 언제 해봤지?'

냉소미가 놀라고 있는 사이에 얼음 조각은 어느새 마무리 단계에 들어가고 있었다.

주유성은 얼음을 다듬었다. 그가 손을 씀에 따라 얼음에 점점 생명이 부여되었다.

주유성이 작업을 끝내고 한 발 물러서며 자신의 결과물을 보았다.

"이야, 잘 나왔네."

냉소미가 다가오며 자신의 얼음 복제품을 보았다.

정말 잘 만들어진 얼음 조각이었다. 반투명한 몸체는 그녀의 미모를 몇 배는 더 신비롭게 만들어주었다.

"오빠, 내가 이렇게 예뻤는지 나도 몰랐어."

얼음 조각이 더 예쁘다. 하지만 냉소미는 그렇게 생각하지 않았다.

"완전히 나랑 똑같아. 고마워, 오빠."

냉소미는 진심으로 감탄했다. 이런 선물은 받아본 적 없다.

'식칼 대신에 얼음 조각하는 사람들의 도구를 가져다줄걸.'

그녀는 뒤늦게 후회했다. 이미 늦었다. 그리고 그런 도구가 있다고 해서 더 나은 결과물이 나오는 것도 아니다.

냉소미가 감탄하든 말든 주유성은 식칼을 돌려주며 말했다.

"간만에 힘썼더니 배고프다. 밥 먹으러 가자."
"오빠는. 정말 그렇게 먹는 게 다 어디로 가는지 몰라."

 북해빙궁은 춥다. 여름이 오지 않으면 얼음이 녹지 않는다. 주유성이 만들어둔 얼음 조각은 녹지 않고 정원에 계속 서 있었다.
 그래서 빙궁을 돌아다니는 사람들에게 냉소미를 본뜬 얼음 조각에 대한 소문이 돌았다. 사람들은 얼음 조각을 보고 수군거렸다.
 "이걸 그 거지가 만들었다며?"
 "실력이 장난이 아니군. 우리 빙궁 최고의 조각가와 비교해도 별로 떨어지는 솜씨가 아니야."
 "역시. 그자는 어딘가 쓸모가 있었어. 우리 빙궁을 얼음으로 장식하려고 불러온 자였군."
 "흥. 그런데 주제를 모르고 소미를 조각했군. 감히 우리 빙궁 최고의 미녀를 노려?"
 "걱정 마. 소미가 적당히 가지고 놀다가 버리겠지."
 여자들은 다른 의미로 주유성에게 관심을 가졌다.
 "소미가 버리고 나면 내가 차지할까? 얼굴도 잘생겼겠다. 조각을 잘하면 나도 조각해 달라고 해야지."
 "어머. 다음은 내 차례야. 순서를 지켜야지. 넌 언니도 못 알아보니?"

주유성의 정체를 오해하게 된 후로 빙궁주의 아들들은 그를 노골적으로 무시했다. 친분을 가지려고 하지도 않았다. 깔보는 사람들도 생겼다.

주유성은 신경 쓰지 않았다. 그를 게으르게 생각하고 우습게보는 사람은 중원에도 수두룩했다. 남의 눈을 일일이 신경 쓰면 게으름은 피울 수 없다. 건드리면 용서치 않지만 건드리지 않는 자는 그도 마찬가지로 무시하고 깔보는 것으로 끝냈다.

그리고 마침내 주유성이 북해빙궁에 온 목적을 수행할 날이 왔다.

주유성과 북해빙궁주는 둘이서 길을 떠났다. 장소 자체가 비밀이라 아무나 데려가지는 않았다. 북해빙궁에서도 이 위치를 아는 사람은 몇 명 없었다.

주유성은 옷을 단단히 껴입고 있었다. 그가 입은 것은 북해에 사는 흰 곰 가죽으로 만든 것이다. 그 따뜻함이 보통을 넘지만 북해는 더 춥다. 일반인은 그 정도로는 이곳에서 오래 버틸 수 없다.

마침내 목적지에 도착하자 주유성의 눈앞에 장관이 펼쳐졌다.

"우와! 이거 장난이 아닌데요?"

그의 앞에 펼쳐진 것은 급류가 흐르는 검은 바다였다.

"물에 빠져서는 안 된다. 저 물에 빠지면 아무리 무공고수라도 얼마 버티지 못하고 얼어 죽어. 배를 타고 지나가야 하지."

배는 이미 준비되어 있었다. 빙궁주가 직접 가져다 놓은 것이다.

"진법은 바다 곳곳에 솟은 저 바위섬들에 설치되어 있겠네요?"

"그렇지. 아주 옛날에 진법의 대가들을 동원해서 설치했다고만 알고 있네. 그런데 저 바위섬 중 하나가 어느 날 깨져 버렸어. 그리고 나서는 원래 우리가 알고 있던 고정된 생문이 없어져 버렸지."

"쳇. 진이 장난이 아니네. 저 바다에 커다란 얼음 조각들이 지나갈 때마다 진이 계속 변하는 구조네요?"

"역시 주 공자. 단숨에 알아채는군. 그래서 우리는 저것을 뚫고 지나갈 수 없어. 섬까지 거리가 머니 무공으로 부술 수도 없고. 그래서 주 공자처럼 진법의 대가가 필요해. 저 진의 틈으로 배를 몰고 지나갈 수 있을 정도의 대가여야 하지."

주유성은 진을 자세히 살폈다. 확실히 장난이 아니다.

"겁나네요."

솔직히 겁이 났다. 그만큼 이 변화무쌍한 진은 대단했다. 진이 설치된 섬들의 거리가 먼데 그 위력이 바다 전체를 감싸고 있었다. 바위섬에 도달하기 전에는 부술 방법도 없으니 피해가는 방법뿐이다.

"겁이 나지 않으면 사람이 아니지."

"말씀하신 보물은 어디에 숨겨져 있어요?"

"가장 안쪽의 저 커다란 바위섬이다. 저곳에 가면 제법 큰 동굴이 있다. 그 안에 들어가면 작은 상자가 하나 있다. 그것을 가져다주면 된다. 단단히 잠겨 있으니 호기심을 부리지 마라. 지나친 호기심은 생명을 단축시킨다."

"그 동굴이 막혔을 가능성은요?"

"그곳에는 눈보라를 막을 수 있는 진이 설치되어 있다고 들었다. 따라서 눈이나 얼음 따위에 막힐 리는 없어."

주유성이 진의 흐름을 검토했다. 기의 흐름은 대충 감지할 수 있었다. 워낙 변화가 심해 자세한 것은 실제로 진 속에 들어가 봐야 알겠지만 원리 정도는 대충 이해가 되었다.

"알았어요. 해볼게요."

빙궁주가 반색을 했다.

"가능하겠나?"

"몰라요. 일단 부딪쳐 보고 안 되겠으면 도망 나오죠 뭐."

"도망 나오는 것이 가능했던 사람은 없다."

"빙궁으로 안 돌아오고 아예 도망쳤는지도 모르잖아요."

"모든 진법가가 내린 결론은 단 하나다. 빠져나오려면 출구는 이쪽 방향뿐이야."

주유성이 히죽 웃었다.

"내가 안 하면 무림맹에 대한 지지도 없을 거잖아요. 그러니 일단 해볼게요."

주유성은 끌어놓은 배에 올라탔다. 이 작은 배를 젓는 법은 빙궁에서 이미 배워왔다. 뭐든지 잘 배우는 주유성답게 이미 배를 마음대로 움직이는 경지에 이르렀다.

주유성이 빙궁주를 보고 말했다.

"황금이나 준비해 둬요."

빙궁주가 고개를 크게 끄덕였다.

"걱정 마라. 황금 이십 관. 확실히 준비하마."

주유성이 손을 한 번 흔들어준 후 배를 띄웠다.

게으름뱅이가 북해에 잠든 비밀로 들어갔다.

4권 끝

무한 상상 · 공상 세계, 청어람 신무협&판타지

『한백무림서』11가지 중 『무당마검』, 『화산질풍검』을
잇는 세 번째 이야기 『천잠비룡포』의 등장!!

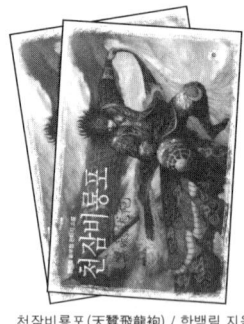

천잠비룡포(天蠶飛龍袍) / 한백림 지음

천상천하 유아독존!!
새로운 무림 최강 전설의 탄생!!

『천잠비룡포』
(天蠶飛龍袍)

천잠비룡황, 달리 비룡제라 불리는 남자.

그는 누군가의 명령을 받고 움직이는 남자가 아니다.
그는 자신의 적을 앞에 두고 물러나는 남자가 아니다.
그는 자신의 이름 안에 있는 자들의 원한을 결코 잊는 남자가 아니다.

그 누구보다도 결정적이고 파괴력있는 면모를 지닌 남자.
황(皇)이며, 제(帝). 그것은 아무나 지닐 수 있는 칭호가 아니다.
그는 제천의 이름으로도 제어할 수가 없는 남자였다.

무적의 갑주를 몸에 두르고
가로막은 자에게 광극의 진가를 보여준다.

유행이 아닌 자유추구 -
WWW.chungeoram.com

BOOK Publishing CHUNGEORAM

BLUE
BOOK

무한 상상 무한 도전의 힘!
블루부크

EXCITING! BLUE! 블루부크(BLUE BOOK) 청어람의 또 다른 이름입니다.

BLUE는 맑게 갠 가을 하늘과 넓은 바다입니다.
그곳에는 미래에 대한 희망과
보다 넓은 미지의 세계에 대한 동경이 담겨 있습니다.

BLUE는 젊음과 패기를 의미합니다.
언제나 새로운 시작을 위한 힘이 있고
세상에 대한 도전의식이 충만합니다.

블루가 새로운 도전과 희망으로
곧! 여러분과 함께합니다.

BLUE
BOOK
도서출판 청어람

유행이 아닌 자유추구 -
www.chungeoram.com   Book Publishing CHUNGEORAM

초등학생이 반드시 읽어야 할 좋은 책 49권

각 학년별로 초등학생이 반드시 읽어야할 좋은 책을 선정하여 통합논술의 기본이 되는 '올바른 독서법'을 일깨워 줍니다.

교과서와 함께하는
초등학교 통합논술

초등1학년 | 값 12,000원 / 초등2학년 | 값 9,500원 / 초등3학년 | 값 11,000원 / 초등4학년 | 값 9,500원 / 초등5학년 | 값 9,500원 / 초등6학년 | 값 11,000원

♣ **혼자 할 수 있어요.**
엄마가 책 읽는 방법을 가르쳐 주어도 좋아요.
독서지도하는 선생님이 가르쳐 주어도 좋답니다.
"초등 교과서와 함께하는 **통합논술 시리즈**"는
아이 스스로 독서할 수 있도록 꾸며진 책이에요.
엄마와 선생님은 요령만 가르쳐 주시면 된답니다.

♣ **교과서의 중요한 내용이 총정리되어 있어요.**
각 학년별로 중요한 교과 내용이 함께 수록되어 있어요.
초등학생은 교과서 내용을 충실하게 공부해야 합니다.
아울러 그와 병행한 독서가 대단히 중요하지요.
"초등 교과서와 함께하는 **통합논술 시리즈**"는
두 가지 방법 모두 알려준답니다.

♣ **이 책은 훌륭하신 선생님들이 함께 쓰신 책이랍니다.**
동화작가 선생님들이 쓰셨어요. 소설가 선생님도 쓰셨답니다.
국어 논술독서지도 선생님들도 함께 쓰셨지요.
"초등 교과서와 함께하는 **통합논술 시리즈**"는
엄마의 마음으로 모든 선생님들이 함께 꾸민 책이랍니다.

입소문을 통해 아는 분은 다 알고 계십니다!
올 한해 공인중개사 최고의 화제작!

1~2권 합본 | 이용훈 지음
3~4권 합본 | 이용훈 지음
5~6권 합본 | 이용훈 지음
용어 해설 | 이용훈 지음

수험생 기본 필독서
만화 공인중개사

제목 : 만화공인중개사 쓰신 분에게 감사드립니다.

학원을 두 달 다녔어요. 근데 과연 그 숫자 외우기 그런 게 몇 문제나 나올까 생각을 했어요.
아니라는 생각이 드네요. 학원강의를 뒤로하고 서점을 갔어요. 내 머리에 가장 이해될 수 있는
책이 없나 하구요. 거기서 만화를 발견했어요. 무조건 세 번 봤어요. 3개월 걸렸어요. 문제집을 보라고
했는데 그건 시행을 못했어요. 근데 합격을 했네요.
어떻게 감사의 말을 해야 될지…….
도서관에서 만화책 들고 다니니까 사람들이 비웃더라구요. 만화책으로 공인중개사를 공부한다고
미친 사람처럼 보더라구요. 근데 그거 다 감수하고 했던 내가 자랑스럽습니다.
어떻게 감사의 말을 해야 할지… 정말 감사합니다.
부디 행복하세요. 제 나이 41살에 좋은 스승을 만난 것 같습니다.
엎드려 감사드립니다.

-본사 홈페이지에 독자분이 올린 메일 中에서 발췌-

BOOK Publishing CHUNGEORAM

이명박

기도하는 리더십
이명박의 삶과 신앙 이야기

젊은이들에게 성공 신화의
주역으로 주목받고 있는

이명박!
과연 그 이유를 어디서 찾을 것인가.
그것은 기도하는 삶이었다!

이명박 기도하는 리더십 | 이채윤 지음 280쪽 | 9,900원

기도하는 삶이
지금의 이명박을 만들었다!

『이명박 기도하는 리더십』은 이명박의 탄생과 신앙, 그리고 그간의 업적을 한눈에 볼 수 있는 책이다. 한편으로는 신앙 간증서라고 말할 수도 있겠지만, 이명박의 삶은 신앙과 떨어뜨려 놓고는 생각할 수 없는 관계에 있다.
이 책, 『이명박 기도하는 리더십』은 대한민국 성장의 역사, 그 주역이었던 이의 삶을 통하여 이 시대의 젊은이들에게 부족한 정신들을 일깨워 줄 수 있을 것이며, 앞으로 더욱 큰 신화를 만들고 추진해 갈 이명박의 비전을 알고자 하는 이들에게 적합한 서적일 것이다.

BOOK Publishing CHUNGEORAM